미친 장난감

휴머니스트 세계문학 013

미친 장난감

EL JUGUETE RABIOSO

로베르토 아를트 | 엄지영 옮김

차례

일러두기

1. 번역 대본으로는 Roberto Arlt, *Obras Completas de Roberto Arlt: Tomo I*(Editorial Planeta, 1991)를 사용했다.
2. 주석은 모두 옮긴이 주다.
3. 본문 중 굵은 글씨는 원서에서 강조한 부분이고, 고딕체는 인물의 이름이 별명으로 표기된 경우다.

제1장 도둑들

내가 열네 살 때, 에스파냐 안달루시아 출신의 나이 든 구두 수선공이 나를 도적문학•의 짜릿한 즐거움과 스릴에 빠져들게 했다. 그는 수드 아메리카 거리와 볼리비아 거리 사이의 리바다비아 대로에 있는 낡은 건물 입구에 점포를 하나 가지고 있었고, 바로 옆에는 정면을 초록색과 흰색으로 칠해놓은 철물점이 있었다.

허름한 가게 정면에는 해적 몽바르와 모히칸 웨농가의 모험담을 그린 싸구려 책의 울긋불긋한 표지들이 덕지덕지 붙어 있었다. 우리 꼬마들은 학교를 마치고 집으로 가는 길에 가게 문 앞에 걸린 표지들(대부분 햇빛에 바래 허옇게 변해 있었

• 20세기 초, 아르헨티나에서 인기를 누린 장르 소설로, 도둑이나 강도 등 악당들이 주인공으로 등장해 펼쳐지는 모험담이 주를 이룬다.

다)을 보면서 즐거워했다.

가끔 우리가 바릴레테 담배• 반 갑을 사려고 가게 안으로 들어가면, 아저씨는 의자에서 일어나기가 귀찮은 듯 볼멘소리로 투덜거리며 우리에게 다가오곤 했다.

아저씨는 등이 굽고 양쪽 볼이 쑥 들어간 데다 수염이 덥수룩했고 다리도 약간 절었다. 발 모양새가 노새의 발굽처럼 둥근 반면 발뒤꿈치는 바깥쪽을 향한 탓인지 이상하게 절뚝거리며 걸었다.

나는 그 아저씨를 볼 때마다 어머니가 입버릇처럼 말하던 속담이 떠올랐다. "하느님의 표식을 가진 자들은 멀리하는 법이다."

그 아저씨는 그럴 때마다 내게 몇 마디씩 던지곤 했다. 그러곤 어지럽게 쌓인 구두 골••과 가죽 원단 두루마리 속에서 낡은 반장화를 찾으며, 실패한 사람 특유의 씁쓸한 표정으로 에스파냐 땅에서 가장 유명한 도적들의 이야기를 들려주거나 구두를 닦아주면 팁으로 20센타보씩 줄 정도로 인심이 후한 어느 손님을 입이 마르도록 칭찬했다.

탐욕스러웠던 아저씨는 그 손님을 떠올리면서 얼굴에 미소를 띠었다. 하지만 비열한 미소를 흘리자 빰이 올라가는 대신

• 19세기에서 20세기 초까지 아르헨티나에서 판매되던 담배.

•• 발 모양을 본뜬 틀로 구두를 만드는 데 사용된다.

윗입술에 주름이 잡히면서 거무스름한 이가 드러났다.

아저씨는 무뚝뚝하고 성미가 까다로웠지만, 은근히 나를 마음에 들어 하는 눈치였다. 그래서 내가 5센타보 정도만 내면, 자기가 정기 구독으로 모은 연재소설을 선뜻 빌려주곤 했다.

언젠가 아저씨는 디에고 코리엔테스•의 모험 이야기를 내게 주면서 이렇게 말했다.

“야, 이 녀석아. 이 친구 말이야…… 정말 엄청난 친구라고! 생김새가 장미꽃보다 더 수려한 젊은이였는데, 그만 민병대들한테 잡혀 죽임을 당하고 말았지…….”

말하는 구두 수선공 아저씨의 목소리가 거칠게 떨렸다.

“장미꽃보다 더 수려한 용모였지만…… 아주 기구한 팔자를 타고 태어났지…….”

그러고 나서 아저씨는 하려던 말을 계속했다.

“너도 한번 상상해봐……. 부자들에게서 빼앗은 것을 가난한 이들에게 나누어주는 모습을 말이야……. 당시 시골에는 집집마다 그를 흠모하던 여자가 있었다고……. 장미꽃보다 더 곱게 생겼으니까…….”

아교와 가죽 냄새가 코를 찌르는 골방에서 아저씨의 목소

• 디에고 코리엔테스 마테오스(1757~1781)는 에스파냐 세비야 출신의 의적으로, 부유한 귀족들에게서 재물을 빼앗아 가난한 이들에게 나누어주었다고 한다. 그의 전설적인 모험담과 사랑 이야기는 후세의 작가들에게 많은 영감을 주었다.

리를 듣자 초록으로 뒤덮인 산의 정경이 꿈결처럼 아련히 떠올랐다. 골짜기에서는 집시들이 춤과 노래로 흥겨운 잔치를 벌이고 있었다. 아저씨의 이야기를 듣는 동안 산으로 둘러싸인 관능적인 세계가 내 눈앞에 펼쳐지는 것 같았다.

"장미꽃보다 더 곱게 생겼으니까." 절름발이 아저씨는 무릎 위에 징걸이●를 올려놓고 댕기 망치로 구두 밑창을 두들겨 무두질하면서 가슴에 응어리진 설움을 토해냈다.

아저씨는 온당치 않은 생각을 떨쳐버리려는 듯 어깨를 으쓱하더니 구석에 침을 찍 뱉으며 잽싸게 숫돌에 돗바늘을 갈기 시작했다.

잠시 후, 아저씨가 덧붙여 말했다.

"차차 알게 되겠지만, 이네시타 양과 페수냐 아저씨의 주막이 나오는 대목이 가장 아름답다고." 아저씨는 내가 그 책을 들고 가는 걸 보더니 경고하듯이 소리를 질렀다.

"조심해서 봐라, 꼬마야. 책이 찢어지면 돈을 물어내야 할 테니까." 구두 수선공 아저씨는 쥐색 모자를 눌러쓴 머리를 숙이고 다시 일을 시작했다. 아교가 덕지덕지 묻은 손가락으로 상자를 뒤져 꺼낸 못을 입 안 가득 집어넣더니 망치질을 계속했다. 탁…… 탁…… 탁…….

● 신발 밑창에 징이나 못을 박을 때 신을 엎어 씌워놓고 두드리기 위한 쇠로 된 받침대.

그때 내가 탐독하던 책은 **안달루시아의 번개**라고 불리던 호세 마리아의 이야기나 **털보** 하이메 씨의 모험담, 그리고 다른 악당들의 이야기를 그린 연재소설이었는데, 다음과 같이 사실적이고 생생한 묘사가 단연 돋보였다.

> 망아지의 화려한 안장 위에 앉은 남자들은 불그스레한 얼굴에 검은 구레나룻을 길게 기르고 투우사처럼 뒤에서 묶은 머리 위에 반짝거리는 코르도베스•를 쓴 채 총구가 넓게 벌어진 나팔총을 안장틀에 매달아놓았다. 대체로 그들은 나지막한 푸른 언덕 기슭에서 갓난아기를 품에 안고 서 있는 과부들에게 너그러운 표정을 지으며 돈이 든 노란 주머니를 건네곤 했다.

그런 책을 읽을 때면 내가 도적이 되어 색을 밝히는 순회판사들의 목을 조르는 상상에 사로잡혔다. 그렇게 잘못된 것을 과감히 바로잡고, 힘없는 과부들을 지켜주면 아름다운 여인들이 앞다투어 나를 사랑하겠지.

젊은 시절에 걸맞은 모험을 펼치려면 무엇보다 동지가 필요할 것 같았다. 여기에 딱 어울리는 친구는 바로 엔리케 이

• 에스파냐 남부 안달루시아 지역의 코르도바에서 만든 모자로, 챙이 넓은 것이 특징이다.

르수베타였다.

엔리케는 할 일 없이 빈둥거리기만 하는 친구였는데, 언제나 **위조꾼**이라는 건전한 별명으로 불렸다.

그간 살아온 내력을 보면, 엔리케가 어떻게 그런 평판을 얻었는지, 그리고 그 명성을 통해 어떻게 초보자들에게 세상 물정 모르는 이들을 속이는 놀라운 기술을 가르쳤는지를 쉽게 알 수 있다.

엔리케는 열네 살 때 이미 사탕 공장 주인을 속인 전력이 있다. 이 사건은 신들이 우리의 친구 엔리케의 운명을 미리 정해놓았다는 명백한 증거다. 하지만 신들은 속이 음흉하므로 회상록을 쓰는 지금 나는 엔리케가 철면피들과 불량배들을 위해 국가가 준비해놓은 호텔에 묵고 있다는 소식을 들어도 그다지 놀랍지 않다.

사실은 이렇다.

어떤 공장 주인이 자사 제품의 판매량을 늘리기 위해 사탕의 개별 포장지 안쪽에 인쇄해놓은 라틴 아메리카 국기들을 모두 모아 응모한 사람에게 상을 주는 대회를 열었다.

그런데 니카라과의 국기를 찾는 것이(일부러 니카라과의 국기는 아주 드물게 집어넣었다) 가장 큰 문제였다.

알다시피 이처럼 황당무계한 대회일수록 오히려 어린아이들의 호기심이 더 크게 발동하는 법이다. 이렇게 공통의 관심사를 가진 아이들은 매일 모은 국기를 정리하면서 나라별로 몇 개나 모았는지 헤아리느라 먹는 일은 늘 뒷전이었다.

그 무렵, 엔리케는 목수 수습생들과 착유소(搾乳所) 집 아들 등 동네 친구들에게 니카라과 국기 사진만 갖고 오면 그 국기를 위조해주겠다고 약속했다.

아이들은 엔리케의 말이 선뜻 믿기지 않았다……. 이르수베타의 명성을 익히 알고 있었지만 쉽게 결정을 내리지 못하고 망설였다. 바로 그때, 엔리케는 자신의 진심이 의심받지 않도록 기조•의《프랑스 역사》두 권을 담보로 내놓았다.

그렇게 집도 거의 없고 벽돌담만 길게 이어진 막다른 길의 보도에서 결국 합의가 이루어졌다. 저 멀리 언덕 위에서 하늘이 푸른 곡선을 그리며 잠시 쉬어 가고 있었다. 끝없이 단조롭게 울려 퍼지는 톱질 소리와 착유소의 암소 울음소리 때문에 거리는 더 음산한 분위기를 풍겼다.

나는 엔리케가 먹물과 피를 이용해서 진짜와 구분이 안 될 정도로 그럴듯하게 니카라과 국기를 그렸다는 것을 한참 뒤에야 알게 되었다.

며칠 뒤, 이르수베타는 반짝거리는 최신형 공기총(나중에 레콩키스타 거리에 사는 중고 의류 판매상에게 팔았다)을 가지고

• 프랑수아 기조(1787~1874)는 프랑스의 역사학자이자 정치가로, 특히 1848년 혁명 이전의 프랑스 정치계를 대표하는 인물이다.《프랑스 역사》는 1870년에서 1875년 사이에 총 5권으로 간행되었다.

나와 자랑했다. 그때는 늠름한 보노와 용감한 발레•가 파리를 온통 공포의 도가니에 몰아넣던 무렵이었다.

나는 퐁송 뒤 테라유 자작••이 피파르의 양아들인 근사한 로캉볼에 관해 쓴 40여 권의 소설을 모두 읽고 나서 이 세상 최고의 도적이 되고 싶은 마음이 들었다.

그러던 어느 여름날, 동네의 지저분한 가게에 갔다가 이르수베타를 만났다.

거리가 시에스타의 무거운 정적에 휩싸여 있을 때, 나는 마테 잎을 담아놓은 통 위에 걸터앉아 이폴리토와 이야기를 나누었다. 이폴리토는 아버지가 잠든 틈을 이용해 대나무 뼈대로 비행기를 만들고 있었다. 이폴리토는 비행기 조종사가 되고 싶어 했다. "하지만 그 전에 자연적인 안정성의 문제를 해결해야 해." 또 언젠가 영구운동에 빠진 이폴리토는 나를 만나기만 하면 자기 생각이 어떤 결과로 이어질지 묻곤 했다.

그럴 때면 이폴리토는 치즈를 올려놓은 계산대와 빨간 레버가 달린 **금전등록기** 사이에 놓인 돼지기름이 묻은 신문지에 팔꿈치를 괸 채 내 의견을 귀담아들었다.

• 쥘 보노(1876~1912)와 앙드레 발레(1890~1912)는 모두 프랑스의 아나키스트 강도로, 후일 '보노 갱단'을 만들었다.

•• 피에르 알렉시 퐁송 뒤 테라유(1829~1871)는 프랑스의 대중소설가로 총 73권의 작품을 썼다. 주로 악당이나 도적의 모험담을 그린 연재소설 형식이었는데, 그중 가장 대표적인 등장인물이 바로 로캉볼이다.

"**시계**의 기계장치는 프로펠러에 아무런 쓸모가 없어. **동체**에 작은 전기 모터와 건전지를 넣으라고."

"그러니까 네 말은, 잠수함처럼……."

"잠수함? 거기서 잠수함이 왜 나와? 아무튼 한 가지 위험한 점이 있다면, 자칫 전류가 모터를 태워버릴 수 있다는 거야. 하지만 그런 특별한 경우만 아니면 비행기는 순조롭게 날아가고, 건전지가 다 닳을 때까지 꽤 오랫동안 버틸 수 있을 거라고."

"이봐! 혹시 무선전신으로 모터를 작동시킬 수 있을까? 너라면 충분히 만들 수 있을 거야. 한번 연구해보는 게 어때? 근사할 것 같지 않아?"

그 순간, 엔리케가 불쑥 끼어들었다.

"야, 이폴리토. 엄마가 외상으로 설탕 반 킬로그램만 줄 수 있냐고 물어보라는데."

"안 돼. 사장이 밀린 외상값을 다 갚기 전까지는 절대 안 된다고 하더라니까……."

엔리케는 얼굴을 살짝 찡그렸다.

"그 정도 부탁도 안 들어주다니 섭섭하네, 이폴리토!"

엔리케의 마음을 달래주려는 듯 이폴리토가 덧붙였다.

"너도 잘 알겠지만, 내 마음대로 할 수만 있다면 당연히 주겠지……. 하지만 주인이 그렇게 하라는데 어쩌겠어." 안 그래도 화제를 바꾸고 싶던 이폴리토는 이때다 싶어 나를 가리키며 엔리케에게 물었다.

“이봐! 너 실비오 몰라? 대포를 만든 게 바로 얘라니까.”

그 말을 듣자 이르수베타의 굳은 얼굴이 공손한 빛을 띠며 환해졌다.

“아! 그게 너야? 정말 대단하다. 착유소에서 소똥을 치우는 녀석한테 들었는데, 마치 크루프•의 대포처럼 날아갔다고…….”

엔리케가 말하는 동안 나는 그 애를 자세히 살펴보았다.

엔리케는 키가 크고 마른 편이었다. 주근깨가 가뭇가뭇하게 난 둥근 이마 위로 윤기 나는 검은 머리카락이 고상하게 나부끼고 있었다. 눈동자는 황갈색을 띠었고, 눈꼬리가 살짝 올라간 편이었다. 그리고 몸에 딱 맞는 갈색 양복을 입고 있었는데, 양복장이의 솜씨가 형편없는지 엉성한 느낌을 주었다.

엔리케는 계산대에 몸을 기댄 채 손바닥 위에 턱을 괴고 있었다. 무언가 곰곰이 생각하는 표정이었다.

내 대포가 대단하기로 소문이 자자하다니 생각만 해도 흐뭇한 기분이 들었다.

나는 전기회사 직원한테서 철관 한 개와 납 몇 그램을 샀

• 크루프사(社)는 19세기에 설립된 독일 최고의 군수산업체로 히틀러의 제3제국을 지지하여 제2차 세계대전 당시 대포, 유보트, 전차, 전함 등 나치군의 각종 무기를 생산하고 공급했다.

다. 그것들을 가지고 컬버린,• 혹은 **대포**라고 부른 것을 만들었다. 내가 그것을 만든 방법은 다음과 같다.

우선 안쪽에 진흙을 바른 육각형 목재 주형 속에 철관을 넣었다. 그리고 안쪽의 양면 사이에 난 공간에 끓는 납을 채웠다. 주형을 부순 다음 굵은 줄로 표면을 다듬고, 등유 저장용 나무 상자에서 가장 두꺼운 판자를 뜯어내 만든 포가(砲架)에 쇠고리를 이용해 포신을 고정했다.

이렇게 만든 컬버린은 정말 멋있었다. 컬버린에는 직경 5센티미터 발사체를 장전할 수 있는데, 나는 화약을 가득 채운 마대 자루를 넣었다.

나는 내 작은 괴물을 어루만지면서 생각했다.

'이 대포로 사람을 죽일 수 있고, 모든 걸 파괴할 수도 있어.' 시킨 대로 할 뿐 아니라 치명적일 정도로 위험한 물건을 내 손으로 만들어냈다는 확신이 드는 순간, 가슴 가득 기쁨이 차올랐다.

동네 아이들은 놀란 표정으로 대포를 살펴보았다. 그 일을 계기로 내가 그 애들보다 지적으로 우월하다는 사실이 입증되었다. 특히 아이들과 과일을 훔치러 가거나 산 호세 데 플로레스 구의 말도나도 천•• 너머에 있는 황무지로 보물을 찾

• 15~17세기 유럽에서 사용되던 대포로, 바퀴가 달린 것이 특징이다.

•• 부에노스아이레스를 가로지르는 개천으로 지금은 복개되어 있다.

으러 갈 때 나는 발군의 실력을 발휘했다.

우리가 대포를 실험하던 날은 정말 엄청났다. 대포를 쏜 곳은 산 에두아르도로 가기 전, 아베야네다 대로에 있는 널찍한 공터의 가시덤불 한복판이었다. 아이들이 빙 둘러싸고 있는 동안 나는 짐짓 들뜬 표정을 지으며 포구에 장전했다. 잠시 후, 우리는 탄도의 정확성을 시험하기 위해 부근의 목공소 벽 위에 고정되어 물을 공급하는 함석 물탱크를 조준했다.

나는 떨리는 가슴을 억누르면서 도화선에 성냥을 갖다 댔다. 눈부신 햇빛 아래 거무스름한 불꽃이 탁탁 튀더니 갑자기 엄청난 포성이 울리면서 사방이 매캐한 하얀 연기에 휩싸였다. 우리는 너무 놀라서 한동안 말문이 막혔다. 마치 그 순간 새로운 대륙을 발견했거나 마법의 힘으로 지구의 주인이 된 듯한 기분이었다.

갑자기 누군가가 소리쳤다.

"어서 튀어! **짭새**야!"

체면이고 뭐고 따질 겨를이 없었다. 경찰관 두 명이 전속력으로 우리를 향해 달려오는데, 우물쭈물 망설이던 우리는…… 갑자기 적에게 **대포**도 넘긴 채 걸음아 날 살려라 하고 달아나기 시작했다.

엔리케가 마침내 입을 열었다.

"이봐! 혹시 뭐라도 만들다가 과학 자료가 필요하면 언제든지 말해. 우리 집에 모아둔 《전 세계》라는 잡지를 빌려줄 테니까."

그날부터 엄청난 위험이 몰아닥친 밤까지, 우리의 우정은 오레스테스와 필라데스•에 버금갈 정도였다.

내가 이르수베타의 집에서 발견한 새로운 세계는 얼마나 독특하고 희한하던지! 영원히 잊을 수 없는 사람들! 남자 셋에 여자 둘. 어머니가 꾸려가는 집안. 소금에 후추를 섞은 듯한 피부색에 물고기처럼 눈이 작은 엔리케의 어머니는 무슨 냄새를 맡으려는 듯 늘 커다란 코를 벌름거렸다. 할머니는 등이 굽고 귀가 안 들리는 데다 불에 그슬린 나무처럼 얼굴이 거무스름했다.

경찰관이라 근무하러 나간 한 사람만 빼고, 나머지 식구들은 모두 조용한 동굴 같은 집에서 뒤마••의 소설을 읽거나 달콤한 낮잠을 즐기고, 또 해 질 녘까지 즐거운 담소를 나누면서 여유를 만끽하며 쉬고 있었다.

하지만 그런 그들에게도 매달 초만 되면 근심거리가 하나둘씩 늘어났다. 우선 빚쟁이들이 찾아오면 어떻게든 돌려보

• 오레스테스와 필라데스는 그리스 신화에서 강한 우정, 특히 동성애적인 우정을 대표하는 인물이다.

•• 알렉상드르 뒤마(1802~1870)는 프랑스의 소설가로, 《몬테크리스토 백작》, 《삼총사》 등의 작품이 있다.

내야 했고, **빌어먹을 갈리시아 놈들**•을 달콤한 말로 구워삶아야만 했다. 그리고 무턱대고 집으로 찾아와 문 앞에서 밀린 외상값을 갚으라고 고래고래 소리를 질러대는 장사치들을 달래서 돌려보내야 했다.

그들이 살던 집의 주인은 그레누이에트라는 알자스•• 출신의 뚱보였다. 이미 일흔 줄에 들어선 데다 신경쇠약과 류머티즘으로 고생하던 그는 월세를 정해진 날짜 대신 제멋대로 내는 이르수베타 가족에게 이미 이골이 난 상태였다. 그레누이에트는 그들을 집에서 쫓아내려고 했지만 번번이 실패했다. 반면 이르수베타 가족은 집안 대대로 판사를 해온 사람들을 비롯해 보수당 쪽 사람들과 친척 관계였기 때문에 어떤 일이 있어도 자신들이 그 집에서 쫓겨나지 않으리라는 것을 알고 있었다.

집주인은 결국 모든 것을 체념하고 정권이 교체될 때까지 기다리기로 했다. 하지만 그런 주인의 마음을 아는지 모르는지 그 백수건달들의 몰염치는 나날이 도를 더해갔다. 언젠가 한번은 주인에게 엔리케를 보내 아들이 수위로 일하고 있는

• 19세기 말에서 20세기 초 사이에 아르헨티나로 건너온 에스파냐인 중 다수가 에스파냐 북서부 갈리시아 지방 출신이었다. 따라서 갈리시아 사람은 에스파냐 이민자를 지칭하는 말이 되었다.

•• 프랑스 동북부와 독일 라인강 서쪽에 접한 마을로 오래전부터 프랑스와 독일의 분쟁 지역이었다.

카지노의 무료 입장권을 내놓으라고 떼를 쓰기도 했다.

아! 하기야 허구한 날 동네 정육점에 모여 이웃들에 관해 수다를 떠는 동네 아주머니들의 입에서 그 무슨 영양가 있는 말을, 기독교인다운 따끔한 충고를 들을 수 있었겠는가.

어떤 못생긴 여자아이의 어머니는 이르수베타 집안의 한 아들이 욕정을 이기지 못해 자기 딸아이에게 은밀한 부위를 보여주었다는 이야기를 꺼냈다.

"이봐요, 부인. 아무쪼록 그 녀석이 내 손에 잡히지만 않으면 좋겠어요. 그랬다가는 기차에 깔려 죽는 것보다 더 끔찍한 일을 당할 테니까."

그러자 얼굴이 백지장만큼이나 하얗고 뚱뚱하며 항상 임신 중이던 이폴리토의 어머니가 정육점 주인의 팔을 붙들며 말했다.

"그러니까 충고하는데, 세군도 씨, 그 사람들 말이라면 농담이라도 믿지 말라고요. 내가 말을 안 해서 그렇지, 우리 가게에 밀린 외상값이 얼마나 많은지 모른다니까요."

"그런 거라면 걱정 붙들어 매세요. 걱정할 것 없다고요." 건장한 남자는 소의 허파에 대고 커다란 칼을 놀리며 볼멘소리로 투덜댔다.

아! 그래도 이르수베타네 사람들은 참 밝고 쾌활했다. 내 말을 정 못 믿겠거든 그 집 식구들이 빚진 돈을 제때 갚지 않고 얼마나 꾸물거리는지 보고 있으면 분통이 터진다고 뻔뻔스레 투덜거리는 빵집 주인에게 물어보라. 그러면 내 말이 사실이라는 것을 분명히 알 수 있을 테니까.

언젠가 빵집 주인이 이르수베타네 딸과 대문 앞에서 말다툼을 벌이고 있었다. 그런데 운이 없게도 때마침 그 집 앞을 지나가던 형사가 그의 말을 엿듣게 되었다.

문제만 생기면 무조건 폭력으로 해결하는 습관이 몸에 밴 형사는 외상값을 어서 갚으라고 큰소리치는 빵집 주인의 오만한 태도에 화를 참지 못해 그만 주먹질하며 그를 집 밖으로 내쫓아버렸다. 그 사건을 통해 품행에 관해 산 교훈을 얻은 사람들은 그 후로 그 집 식구들을 봐도 돈을 갚으라고 윽박지르지 않았다. 그 결과 이르수베타네 가족은 익살맞은 사이네테•보다 더 즐겁고 유쾌한 삶을 즐길 수 있었다.

모두 스물여섯 살이 넘었지만 사귀는 남자친구가 없던 이르수베타네 딸들은 샤토브리앙••을 읽으며 즐거워했고, 라마르틴•••과 셰르뷜리에••••의 세계에 푹 빠져 있었다. 이를 통해 그녀들은 자신들이 **엘리트** 지식인이라는 확신을 품

● 18세기 에스파냐에서 유행한 단막극으로, 주로 하층민의 삶을 희극적으로 그려냈다.

●● 프랑스의 정치가이자 낭만주의 문학의 선구자인 프랑수아 르네 드 샤토브리앙(1768~1848).

●●● 프랑스의 낭만주의 시인 알퐁스 드 라마르틴(1790~1869).

●●●● 프랑스의 소설가 샤를 빅토르 셰르뷜리에(1829~1899).

고는 가난한 사람들을 상놈이라고 멸시했다.

그녀들은 자기들에게 콩값을 달라고 했다며 식료품점 점원을 상놈이라고 했고, 자기들의 사탕발림에 넘어가 레이스 몇 미터를 거저 준 가게 주인한테도 상놈이라고 했다. 그리고 자기들이 마지못해 덧문 사이로 "다음 달에 꼭 갚을게요"라고 소리쳤을 때 노발대발하던 정육점 주인한테도 상놈이라며 욕했다.

털북숭이에 삐쩍 마르고, 놀고먹는 건달이라고 동네에 소문이 자자하던 삼 형제는 낮 시간 내내 일광욕을 즐기다가 해 질 녘이면 변두리의 헤픈 여자들을 꾀어 재미를 보려고 말끔하게 차려입고 외출했다.

신앙심이 깊지만 불평불만이 많은 두 노파는 사소한 일로 자주 말다툼을 벌이거나 낡은 거실에 딸들과 빙 둘러앉아 커튼 사이로 밖을 엿보면서 남의 험담을 늘어놓곤 했다. 두 노파는 나폴레옹 1세의 군대에 복무한 어느 장교의 후손이었다. 그래서 핏기 하나 없이 창백한 그들의 안색을 돋보이게 하는 어스름 속에 잠긴 채, 나는 두 노인의 말을 들으면서 제국주의의 신화를 꿈꾸고 옛 귀족의 화려한 세계를 떠올리곤 했다. 그사이 인적이 드문 길에서는 가로등 점등부(點燈夫)가 끝에 보랏빛 불꽃이 타오르는 장대로 초록색 가로등에 불을 붙였다.

그들은 하녀를 둘 형편도 못 되었지만, 털북숭이 세 놈팡이의 추잡스러운 짓거리와 대수롭지 않은 일에도 신경을 곤두세우는 두 딸의 히스테리, 이가 들쭉날쭉한 두 마녀의 변덕을 견뎌낼 하녀는 없을 것 같았다. 그래서 엔리케는 삐걱거리는 집안 살림을 잘 돌아가게 하기 위해 꼭 필요한 존재였다. 그리고 어찌나 외상을 잘 얻어 오는지, 엔리케의 뻔뻔스러움은 그런 의미에서 전무후무하다 할 정도로 대단했다. 여간해서는 속이 드러나지 않도록 표정을 잘 관리하는 엔리케보다 동상이 부끄러움을 더 잘 탈 것이라고 칭찬 삼아 말할 수 있을 정도였다.

엔리케 이르수베타는 한가한 시간이 생길 때마다 그림을 그리곤 했다. 사실 그 아이에게 그림을 그릴 정도의 재능과 감수성이 없지는 않았다. 따라서 엔리케는 아무리 건달처럼 보여도 미적인 능력을 지닌 자들이 늘 존재해왔다는 사실을 증명할 좋은 본보기라고 할 수 있다. 나는 특별히 할 일이 없을 때 엔리케의 집에 자주 놀러 갔다. 하지만 평소 내가 조금도 관심을 보이지 않은 탓인지 두 노파는 나를 그다지 반기지 않는 눈치였다.

그럴 때면 나는 엔리케와 함께 도적들과 악당들에 관해서 긴 시간 동안 대화를 나누었다. 그러자 어느 순간부터 못된 짓을 저지르려는 기이한 성향과 범죄자로서 역사에 영원히 남고 싶은 무한한 욕망이 생겨나기 시작했다.

언젠가 엔리케는 추방당한 도적들에 관해 내게 말해주었다.

구체적으로 말하자면 프랑스에서 부에노스아이레스로 이주해 온 **범죄자**들의 이야기였는데, 그 사건은 소이사 레이리• 가 놀라운 사진을 곁들인 기사에서 보도한 바 있다.

"그 기사에 따르면 공화국의 대통령이 네 명의 **범죄자**를 자신의 경호원으로 두고 있다는 거야."

나는 그 말을 듣고 피식 웃음이 나왔다.

"미친 소리 좀 작작 해."

"진짜야. 정말 그런 놈들이라니까." 엔리케는 악명 높은 그 깡패들의 가슴이 얼마나 떡 벌어졌는지 보여주기 위해 십자가에 못 박힌 사람처럼 두 팔을 벌렸다.

그날 우리는 긴 대화 끝에 강도질이 가치 있고 아름다운 행위라는 확신에 이르게 되었다. 그런데 아무리 생각해도 우리가 어떤 교묘한 논리와 궤변으로 그런 결론에 도달했는지 전혀 기억나지 않는다. 하지만 우리가 상호 간의 합의에 따라 도둑 클럽을 결성하기로 했던 것은 분명하다. 물론 창단 멤버는 우리 둘뿐이었다.

이에 대해서는 나중에 더 자세히 살펴볼 생각이지만…… 근사하게 활동을 개시하기 위해 우리는 제일 먼저 사람이 살지 않는 집을 골라 털기로 했다. 그날의 상황을 간략하게 이

• 아르헨티나의 전설적인 기자이자 작가인 후안 호세 데 소이사 레이리(1880~1959).

야기하자면 다음과 같다.

점심을 먹은 다음, 우리는 거리에 인적이 드문 시간을 골라 점잖게 옷을 차려입고 나가 플로레스 거리나 카바이토 거리를 돌아다녔다.

연장이라고 해봐야 작은 멍키 스패너, 드라이버, 훔친 물건을 포장할 신문지가 전부였다.

임대 표지판이 붙은 곳이 있으면, 우리는 몸가짐을 단정히 하고 풀 죽은 표정을 한 채 직접 찾아가 이것저것 물어보았다. 그때 우리는 카쿠스•의 종자(從者)와 같은 꼴을 하고 있었다.

일단 열쇠를 손에 넣으면, 내놓은 집이 살 만한 곳인지, 또 마음에 드는지 보고 싶다는 구실을 내세우면서 계획을 곧 실행에 옮겼다.

대문을 여는 순간 온몸으로 퍼져나가던 기쁨과 전율이 아직도 잊히지 않는다. 우리는 서둘러 안으로 들어갔다. 빨리 전리품을 챙겨 가고 싶은 마음에 우리는 주위를 재빠르게 둘러봄과 동시에 훔칠 만한 물건의 양이 어느 정도인지 속으로 헤아리면서 방마다 돌아다녔다.

가령 천장에 전등이 설치되어 있으면, 우리는 전선, 램프

• 로마 신화에 등장하는 인물로, 불을 뿜어내며 사람을 잡아먹는 거인 도적이다. 결국 헤라클레스에게 죽임을 당한다.

소켓, 초인종, 전구, 스위치, 샹들리에, 전등갓, 건전지 등을 몽땅 챙겼다. 화장실에 니켈 도금이 된 수도꼭지와 청동 세면대가 있으면, 그런 것들도 모조리 뜯어 갔다. 하지만 자칫 이삿짐센터 직원들처럼 보일까봐 문짝이나 창문은 떼어 가지 않았다.

우리는 고통스러운 즐거움, 아니 마음 한구석에 불안감을 느끼며 일했다. 무대 위 변장술사처럼 빠르게 움직이면서 아무 이유 없이 웃고, 작은 소리만 들려도 온몸을 부르르 떨었다.

우리가 있는 힘껏 잡아 뜯는 바람에 남은 전선은 너덜너덜해진 채 천장에 매달려 있었고, 먼지가 뽀얗게 앉은 마룻바닥에는 회반죽과 모르타르 덩어리가 여기저기 떨어져 있었다. 주방에는 납 수도관에서 물이 계속 흘러나오고 있어서 몇 초만 지나면 집 안에 물이 넘쳐 수리비가 엄청나게 많이 나올 것 같았다.

잠시 후, 이르수베타와 나는 열쇠를 건네주고 잽싸게 달아났다.

그렇게 물건을 훔친 뒤에는 언제나 배관공의 가게 뒷방에서 다시 모이곤 했다. 달덩어리처럼 둥그스름한 얼굴 때문에 카카센노•를 연상시키는 배관공은 날이 갈수록 피둥피둥하게 살이 찌고 배가 불룩 나왔을 뿐 아니라 머리에 뿔까지 돋아났다.•• 사실 우리 동네에서 그가 아내의 불륜을 프란체스코회 수도사처럼 묵묵히 참고 있다는 것을 모르는 사람은 없었다.

이를 보다 못한 사람들이 마음을 넌지시 떠보면, 배관공은 언제나 아내가 신경쇠약에 걸렸다고 양처럼 온순하게 대답했다. 그렇게 확고한 과학적 주장 앞에서 사람들은 달리 할 말을 찾지 못한 채 입을 다물 수밖에 없었다.

하지만 그는 개인적인 이해관계가 얽힌 문제에서만큼은 독수리처럼 빈틈이 없었다.

안짱다리 배관공은 우리가 가져온 보따리를 무척이나 세심하게 살펴보았다. 저울에 전선의 무게를 달아보는가 하면, 혹시 전구의 필라멘트가 끊어져 있지 않는지 일일이 확인하고, 수도관에 코를 대고 냄새를 맡기도 했다. 그런 다음엔 짜증스러울 정도로 꼼꼼하게 계산하고 또 계산한 뒤 우리가 훔친 물건의 값을 시중가의 10분의 1도 안 되게 쳐서 주었다.

우리가 따지거나 화를 내면, 선량한 그 남자는 소 같은 눈을 치켜뜨며 둥근 얼굴 가득히 교활하기 그지없는 미소를 띤 채 말할 틈도 주지 않고 손바닥으로 우리의 등을 몇 번 툭툭

● 카카센노는 르네상스 후기 이탈리아의 작곡가이자 시인인 아드리아노 반키에리(1568~1634)의 작품 〈얼간이 베르톨디노의 아들 카카센노의 이야기〉(1620)에 나오는 주인공이지만, '바보' 혹은 '얼간이'를 의미하는 일반명사로 사용된다.

●● 에스파냐어에서 '머리에 뿔이 돋다'라는 표현은 부인이 다른 남자와 정을 통한다는 의미의 관용어로 쓰인다.

치면서 최대한 정중하게 문간으로 데려가 손에 돈을 쥐여주곤 했다.

우리가 임대로 나온 빈집에서만 영웅적인 활약을 펼쳤다고 생각하진 말기 바란다. 발품을 팔아서 하찮은 물건을 훔치는 데는 우리를 따라올 자가 없지!

우리는 다른 이들의 물건을 훔칠 기회를 호시탐탐 노리고 있었다. 우리의 손은 믿기 어려울 만큼 기민하게 움직였고, 눈의 움직임 또한 맹금류 새처럼 민첩했다. 따라서 굳이 서두르지 않아도, 딴 데 정신이 팔려 있는 비둘기 위로 내리 덮치는 매처럼 빠르게 우리의 것이 아닌 물건을 차지할 수 있었다.

가령 카페에 들어갔는데 테이블 위에 미처 치우지 않은 숟가락과 포크, 혹은 설탕 통이 있으면, 웨이터가 한눈판 틈을 타 모조리 훔쳤다. 그리고 작은 식당의 진열대나 남의 눈에 잘 띄지 않는 구석에 우리 둘 모두에게 이익이 된다고 여겨지는 것이 있으면 무엇이든 챙겨 주머니 속에 넣었다.

컵과 접시, 나이프는 물론이고, 심지어는 당구공도 눈에 띄는 족족 훔쳤다. 어느 비 오는 날 밤, 엔리케가 남의 외투를 감쪽같이 훔쳤고, 또 어떤 날 밤에는 내가 금 손잡이가 달린 지팡이를 훔쳤던 일이 아직도 눈에 선하다.

우리는 돈이 될 만한 물건을 찾기 위해 접시만큼이나 눈을 크게 뜨고 눈알을 이리저리 굴렸다. 원하는 것이 눈에 띄기만 하면, 태연하게 미소를 짓고 수다를 떨면서도 삼류 소매치기처럼 헛방을 치지 않기 위해서 손가락을 꼼지락거리며 곁눈으로 주변을 빈틈없이 살폈다.

어떤 가게에 들어가든 우리는 이런 솜씨를 유감없이 발휘했다. 주인이 낮잠을 즐기는 사이 우리가 점원을 어떻게 구워삶는지, 그 현장을 직접 눈으로 보지 않고는 믿지 못할 것이다.

엔리케는 요리조리 핑계를 대고 점원을 거리 쪽 쇼윈도로 데려가 물건의 가격을 물어보는 체했다. 가게 사무실에 아무도 없으면, 나는 그 틈을 이용해 진열장을 열고 연필이 든 상자와 멋들어지게 생긴 잉크병을 모조리 주머니 속에 집어넣었다. 갈수록 대담해진 우리는 언젠가 경보 장치가 없는 금고에서 현금을 빼내는 데 성공했고, 또 한번은 어느 총기 판매점에 들어가 진주 손잡이가 달린 금도금한 강철 나이프 열두 개들이 상자를 집어 오기도 했다.

온종일 아무것도 손에 넣지 못하고 공친 날이면, 우리는 잔뜩 풀이 죽은 채 무능력한 자신을 보면서 괴로워하고 장래에 대한 불안감에 시달리곤 했다.

그럴 때면 우리는 언제나 언짢은 표정으로 거리를 돌아다녔다. 그러다보면 반드시 기운을 돋워주는 일이 나타나기 마련이었다.

경기가 살아나고 동전이 가벼운 지폐로 대체되기 시작할 무렵, 우리는 비 오는 날 오후를 기다리다가 차를 타고 나갔다. 비가 퍼붓는 가운데 차를 타고 도시의 거리를 돌아다니다니 이 얼마나 유쾌한 일인가! 우리는 푹신한 쿠션에 몸을 묻은 채 담배에 불을 붙이고 차창 밖을 내다보았다. 비를 맞으며 바쁜 걸음을 옮기는 행인들이 보였다. 그 모습을 보면서 우리가 파리나 안개가 자욱이 깔린 런던에 살고 있는 듯하다는 생각이 들었다. 오만한 입술에 잔잔한 미소가 번지면서 우리는 조용히 꿈속에 잠겼다.

그 후에는 화려한 카페에 들어가 바닐라초콜릿을 마시고 포만감에 젖은 채 오후 기차를 타고 집으로 갔다. 기쁨을 맛본 관능적인 육체가 만족감을 느끼고, 또 활기차게 돌아가는 주변의 모든 것이 귀에 대고 외치는 쇳소리(앞으로 전진, 앞으로 전진!)를 듣자 힘이 두 배로 나는 것 같았다.

어느 화창한 날, 나는 엔리케에게 말했다.

"이럴 게 아니라 똑똑한 녀석들을 골라 제대로 된 비밀 조직을 만들어야겠어."

"그렇기는 하지만, 우리 주변에 그런 애들이 별로 없다는 게 문제야." 엔리케가 자신의 의견을 밝혔다.

"그래, 네 말이 맞아. 그렇지만 잘 찾아보면 아주 없지는 않을 거라고."

이런 말이 나온 지 몇 주 지나지 않아 엔리케가 부지런히 돌아다니면서 애쓴 덕분에 루시오라는 아이가 우리와 뜻을 같이하기로 했다. 루시오는 키도 작은 데다 수음을 너무 많이

한 탓에 얼굴이 창백한 얼간이였다. 하지만 어찌나 뻔뻔스럽게 생겼는지 녀석의 얼굴을 보기만 해도 웃음이 나왔다.

루시오는 신앙심이 깊지만 아이를 거의 내팽개치다시피 하는 어느 노파 집에 얹혀살았다. 그 멍청이가 가장 좋아하는 일이 한 가지 있었는데, 그건 아무것도 아닌 일을 마치 대단한 비밀이라도 되는 것처럼 아주 조심스럽게 말하는 일이었다. 그런 짓을 할 때마다 녀석은 영화에서 잿빛 벽으로 둘러싸인 변두리 동네의 불량배 역을 맡은 배우처럼 주변을 두리번거리고, 팔을 휘두르면서 이야기했다.

"저 미치광이는 우리한테 별로 쓸모가 없을 것 같아." 어느 날 나는 고민 끝에 엔리케에게 내 생각을 털어놓았다. 하지만 그 녀석이 새로 들어오면서 최근 결성한 우리 조직에 활기가 돌기 시작했다. 녀석의 과장된 손짓에서 드러나는 과감한 결단력은 우리에게 희망을 불어넣었다.

조직을 만든 이상 모일 장소가 절대적으로 필요했다. 우리는 루시오의 제안을 만장일치로 받아들여 그 장소를 **한밤의 신사들 클럽**이라고 부르기로 했다.

우리 클럽은 엔리케네 집 한구석에 있는 좁은 방이었다. 석회가 떨어져 나가 벽이 거무죽죽하게 변한 변소와 마주 보고 있던 그 방은 먼지가 뽀얗게 앉은 나무로 되어 있고, 천장 대들보에 커다란 거미줄이 쳐져 있었다. 방구석에는 망가지고

색이 벗겨진 꼭두각시 인형들이 수북이 쌓여 있었다. 이르수베타네 식구의 친구(실패한 인형술사였다)가 남긴 유산이었다. 그리고 사지가 무참하게 잘린 장난감 병정들로 가득 찬 상자와 더럽고 악취를 풍기는 옷 뭉치, 낡은 신문과 잡지가 수북이 쌓인 상자들도 있었다.

그 골방의 문을 열면 금이 간 벽돌로 덮인 어두컴컴한 마당이 보였다. 비가 며칠만 내려도 마당은 진흙탕으로 변했다.

"이봐, 집에 아무도 없니?"

엔리케는 하늘을 뒤덮은 잿빛 구름이 보이는 깨진 유리창으로 손을 넣어 엉성한 덧문을 닫았다.

"안채에서 노닥거리고 있어."

우리는 최대한 편하게 앉았다. 루시오가 이집트산 담배를 권하자 우리 둘은 신기해서 눈이 휘둥그레졌다. 그러곤 멋들어지게 구두 밑창에 성냥을 그어 불을 붙였다.

"우선 의사록부터 읽자."

조직에 무엇 하나 부족하거나 허술한 점이 없도록 우리는 의사록을 만들어 참가자들의 계획과 건의 사항을 빠짐없이 기록했다. 이와 더불어 인장(印章)도 만들었다. 엔리케가 코르크로 만든 직사각형 인장에는 세 개의 단검에 찔린 심장이 새겨져 있었는데, 보기만 해도 가슴이 뭉클해졌다.

의사록은 한 명씩 돌아가면서 보관했고, 회의를 마치고 의사록을 작성하고 나면 반드시 서명했다. 그리고 회의 주제와 제목마다 별도로 인장을 찍었다.

의사록에는 다음과 같은 내용이 담겨 있었다.

루시오의 제안: 앞으로 결쇠●를 이용하지 않고 물건을 훔치려면, 우리가 갈 모든 집의 열쇠 주형을 밀랍으로 만들어야 한다.

엔리케의 제안: 또한 우리가 열쇠를 본뜬 집은 도면을 작성해야 한다. 일단 완성된 도면은 의사록 비밀문서로 보관하고, 그곳에서 작업하게 될 사람의 편의를 위해 건물의 모든 특징을 기재해놓아야 한다.

전체 의결 사항: 엔리케 동지를 우리 **클럽**의 제도사(製圖士)이자 위조자로 임명한다.

실비오의 제안: 교도소 내에 니트로글리세린을 가지고 들어가려면, 달걀에서 노른자와 흰자를 꺼낸 다음 주사기를 이용해 그 안에 폭발물을 주입해야 한다.

니트로글리세린의 산성으로 인해 달걀 껍데기가 깨진다면, 솜화약●●으로 덮개를 만들어 그 안에 달걀을 집어넣어야 한다. 전혀 위험해 보이지 않는 덮개가 폭발물을 숨기고 있으

● 원래 열쇠는 아니지만 자물쇠를 여는 데 사용되는 열쇠.

●● 정제한 솜이나 기타 섬유소를 황산과 질산의 혼합액에 담가서 만든 화약으로, 불을 붙이면 폭발한다. 재를 남기지 않기 때문에 무연화약이나 다이너마이트의 원료로 쓴다.

리라고 의심할 사람은 아무도 없을 것이다.

엔리케의 제안: 회원 동지들이 가장 현대적인 방법과 산업적인 수단에 따라 물건을 훔치고 사람을 죽인다고 확신할 수 있도록 우리 **클럽**에 과학 서적 도서관을 설치해야 한다. 또한 우리 **클럽**에 가입한 지 세 달이 지난 회원에게는 브라우닝 권총과 고무장갑, 클로로포름 100그램을 소지하도록 의무화해야 한다. 우리 **클럽**의 공식 화학자는 실비오 동지가 될 것이다.

루시오의 제안: 우리가 사용하게 될 모든 총알에는 시안화수소산을 주입해야 할 것이다. 총 한 방으로 개의 꼬리를 날려버림으로써 독성을 실험할 계획이다. 우리의 예상대로라면 그 개는 십 분 안에 죽어야 한다.

"이봐, 실비오."

"왜, 무슨 일이야?" 엔리케가 말했다.

"생각해봤는데, 우리 공화국의 모든 도시에 클럽을 조직하는 게 어떨까 싶어."

"아냐, 중요한 점은 내일 할 일을 미리 준비하는 거야. 지금 그딴 일까지 신경 쓸 필요는 없어." 그때 내가 끼어들며 말했다.

루시오는 구석에 있던 더러운 옷 뭉치를 끌고 와 쿠션 삼아 몸을 기댔다. 나는 하던 말을 계속했다.

"도둑이 되려고 노력하다보면 오히려 득이 될 게 한 가지 있어. 피도 눈물도 없는 냉정한 인간으로 변한다는 건데, 이건 도둑질을 하는 데 꼭 필요한 조건이라고. 게다가 위험한 일을 많이 겪다보면 신중하게 생각하고 행동하는 습관도 몸에 배게 되지."

엔리케가 말했다.

"고리타분한 이야기 좀 집어치우고 뭔가 재미난 일이나 한번 꾸며보자. 이 동네, 정육점 뒷골목(이르수베타네 담장이 그 골목과 경계를 이루고 있었다)에 매일 밤 차를 세워두고 사무디오 거리에 있는 어느 저택의 셋방으로 자러 가는 미국 놈이 하나 있어. 실비오, 우리가 그 차의 자석발전기와 경적을 사라지게 하면 어떨까?"

"자칫하면 큰일이 생길 수 있다는 건 잘 알지?"

"무슨 소리야! 위험하지 않으니까 걱정하지 마. 우린 담을 넘어갈 거야. 그 시간이면 정육점 주인은 죽은 듯이 자고 있을 테니까 아무 문제 없어. 그런데 모두 장갑을 껴야 해."

"그럼 개는?"

"별놈의 걱정을 다 하는구나. 그 녀석이 나랑 얼마나 친한 줄 알아?"

"아무리 그래도 그 개가 우리를 보면 난리를 칠 것 같은데."

"실비오, 네 생각은 어때?"

"어떻게 되든 발전기 하나만 팔아도 100페소 이상은 받을 거라고."

"그 정도면 꽤 짭짤하긴 한데, 왠지 불안해."

"루시오, 넌 어때? 할 생각 있어?"

"다수결로 몰고 가려는 거야? 당연히 해야지……. 난 오래된 바지를 입고 나올게. 내가 가장 아끼는 **나들이옷**을 찢어먹고 싶지는 않으니까……."

"그럼 실비오, 너는?"

"난 엄마가 잠들면 곧바로 나올게."

"그러면 몇 시에 만날까?"

"이봐, 엔리케! 난 이번 일이 왠지 꺼려져."

"왜?"

"어쩐지 자꾸 마음에 걸린다고. 섣불리 잘못 건드리면 곧바로 의심받게 될 거야. 뒷골목인 데다…… 그 시간에 개도 짖지 않는다면 말이지……. 그렇게 쉽게 가서 훔치면, 우리가 했다는 게 금방 들통날 거라고……. 아무튼 이번 일에는 끼기 싫어. 내가 어떤 일이든 가리지 않고 다 하는 거 너도 잘 알잖아. 하지만 이번 일만큼은 꺼려진다고. 내 생각에는 장소가 문제야. 너무 가까워서 **사복들**이 금세 냄새를 맡을 것 같아."

"그럼 이번 일은 그만두자."

방금 위험에서 벗어난 것처럼 우리는 미소를 지었다.

그렇게 우리는 도둑질로 번 돈을 보고 더할 나위 없이 뿌듯한 기쁨을 느끼며 며칠을 보냈다. 그 돈은 우리에게 특별한 의미가 있었을 뿐만 아니라, 심지어 활기 넘치고 생생한 언어로 우리에게 말을 거는 것 같았다.

은행권은 알록달록한 그림 때문인지 더 의미심장하게 보였지만, 니켈 동전은 손에 넣고 가지고 놀 때마다 즐거운 듯이 짤랑거리는 소리를 냈다. 그렇다. 속임수를 통해 얻은 돈은 우리 앞에서 더 가치 있고, 더 신비스러운 척했고, 최대의 가치를 드러내 보이며 우리에게 강렬한 인상을 심어주었다. 그리고 돈은 이죽이죽 웃음을 흘리며 우리의 귀에 대고 찬사와 재치 있는 농담을 속삭이는 것만 같았다. 그건 사람들이 혐오하는 비열하고 불쾌한 돈이 결코 아니었다. 뼈 빠지게 일해서 버는 돈이 아니라 눈치 빠르고 영리한 돈, 그러니까 꼬마 도깨비의 두 다리와 난쟁이의 수염이 달린 은구슬 같은 돈, 익살스러운 표정으로 흥겨운 춤을 추면서 독한 와인 같은 향기로 우리를 신들의 주연으로 이끄는 돈이었다.

우리의 눈동자는 한 치의 걱정이나 근심 없이 고요하고 평화롭기만 했다. 감히 말하건대, 우리의 이마에는 오만함과 안하무인의 호기가 후광처럼 빛나고 있었다. 그동안 우리가 한 짓이 밝혀지면, 곧바로 1심 판사 앞에 끌려갈 것이라는 사실을 잘 알고 있을 정도로 우리는 자만심에 차 있었다.

우리는 종종 카페의 테이블에 둘러앉아 이야기를 나누곤 했다.

"넌 형사 법원 판사 앞에 불려가면 어떻게 할 거야?"

"나는 말이지. 우선 다윈과 르당테크•에 관해 말해줄 거야." 엔리케가 대답했다(엔리케는 무신론자였다).

"그럼 실비오, 너는?"

"무조건 내가 안 했다고 잡아뗄 거야. 내 목이 잘리는 한이 있더라도 말이지."

"그러면 고무는 어떻게 하려고?"

그 말을 듣자 우리는 모두 놀란 표정으로 서로의 얼굴을 멀뚱히 쳐다보았다. 우리는 **고무**라는 말만 들어도 가슴이 덜컥 내려앉았다. 아무리 맞아도 살갗에 흔적을 남기지 않는 공포의 곤봉. 경찰청에 끌려간 도둑놈들이 범죄 사실을 자백하지 않고 버티면, 형사들은 고무 곤봉으로 그들을 사정없이 두들겨 패곤 했다.

나는 치밀어 오르는 분노를 간신히 억누르면서 대답했다.

"나를 쉽게 잡지는 못할걸. 나를 죽이기 전까지는."

누군가의 입에서 '죽인다'는 말이 나오기만 하면, 우리는 안면신경이 부르르 떨리고 두 눈을 휘둥그레 떴으며, 머릿속에 아련하게 떠오른 학살 장면에 시선을 고정한 채 화약과 피 냄새를 맡듯 코를 벌름거렸다.

• 펠릭스 알렉상드르 르당테크(1869~1917)는 프랑스의 생물학자이자 과학철학자로, 라마르크의 이론을 광신적으로 믿었을 뿐만 아니라 무신론자, 유물론자, 결정론자였다.

"그래서 총알에 독을 발라야 하는 거라고." 루시오가 다시 자기주장을 내세웠다.

"그리고 폭탄도 만들어야 해." 나는 계속 말을 이어갔다. "동정심 따윈 필요 없어. 보이는 족족 폭탄으로 다 날려버려서 **짭새들**의 간담을 서늘하게 만들어야 한다고. 그들의 경계가 느슨해지면, 즉시 총탄 세례를 퍼붓고…… 판사들한테는 우편으로 폭탄을 보내야 해……."

그렇게 우리는 침울한 표정을 하고 카페의 테이블에 둘러앉아서 우리가 도둑인지 까맣게 모르는 사람들 앞에서 그런 말을 아무 거리낌도 없이 주고받았다. 곁을 지나가는 저 여자아이들이 이토록 말끔하게 차려입은 어린 우리가 도둑놈이라는 사실을 안다면 어떤 눈으로 쳐다볼지 생각하자 짜릿한 공포가 엄습하면서 심장이 오그라드는 듯했다. 우린…… 도둑놈들이다!

며칠 뒤, 나는 우리 계획의 세부 사항을 마무리하기 위해서 밤 12시경 엔리케, 루시오와 어느 카페에서 만났다.

우리는 일부러 사람이 없는 구석으로 들어가 창가 바로 옆에 자리를 잡았다. 오케스트라가 마음을 갈기갈기 찢어놓는 듯한 교도소 독방 탱고•의 마지막 클라이맥스를 절절하게 연

● 교도소 독방에 갇힌 채 짐승이나 다름없이 하루하루를 살아가는 사회 밑바닥 범죄자들의 비참한 삶을 그린 탱고의 하위 장르.

주하는 동안 가는 빗방울이 유리창을 두들겼다.

"루시오, 거기 수위가 없는 게 확실해?"

"확실하고말고. 휴가철이라서 다들 어디론가 떠났어."

우리는 다름 아니라 어느 학교 도서관을 털 계획이었다.

엔리케는 손으로 뺨을 괸 채 깊은 생각에 잠겨 있었다. 모자챙 아래로 그늘진 눈이 어렴풋이 보였다.

나는 왠지 마음이 불안했다.

루시오는 삶이 아름답다고 느끼는 사람처럼 흡족한 표정으로 주변을 둘러보았다. 루시오는 위험할 게 전혀 없다고 나를 설득하려고, 눈썹을 살짝 찡그리며 나한테 열 번째로 은밀하게 털어놓았다.

"거기 가는 길이라면 난 손바닥 들여다보듯이 훤히 알고 있어. 그런데 뭐가 걱정이야? 거리에서 담벼락을 뛰어넘어 테라스로 들어가기만 하면 된다니까. 수위들은 건물 3층에 있는 별실에서 자고 있고, 도서관은 반대편 건물 2층에 있어."

"그런 일이야 누워서 떡 먹기지. 불 보듯 뻔한 일인데, 뭐." 엔리케가 말했다. "백과사전을 들고 나올 수만 있다면, 수입이 아주 짭짤할 것 같은데."

"그런데 스물여덟 권을 어떻게 들고 나온다는 거지? 너 머리가 어떻게 된 거 아니야? 이삿짐 트럭을 부르지 않는 한……."

덮개를 덮은 차 몇 대가 카페 앞을 지나갔다. 가로등의 눈부신 아크등 불빛이 가로수 위로 떨어져 내리면서 노면에 떨리는 긴 그림자를 드리웠다. 웨이터가 커피를 가져왔다. 우리 주변의 테이블은 여전히 비어 있었고, 무대 위의 악사들은 잠시 한가한 틈을 타서 잡담을 나누고 있었다. 저 옆 당구장에서는 어려운 캐넌 샷•을 성공하고 떠들썩하게 환호하는 소리와 더불어 구두 굽 소리가 또각또각 경쾌하게 들려왔다.

"우리 셋이서 투테•• 게임이나 할까?"

"지금 이 마당에 무슨 투테야."

"비가 오는 것 같은데."

"차라리 잘됐네." 엔리케가 말했다. "오늘은 몽파르나스와 테나르디에•••가 좋아할 만한 밤이야. 테나르디에가 이렇게 말했지. '장 자크 루소는 이보다 더한 짓도 했어.'•••• 테나르디에라는 그 인간은 **라눈**,••••• 정말 여우 같은 놈이야. 그런데 난 밑바닥 세상에서 쓰는 말 중에서 **라눈**이라는 단어가 특히 마음에 들더라고."

• 흰 공으로 목표하는 공을 치고, 이어서 또 다른 공을 쳐서 구멍에 들어가게 하는 샷으로 매우 고난도 기술이다.

•• 에스파냐와 라틴 아메리카에서 가장 인기 있는 카드 게임 중 하나.

••• 빅토르 위고(1802~1885)의 《레 미제라블》에 등장하는 인물. 테나르디에는 팡틴이 코제트를 맡긴 여관의 주인으로, 테나르디에 부부는 모두 비열한 인간으로 묘사된다. 반면 몽파르나스는 바베, 괼메르, 클라크수와 함께 '파트롱 미네트'라는 4인조 악당 중 한 명이다.

•••• 루소는 아이를 낳으면 곧바로 고아원에 보냈다는 의미로 한 말이다.

"아직도 비가 와?"

나는 작은 광장 쪽으로 시선을 돌렸다.

비가 사선을 그리며 내리고 있었다. 두 줄로 늘어선 가로수 사이로 바람이 들이치면서 빗줄기는 잿빛 커튼처럼 펄럭였다.

아크등의 창백한 불빛을 받아 연초록으로 빛나는 나무줄기와 이파리를 보면서, 나는 동네 사람들이 벌이는 시끌벅적한 축제와 붉은 불꽃으로 파란 하늘을 수놓는 폭죽 소리로 요란하던 어느 여름밤 공원의 한 장면이 무심결에 떠올랐다. 그러자 갑자기 서글픈 생각이 들었다.

다사다난했던 그 마지막 날 밤의 일은 지금도 기억에 선명하게 남아 있다.

그때 악사들이 또 연주를 시작했는데, 칠판에 '키스 미'라고 적힌 곡이었다.

이렇듯 음산한 분위기 속에서 멜로디는 비극적이면서도 초연한 리듬에 따라 출렁거리는 것 같았다. 그 노래는 해가 짙푸른 바닷속으로 잠기는 동안 대서양 횡단선 갑판에서 가난한 이민자들이 부르는 합창곡처럼 들렸다.

나는 그때 바이올린 연주자의 모습이 얼마나 내 눈길을 끌었는지 기억한다. 소크라테스처럼 반짝반짝 빛나는 대머리와

●●●●● 원래는 '개구리'라는 뜻이지만, 범죄자들의 은어로는 '여우처럼 교활하고 약삭빠른 사람'을 의미한다.

코에 걸친 색안경. 그런 눈으로 악보를 보려고 억지로 목을 길게 뺀 채 안간힘을 쓰는 모습이 차마 보기 안쓰러울 정도였다.

루시오가 내게 불쑥 물었다.

"너 지금도 엘레오노라와 만나니?"

"아니, 벌써 헤어졌지. 더는 나랑 만나고 싶지 않대."

"이유가 뭔데?"

"방금 말한 대로야."

그녀의 모습이 길게 흐느끼는 듯한 바이올린 소리와 한데 뒤엉키면서 내 가슴속으로 격하게 파고들었다. 그것은 내 안의 또 다른 목소리가 그녀의 평온하고 다정한 얼굴을 떠올리라고 부르는 소리였다. 아! 이제는 희미한 추억으로 남은 그녀의 미소가 나를 얼마나 고통스러운 희열에 들뜨게 했던가! 그리고 나는 테이블에 앉아 그 어떤 관능적인 쾌락보다 더 달콤한 고통을 맛보며 영혼의 목소리를 담아 그녀를 떠올리면서 이렇게 중얼거렸다.

"아! 내가 너를 얼마나 사랑했는지 말로 표현할 수만 있었더라면, 〈키스 미〉가 흐르는 가운데…… 이렇게 울부짖으면서 너에게 떠나지 말라고 애원했더라면…… 그랬더라면 아마……. 하지만 그녀도 나를 사랑했었지……. 엘레오노라, 너도 나를 사랑하지 않았어?"

"이제 비가 그친 모양이네……. 자, 나가자."

"가자고."

엔리케는 테이블 위에 동전 몇 닢을 던지고 내게 물었다.

"혹시 리볼버 가지고 있어?"

"응."

"먹통이 되거나 그러지는 않겠지?"

"며칠 전에 시험해봤어. 총알이 건축용 판자 두 장을 뚫고 나가더라고."

이르수베타가 이어 말했다.

"이번 일만 잘되면 브라우닝을 살 거야. 하지만 오늘은 혹시 몰라서 강철 너클•을 가져왔어."

"끝을 갈아놨어?"

"아니, 지금 있는 스파이크만 봐도 겁이 날 정도야."

바로 그때 경찰관 한 명이 광장의 잔디밭을 가로질러 우리 쪽으로 오고 있었다.

루시오가 갑자기 경찰관 귀에 들릴 만큼 큰 소리로 외쳤다.

"이봐! 지리 선생 때문에 미치겠다고! 그 인간 때문에 정말 짜증 나 죽겠어!"

우리는 작은 광장을 대각선으로 가로질러 학교 담장 앞에 이르렀다. 그때 또 비가 내리기 시작한다는 것을 알아차렸다.

모퉁이의 건물을 돌아서면 커다란 플라타너스가 줄지어 서

• 손가락에 끼워서 펀치의 위력을 강화하는 무기.

있었다. 그 덕분에 삼각형을 이루고 있는 어둠이 더 짙어졌다. 그리고 빗방울이 이파리에 떨어지면서 독특한 음악 소리를 냈다.

높고 음침한 학교 건물 두 동을 하나로 꿰려는 듯 높이 치솟은 쇠창살 담이 날카로운 이빨을 드러내고 있었다.

우리는 어둠 속을 자세히 살피며 천천히 걸어갔다. 잠시 후, 나는 아무 말 없이 쇠창살 담을 기어 올라갔다. 그리고 쇠창살 두 개마다 하나씩 묶인 고리에 발을 디딘 다음 곧장 테라스로 뛰어내렸다. 나는 떨어졌을 때 그 자세로 몇 초 동안 꼼짝도 하지 않았다. 다시 말해 몸을 웅크린 채 눈동자를 움직이지 않고 손끝으로 물에 젖은 타일을 살짝 만져보기만 했다.

"아무도 없어." 내 뒤를 이어 뛰어내린 엔리케가 소곤거렸다.

"그런 것 같아. 그런데 루시오는 안 넘어오고 뭐 하는 거야?"

거리의 포석(鋪石)에 말발굽이 부딪치는 소리가 규칙적으로 들리더니 잠시 후, 또 다른 말이 지나갔다. 그 소리는 어둠 속에서 희미한 여운을 남기며 점점 잦아들고 있었다.

그때 루시오가 쇠창살 위로 고개를 내밀었다. 루시오는 가로대에 발을 디디더니 날렵하게 뛰어내렸다. 얼마나 몸놀림이 가볍던지 구두 밑창이 타일에 닿는 소리도 거의 나지 않았다.

"이봐, 방금 지나간 게 누구지?"

"경찰관과 야경꾼이더라고. **전차**를 기다리는 척했어."

"자, 모두 장갑부터 껴."

"알았어. 너무 흥분해서 깜박 잊고 있었네."

"그럼 어디로 가면 되지? 여긴 너무 어두워서……."

"이리로 가자……."

루시오가 앞장서서 길을 걷기 시작했다. 나는 권총집에서 리볼버를 꺼내며 나머지 둘과 함께 2층 테라스에 가려진 안뜰 쪽으로 향했다.

짙은 어둠 속에서 주랑이 희미하게 보였다. 그 순간 갑자기 나 자신이 친구들보다 우월한 인간이라는 생각이 들어 알 수 없는 전율이 온몸을 휘감았다. 그래서 나는 형제라도 되는 것처럼 따뜻하게 엔리케의 팔을 잡으며 말했다.

"우리 너무 느리게 가는 것 같은데." 말이 끝나기 무섭게 나는 조심스럽게 걷다 말고 큰 걸음으로 당당하게 걷기 시작했다. 그러자 돌연 반장화의 굽 소리가 어둠 속에 울려 퍼졌다.

발소리는 메아리가 되어 건물 주변으로 연달아 울려왔다.

절대로 붙잡히지 않을 것이라는 확신이 들면서 내 친구들도 서서히 낙관적으로 변해갔다. 우리가 마음의 여유를 되찾고 떠들썩하게 웃자 떠돌이 개 한 마리가 우리를 향해 세 번 짖어댔다.

우리가 용기를 발휘해 위험한 상황을 물리친 기쁨에 한껏 젖었더라면 팡파르를 밝게 울리고 작은북 소리를 요란하게 내면서 이를 축하하려 했을 것이다. 또한 과감히 법을 위반하고 웃으면서 범죄의 세계로 들어설 때, 그 즐거움으로 우리의 영혼이 얼마나 위대해질 수 있는지를 알리기 위해 잠들어 있던 모든 사람을 깨우려고 했을 것이다.

앞장서서 가던 루시오가 갑자기 뒤를 돌아보았다.

"며칠 내로 국립은행을 털까 하는데, 너희 생각은 어때?"

"실비오, 네가 가진 아크 방전• 시스템을 이용하면 어떤 금고라도 열 수 있잖아."

"지옥에 떨어진 줄 보노가 우리에게 박수갈채를 보내겠는걸." 엔리케가 말했다.

"악당 라콩브••와 발레 만세!" 이번에는 내가 외쳤다.

"유레카!" 루시오도 따라 소리쳤다.

"왜 그래?"

루시오가 대답했다.

"바로 그거야……. 이 루시오가 전에 너한테 말했지? 사람들이 네 동상을 세워야 할 거라고 말이야! 바로 그거라고, 알겠어?"

우리는 루시오의 주위에 모였다.

"다들 눈치챘어? 엔리케, 너 엘렉트라 극장 옆에 있는 보석

• 기체방전의 하나로, 양과 음의 단자에 고압 전위차를 가하면 발생하는 밝은 전기불꽃이다.

•• 라콩브(18??~19??)는 프랑스 출신의 아나키스트 강도로 1913년 경찰에 체포되었다.

가게 잘 알지? 이봐, 진지하게 하는 말이니까 웃지 말라고. 그런데 그 영화관 변소에는 지붕이 없어……. 그건 분명히 기억나. 거기를 타고 올라가면 보석 가게 지붕으로 갈 수 있을 거야. 일단 밤에 극장표를 몇 장 끊고, 영화가 끝나기 전에 빠져나가는 거지. 그리고 망울 주입기•를 이용해서 열쇠 구멍에 클로로포름을 주사하는 거야."

"좋았어. 그런데 루시오, 아무래도 이거 대박 날 것 같지 않아? 그리고 우리 같은 꼬마들이 그런 짓을 했을 거라고 누가 의심하겠어? 그 정도면 한번 진지하게 검토해볼 만하다고."

나는 담배에 불을 붙였다. 성냥 불빛에 대리석 계단이 모습을 드러냈다.

우리는 계단을 뛰어 올라갔다.

복도에 이르렀을 때, 루시오가 손전등을 비추었다. 불빛 속에서 어두운 복도 한쪽으로 길게 늘어진 자그마한 평행사변형이 보였다. 나무 문짝에 에나멜을 입힌 표지판이 하나 붙어 있었는데, 불을 비추자 **도서관**이라는 글자가 나타났다.

우리는 자세히 보기 위해 문으로 다가갔다. 문은 오래되어 그런지 낡아 보였다. 초록색으로 칠해놓은 문짝은 상당히 높았고, 문의 아랫면과 마루 사이에 2센티미터 정도의 틈이 있었다.

• 커다란 고무 구체로, 약물 등의 액체를 주입하는 기구.

쇠 지렛대를 이용하면 문짝을 들어 경첩에서 빼낼 수 있을 것 같았다.

"우선 테라스로 가자." 엔리케가 말했다. "그 끝 쪽에 전구들이 가득 있어."

복도에서 2층 테라스로 이어지는 문을 발견한 우리는 그 문으로 나갔다. 테라스를 모자이크로 수놓은 타일에 빗물이 고여 있어 걸을 때마다 철퍽철퍽하는 소리가 났다. 순간 번개가 번쩍 빛나면서 타르를 칠해놓은 높은 벽 옆으로 작은 나무 창고가 모습을 드러냈다. 문이 반쯤 열려 있었다.

이따금 번갯불이 번쩍 일면서 고르지 않은 보랏빛으로 물든 먼 하늘을 배경으로 종탑과 건물 지붕이 보였다. 감옥같이 생긴 타르 벽은 지평선의 풍경을 무시무시하게 잘라내고 있었다.

우리는 그 창고 안으로 들어갔다. 루시오는 다시 손전등을 켰다.

비좁고 지저분한 방에는 구석마다 톱밥을 담아놓은 포대가 수북이 쌓여 있었고, 걸레와 솔, 새 빗자루 등도 있었다. 한복판에는 커다란 등나무 바구니가 놓여 있었다.

"이 안에 뭐가 들어 있을까?" 루시오가 뚜껑을 열었다.

"전구야."

"어디 한번 볼까?"

우리는 호기심 어린 눈초리로 손전등이 비추는 바구니의 둥근 주둥이 쪽으로 몸을 구부렸다. 톱밥 사이로 필라멘트 전구의 동그란 유리가 반짝거렸다.

"필라멘트가 타서 끊어진 걸까?"

"아냐, 그랬다면 쓰레기통에 버렸겠지." 확실히 알아보기 위해 나는 재빨리 전구를 꺼내 필라멘트를 살펴보았다. 필라멘트는 멀쩡했다.

우리는 약속이라도 한 듯 말없이 전구를 꺼내 주머니 속에 집어넣었다. 주머니에 들어갈 데가 더는 없었지만, 그 정도로는 성에 차지 않아 천 보자기를 꺼내 그 안에 전구를 가득 채워 넣었다. 짤랑거리는 소리가 나지 않도록 루시오는 전구들 틈에 톱밥을 채웠다.

이르수베타는 바지 주머니 속에 전구를 얼마나 많이 숨겼는지 배 주위가 눈에 띌 정도로 불룩하게 튀어나와 있었다.

"엔리케 좀 봐. 아이를 밴 것 같잖아."

누군가의 재치 있는 농담을 듣고 우리는 모두 크게 웃었다.

우리는 조심해서 그곳을 빠져나왔다. 그런데 움직일 때마다 멀리서 들리는 종소리처럼 딸랑거리는 소리가 났다.

도서관 앞에서 걸음을 멈추었을 때, 엔리케가 나서며 말했다.

"자, 그럼 이제 안으로 들어가서 책이나 찾아보도록 하자."

"그런데 문을 어떻게 열지?"

"아까 그 창고에 쇠막대가 하나 있더라고."

"지금 우리가 뭘 하려는지 알겠지? 우린 전구를 보자기에 잘 싸놓을 거야. 그러면 루시오네 집이 여기서 가장 가까우니까 그걸 들고 갈 수 있겠지."

그러자 루시오가 투덜거리며 말했다.

"젠장! 난 혼자 나가기 싫어……. 감방에서 자고 싶지 않단 말이야."

불량스럽기 짝이 없는 루시오의 차림새란! 와이셔츠 목의 단추는 풀어 헤치고, 초록색 넥타이는 찢어진 옷가슴 위로 반쯤 풀어놓고 있었다. 이에 더해 모자를 뒤로 돌려 썼고 얼굴은 창백하고 꾀죄죄한 데다 셔츠 소맷부리는 단추를 잠그지 않아 장갑 위에서 벌어져 있었다. 이 정도만 해도 이제 도둑놈으로 거듭나려는 유쾌한 자위쟁이의 뻔뻔스러운 모습이 여러분의 눈앞에 떠오를 것이다.

엔리케는 자기 전구를 모두 정리하고 쇠막대를 찾으러 갔다.

그때 루시오가 볼멘소리로 투덜거렸다.

"엔리케 저 녀석은 얼마나 약삭빠른지 몰라. 그렇지 않아? 나를 미끼로 삼으려고 하다니. 그것도 나만 말이야."

"허튼소리 좀 작작 해. 여기서 네 집까지는 고작해야 세 블록밖에 안 되는데 뭘 그래? 집에 갔다 오는 데 오 분이면 뒤집어쓰겠다."

"아무튼 나 혼자 가기는 싫단 말이야."

"그건 알겠는데……. 넌 예전부터 호들갑 잘 떨기로 유명했잖아."

"그러다 **짭새**한테 잡히기라도 하면?"

"어서 가. 다리는 뒀다가 뭐에 쓰려고 그래?"

그때 엔리케가 물에 젖은 개처럼 몸을 털면서 들어왔다.

"이젠 어쩌지?"

"이리 줘봐. 이제 내 실력을 보게 될 테니까."

나는 쇠막대의 한쪽 끝을 손수건으로 감고 문틈으로 밀어 넣었다. 하지만 자세히 관찰한 결과 쇠막대를 바닥 쪽으로 누르는 대신 그 반대 방향, 즉 위로 들어 올리는 게 좋을 것 같았다.

문에서 삐걱거리는 소리가 나 나는 잠시 멈추었다.

"조금만 더 힘을 줘봐." 옆에서 보고만 있던 엔리케가 답답했는지 한마디 던졌다.

힘을 더 주자 다시 문에서 끼익하며 기분 나쁜 소리가 났다.

"내가 해볼게."

엔리케가 어찌나 세게 밀어붙였던지 조금 전의 삐꺼덕하는 소리 대신 우지끈하는 소리가 어두운 복도로 울려 퍼졌다.

엔리케가 쇠막대를 놓자 우리는 모두 얼어붙은 듯 멍한 표정으로 꼼짝도 하지 않았다.

"와, 죽여주는데!" 루시오가 놀란 표정으로 소리쳤다.

사방이 조용한 가운데 우리 입에서 새어 나오는 가쁜 숨소리만 들렸다. 그 순간, 루시오가 자기도 모르게 손전등을 끄는 바람에 안 그래도 두려움에 떨고 있던 우리는 극도의 공포에 빠져 경계하는 듯한 자세를 취했다. 그러면서 감히 움직일 엄두도 내지 못한 채 손을 뻗으며 벌벌 떨기만 했다.

우리의 눈은 짙은 어둠 속을 꿰뚫어 보면서 복도에 떠도는 하찮은 소리도 모두 모아 듣고 있는 듯했다. 감각기관이 지나치게 예민해진 탓인지 청력 범위도 더 넓어진 것 같았다. 우리는 모두 무언가를 기다리는 사람처럼, 입을 반쯤 벌린 채 동상처럼 우두커니 서 있었다.

"이제 어떡하지?" 루시오가 중얼거리듯 말했다.

갑자기 두려움이 사라졌다.

그때 내가 무슨 생각으로 루시오에게 이런 말을 했는지 모르겠다.

"이 리볼버를 가지고 가서 계단 입구를 지켜. 특히 아래쪽을 잘 감시해. 우리는 하던 일을 계속할 테니까."

"그럼 가져온 전구는 누가 꾸릴 거야?"

"지금 이 상황에서도 전구가 신경 쓰이는 모양이지? 그런 걱정은 안 해도 돼."

그러자 순한 건달은 영화에 나오는 불량배처럼 리볼버를 공중에 던지고 다시 받으면서 어둠 속으로 사라졌다.

엔리케가 조심스럽게 도서관 문을 열었다.

안에는 오래된 종이 냄새가 진하게 배어 있었다. 손전등을 켜자 왁스를 칠한 마룻바닥 위로 재빨리 달아나는 거미 한 마리가 보였다.

빨갛게 니스 칠을 해놓은 서가는 거의 천장에 닿을 정도로 높았다. 손전등의 동그란 불빛이 도서관 안을 이리저리 움직이는 사이 서가 가득 빽빽하게 꽂혀 있는 책이 언뜻 모습을 드러냈다.

유리 진열장은 어둠에 잠긴 도서관에 근엄한 분위기를 더해주었다. 유리 뒤로 가죽, 천, 종이로 장정한 책등에서 아라베스크 문양과 금박을 입힌 제목이 반짝거렸다.

이르수베타는 유리 진열장으로 다가갔다.

유리에 반사된 불빛이 비스듬히 비추자 그 아이의 옆모습이 마치 얕은 돋을새김처럼 보였다. 움푹 들어간 볼에 한곳을 응시하는 듯 움직이지 않는 눈동자, 머리를 조화롭게 휘감다가 목덜미 힘줄이 푹 꺼진 곳에서 사라진 검은색 머리카락.

엔리케는 웃음 띤 얼굴로 나를 돌아보며 말했다.

"이리 와볼래? 좋은 책이 많아."

"알았어. 그런 책이라면 팔기도 쉽지."

"우리가 여기 들어온 지 얼마나 됐지?"

"삼십 분쯤 됐을 거야."

나는 문에서 몇 걸음 떨어지지 않은 도서관 한복판의 책상 모서리에 걸터앉았다. 엔리케도 곧 나를 따라 했다. 우리는 모두 지친 상태였다. 어두컴컴한 도서관의 정적이 우리의 영혼에 스며들면서 기억과 불안감이 도사린 더 커다란 공간이 우리 앞에 펼쳐졌다.

"엘레오노라와 왜 헤어졌는지 말해봐."

"나도 모른다니까. 너 기억나니? 그 애가 내게 꽃을 선물했던 것 말이야."

"그런데?"

"그러고 나서는 나한테 편지를 써서 보내더라고. 참 이상한 일도 다 있지. 두 사람이 사랑에 빠지면, 서로 마음이 통하는 모양이야. 어느 일요일 오후에 그 애가 동네나 한 바퀴 돌려고 나왔어. 왜 그랬는지 모르겠지만, 나도 그 시간에 밖으로 나갔어. 그런데 서로 반대 방향으로 간 거지. 그러다 결국 만났는데, 그 애는 내 얼굴을 보지도 않고 팔을 뻗어 편지를 건네주더군. 그 아이는 노란빛이 도는 분홍색 옷을 입고 있었어. 그때 푸른 숲에서 새들이 엄청나게 지저귀던 게 아직도 기억나."

"편지를 주면서 뭐라고 했는데?"

"딱 한마디 하더라고. 기다려달라고……. 무슨 말인지 알겠어? 나이가 들 때까지 기다려달라고 말이야."

"조심성이 많은 아이구나."

"근데 엔리케, 그 애는 너무 고지식하고 진지하다니까! 하긴 네가 그런 것까지 어떻게 알겠니. 그때 나는 쇠창살에 기대서 있었어. 날이 저물고 있었지. 그 아이는 그 말을 한 다음부터 입을 꾹 닫고 있는 거야……. 그러다 가끔 나를 힐끗힐끗 쳐다보더라고……. 갑자기 울고 싶어지더군……. 그런데 우리는 아무 말도 하지 않았어……. 하긴 그런 상황에서 무슨 말을 하겠니?"

"사는 게 다 그렇지, 뭐." 엔리케가 말했다. "그건 그렇고 이제 책이나 찾아보자. 그런데 루시오, 그 자식은 어쩌지? 사실 그놈 때문에 열받을 때가 종종 있거든. 게을러터져서 큰일이라고!"

"열쇠는 어디 있을까?"

"틀림없이 책상 서랍에 있을 거야."

우리는 책상 서랍을 뒤지다 펜 상자에서 열쇠를 찾았다.

자물쇠에서 삐꺼덕하는 소리가 나면서 유리문이 열렸고 우리는 안을 살펴보기 시작했다.

손에 닿는 대로 책을 꺼내 쭉 훑어보았다. 가격에 대해 일가견이 있는 엔리케는 책을 한 권씩 살펴보면서 "이건 한 푼의 값어치도 없어"라거나 "이건 값이 조금 나가겠는데"라고 판단을 내렸다.

"《마의 산》."•

"이건 절판된 책이라 어디를 가져가도 10페소는 받을 거야."

"르봉의《물질의 진화》.•• 안에 사진도 실려 있어."

"그 책은 내가 가져갈게." 엔리케가 말했다.

• 독일의 소설가 토마스 만(1875~1955)의 1924년 작품으로, 사회적 휴머니즘의 정수를 보여준 것으로 평가받는다.

•• 《군중심리》로 잘 알려진 프랑스의 사회학자이자 인류학자인 귀스타브 르봉(1841~1931)이 물질과 에너지에 관한 견해를 피력한 저서다.

"로우케테, 《유기화학과 무기화학》."●

"다른 책들하고 여기에 놓아둬."

"《미적분학》."

"그건 고등수학인데. 아주 비싼 책일 거야."

"그럼 이건?"

"제목이 뭐지?"

"샤를 보들레르, 그의 생애."

"한번 보게 이리 좀 줘봐."

"전기 같은데. 별로 쓸모없어."

나는 그 책을 받아 여기저기 아무 데나 펼쳐보았다.

"이건 시인데."

"뭐라고 써 있는데?"

나는 큰 소리로 몇 구절을 읽기 시작했다.

> 나 그대를 밤의 창공처럼 연모한다오.
>
> 오! 슬픔의 꽃병이여, 오! 짓누르는 침묵이여,●●

엘레오노라, 나는 생각했다. 오, 엘레오노라.

● 19세기 말~20세기 초, 아르헨티나 자연과학계에 현대적인 방법론을 도입한 아우구스토 로우케테의 저서다.

●● 샤를 보들레르(1821~1867)의 《악의 꽃》(1857)에 수록된 〈나 그대를 밤의 창공처럼 연모한다오〉의 1~2행이다.

> 그러면 우리 모두 공격하자, 자,
> 마치 시체를 마주한 집시 합창단처럼.●

"이봐! 이 시 너무 아름답지 않아? 이 책은 우리 집에 갖다 놓을게."

"좋아. 그럼 내가 책을 꾸리는 동안 넌 전구를 보자기로 잘 싸라고."

"그럼 손전등은?"

"이리로 가져와."

나는 엔리케가 하자는 대로 했다. 우리는 말없이 물건을 옮기느라 부지런히 왔다 갔다 했다. 그사이 구석을 짙은 어둠에 잠기게 한 희미한 불빛으로 인해 거인처럼 변한 우리의 그림자가 도서관의 바닥과 천장에서 부지런히 움직이고 있었다. 이제 위험한 상황에 어느 정도 익숙해진 탓인지 불안감이 말끔히 사라지면서 손놀림도 빨라졌다.

엔리케는 책상에 앉아 책장을 넘겨보면서 책을 분류했다. 내가 전구를 모두 포장했을 때 복도에서 루시오의 발걸음 소리가 들렸다.

● 같은 시의 7~8행인데, 잘못 인용되어 있다. 원문은 "나는 공격하듯 전진하고 돌격하듯 기어오르리라./마치 사체를 따르는 벌레 떼처럼"이다. 작가의 착오로 보인다.

잔뜩 일그러진 표정을 하고 나타난 루시오의 이마에 굵은 땀방울이 송송 맺혀 있었다.

"저기 누가 오고 있어……. 방금 안으로 들어왔다고……. 어서 불을 꺼."

망연자실해서 루시오를 쳐다보던 엔리케가 기계적으로 손전등을 껐다. 나는 겁에 질린 나머지 누군가가 책상 옆에 내팽개쳐놓은 쇠막대기를 꼭 움켜잡았다. 어둠 속에서 얼음장처럼 차가운 고행띠•가 내 이마를 졸라매는 것만 같았다.

미지의 남자가 흐릿한 발걸음 소리와 함께 계단을 올라오고 있었다.

공포가 극에 달하자 나는 완전히 딴사람이 되었다.

나는 이제 모험을 좋아하는 아이가 아니었다. 돌연 초조함이 사라지면서 내 육신은 범죄 본능이 꿈틀거리며 끓어오르는 험악한 동상이 되었다. 본능적으로 위험을 감지하고 긴장한 나머지 팔다리가 뻣뻣해진 채 서 있는 동상.

"누구지?" 엔리케가 한숨을 내쉬며 말했다.

루시오가 대답 대신 팔꿈치로 엔리케의 옆구리를 꾹 찔렀다.

이제 한 발 한 발 더 가깝게 다가오는 발소리에 우리는 숨 막히는 긴장감을 느꼈다. 발소리가 내 귓전에 울려 퍼졌고,

---

• 가톨릭에서 고행을 행하기 위해 몸에 묶는 띠로, 빳빳하고 거친 천 끝에 뾰족한 쇠가 달려 있다.

심장이 고동치고 혈관이 떨릴 때마다 고막이 얼얼해졌다.

나는 두 손으로 쇠막대를 움켜쥐고 똑바로 선 채 누구든 내리칠 만반의 준비를 하고 있었다……. 나는 귀를 쫑긋 세우고 소리의 성질을 기막히게 빨리 구별할 줄 알았다. 그래서 그 소리의 진원지를 추적하고 소리의 구조를 통해 소리를 내는 사람의 심리 상태까지 파악했다.

나도 모르게 현기증이 일면서 머리가 팽 돌았지만, 그래도 소리를 분석했다.

"여기로 다가오고 있어……. 아무 생각도 하지 않아……. 만약 생각하고 있다면 저렇게 걷지는 않겠지……. 발을 질질 끌고 걷는군……. 무언가 수상한 낌새를 눈치챘다면 저렇게 발뒤꿈치를 땅에 질질 끌지는 않겠지……. 그랬다면 우선 몸 자세를 가다듬으면서…… 소리를 찾으려는 귀의 충동과 침입자의 몸을 찾으려는 눈의 충동에 이끌려 까치발을 하고 걸을 거라고……. 저 사람도 그 정도는 알겠지……. 하지만 긴장하기는커녕 마음이 느긋한 거야."

갑자기 저 아래에서 누군가가 껄껄하게 쉰 목소리로 노래를 부르기 시작했다. 술주정뱅이들 특유의 울적함이 묻어나는 목소리였다.

> 내가 너를 만난 날은 저주받은 날이야
>
> 아이 마카레나, 아이 마카레나

나른한 노랫소리가 갑자기 멈추었다.

"무언가 낌새를 알아차린 거야……. 아니야…… 하지만 그럴지도 몰라……. 아니야…… 혹시." 그 순간, 심장이 터지면서 혈관 속으로 피를 뿜어내는 듯한 느낌이 들었다.

그 남자는 복도에 이르자 다시 구시렁거리면서 노래를 불렀다.

아이 마카레나, 아이 마카레나

"엔리케." 나는 속삭이듯이 불렀다. "엔리케."

아무도 대답하지 않았다.

바람을 타고 트림 소리와 함께 시큼한 냄새가 풍겨왔다.

"술주정뱅이네." 엔리케가 내 귀에 대고 속삭였다. "만약 여기로 오면, 입에 재갈을 물려버릴 거야."

다행히 남자는 발을 질질 끌면서 도서관 앞을 지나 복도 끝으로 사라졌다. 그러다 모퉁이에서 갑자기 걸음을 멈추었다. 그러곤 문손잡이를 돌리려고 용을 쓰는 소리가 들리더니 잠시 후, 문이 쾅 닫혔다.

"와, 정말 아슬아슬했어!"

"그런데 루시오…… 너 왜 이렇게 조용한 거야?"

"기뻐서, 형제여. 너무 기뻐서 그런 거야."

"그런데 넌 저 사람을 어떻게 본 거지?"

"난 계단에 앉아 있었어. 너도 잘 알겠지만 말이야. 그런데 갑자기 쿵 하는 소리가 들리더라고. 그래서 재빨리 일어나 아래를 보니까 철문이 열리고 있는 거야. 그래서 너한테만 **말하는데**(**voglio dire**),● 그때 얼마나 식겁했는지 모른다니까!"

"그 남자가 우리를 발견하고 덮쳤더라면 어떻게 됐을까?"

"나는 그 작자를 바짝 **얼게** 만들었을 거야." 엔리케가 말했다.

"그럼 이젠 어떻게 할까?"

"뭘 어떻게 할 거냐고? 여기서 나가야지. 시간이 됐잖아."

우리는 웃으며 까치발을 하고 계단을 내려갔다. 루시오는 전구 보따리를, 나와 엔리케는 무거운 책 두 꾸러미를 들고 갔다. 이유는 잘 모르겠지만, 그때 나는 계단의 짙은 어둠 속에서 눈부신 태양을 생각했다. 그러곤 조용히 웃었다.

"왜 웃는 거야?" 엔리케가 나를 보고 불쾌한 듯이 물었다.

"나도 모르겠어."

"이러다 **짭새들**한테 걸리는 거 아냐?"

"그럴 리 없어. 여기서 집까지 가는 길에는 경찰이 돌지 않는다니까."

"하긴 전에도 네가 그랬지."

● 아르헨티나에는 이탈리아 이주민 출신의 노동자가 많았기 때문에 이탈리아어가 자주 사용된다. 하지만 주로 빈곤층의 언어, 특히 범죄나 매매춘과 관련되는 경우가 많다.

"더군다나 이렇게 비가 오는 마당에 무슨!"

"제기랄!"

"엔리케, 무슨 일이야?"

"깜박하고 도서관 문을 안 닫았네. 손전등 좀 줘봐."

내가 손전등을 건네주자 이르수베타는 성큼성큼 걸어가더니 이내 어둠 속으로 사라졌다.

우리는 대리석 계단에 앉아 엔리케를 기다렸다.

어둠 속에 앉아 있으려니 추워서 온몸이 바들바들 떨렸다. 안뜰의 타일 위로 빗방울이 사납게 내리치고 있었다. 나도 모르게 자꾸 눈꺼풀이 감기면서 사랑하는 여자아이의 애원하는 듯한 얼굴이 내 영혼 속으로 스며들었다. 아득하게만 느껴지는 그날 저녁, 거무스름한 포플러 옆에 선 채로 미동도 하지 않던 그 아이의 얼굴. 그러자 내면의 목소리가 억지를 부렸다.

'널 사랑해, 엘레오노라! 아! 내가 너를 얼마나 사랑했는지 조금이라도 알아준다면 얼마나 좋을까!'

우리가 기다리던 곳으로 돌아온 엔리케는 겨드랑이에 책 몇 권을 끼고 있었다.

"그건 뭐지?"

"말테 브룅•의 《지리학》이야. 이건 내가 가져갈 거야."

• 콘라드 말테 브룅(1775~1826)은 프랑스의 지리학자이자 언론인이다.

"문은 제대로 닫았어?"

"응, 티 나지 않게 최대한 잘 닫아놓았지."

"괜찮을까?"

"도둑이 들었는지도 모를 거야."

"이봐, 그 술주정뱅이 말이야. 혹시 그치가 정문을 열쇠로 잠그지 않았을까?"

듣고 보니 엔리케의 말에도 일리가 있었다. 우려했던 것과는 달리 정문은 반쯤 열려 있었다. 우리는 정문을 통해 거리로 나갔다.

밤새 쏟아진 비가 급류로 변해 거품을 일으키며 두 보도 사이를 콸콸 흘러가고 있었다. 이제는 비도 분노를 억누른 채 가늘고 촘촘하지만 끈질기게 내리고 있었다.

무거운 짐을 들고 있었지만, 혹시나 잘못되지나 않을까 하는 불안감에 사로잡혀 우리는 걸음이 점점 빨라졌다.

"멋지게 한탕 했네."

"그렇지. 아주 멋진 한탕이었어."

"그런데 루시오, 이걸 네 집에 놔두려는데 어때?"

"정신 나간 소리 좀 작작 해. 이건 내일 당장 다 팔아버릴 거라고."

"가져온 전구가 모두 몇 개지?"

"서른 개."

"아주 멋지게 한탕 했구먼." 루시오가 같은 말을 되풀이했다. "그럼 책은?"

"계산해보니까 대략 70페소는 받을 것 같아." 엔리케가 대답했다.

"루시오, 지금 몇 시지?"

"적어도 3시는 됐을걸."

아니다. 그렇게 시간이 많이 지나지는 않았다. 하지만 피로와 조바심, 어둠과 정적, 우리의 얼어붙은 등에 차가운 물방울을 계속 떨구는 나무. 이 모든 것이 합쳐지면서 밤이 영원히 계속되는 것처럼 보였을 뿐이다. 엔리케가 침울한 표정을 지으며 말했다.

"그래, 너무 늦었어."

우리는 추위와 피로에 몸을 벌벌 떨면서 루시오의 집으로 들어갔다.

"이봐, 노인네들이 깨지 않도록 조용히 들어와."

"그런데 이건 어디에다 두지?"

"잠깐만 기다려보시게나."

문이 천천히 열렸다. 루시오는 방에 들어가자마자 배전반의 스위치를 돌렸다.

"이봐, 어서 들어와. 여기가 내 쪽방이야."

한쪽 구석에 있는 옷장과 하얀 나무 탁자, 침대가 전부였다. 침대 머리맡 위에는 검은 피부의 그리스도가 애처롭게 비틀린 팔을 뻗고 있었다. 그리고 액자 속에는 아주 비통한 표정으로 하늘을 쳐다보는 리다 보렐리•의 사진이 들어 있었다.

우리는 너무 지쳐서 들어오자마자 침대 위에 쓰러져버렸다.

졸음이 밀려오는 가운데, 피로에 지친 나머지 모두 눈 밑이 거무스름했다. 우리는 움직이지도 않는 눈동자로 열병에 걸려 환각 증세가 나타날 때처럼 때로는 가까이 보이고, 때로는 멀리 보이는 하얀 벽을 뚫어지게 쳐다보고 있었다.

가져온 짐을 모두 옷장에 집어넣은 루시오는 탁자 모서리에 걸터앉아 깍지 낀 손으로 무릎을 감싼 채 생각에 잠겨 있었다.

"《지리학》 책은 어디 있지?"

비에 흠뻑 젖은 우리의 영혼과 창백한 얼굴, 시퍼렇게 멍이 든 채 반쯤 벌리고 있는 손을 침묵이 다시 무겁게 짓누르기 시작했다.

나는 하얀 벽에서 여전히 눈을 떼지 않은 채 우울한 표정으로 몸을 일으켰다.

"나 먼저 갈 거니까 리볼버 내놔."

"나랑 같이 가자." 이르수베타가 침대에서 일어나며 말했다. 우리 둘은 딱딱하게 굳은 표정으로 어깨가 축 처진 채 아

• 리다 보렐리(1884~1959)는 이탈리아의 배우로, 〈벌거벗은 진실〉(1914)이 대표작이다.

무 말 없이 어둠에 잠긴 거리 속으로 사라졌다.

이제 막 옷을 벗었을 때, 우리 집 대문을 미친 듯이 세 번 두드리는 소리가 들렸다. 어찌나 다급하게 두드리는지 소리만 들어도 온몸의 털이 곤두서는 것 같았다.

순간 눈앞이 아찔해졌지만 정신을 가다듬고 생각했다.

'경찰이 나를 쫓아온 거야……. 경찰이…… 경찰이…….' 내 영혼이 숨을 헐떡거렸다.

문을 두드리는 소리가 세 번 더 났다. 조금 전보다 훨씬 더 불안하고 더 격렬하고 더 다급했다.

나는 옷도 걸치지 않은 채 리볼버를 들고 문밖으로 나갔다.

대문을 열기 무섭게 엔리케가 내 품으로 쓰러졌다. 그 바람에 책 몇 권이 바닥에 나뒹굴었다.

"문 닫아. 어서 닫으라고. 나를 쫓아오고 있어. 실비오, 어서 닫으라니까." 이르수베타가 갈라진 목소리로 말했다.

나는 엔리케를 테라스 지붕 아래로 끌고 갔다.

"무슨 일이니, 실비오? 왜 그러는 거야?" 엄마가 놀랐는지 방에서 소리를 질렀다.

"아무 일도 아니니까 조용히 해……. 엔리케가 싸우다 경찰관한테 쫓기고 있다고."

깊은 밤의 정적 속에서, 두려움 때문에 우리를 감시하고 추적하는 법의 세력과 한 패거리가 된 정적 속에서 경찰관이 호루라기를 불며 뛰어가고, 말 한 마리가 거리 초입을 전속력으로 질주하고 있었다. 소름 끼치는 그 소리는 부근의 여러 곳에서 다시 메아리처럼 울려 퍼졌다.

경찰관들이 요란하게 부르는 소리가 축제용 종이테이프처럼 허공을 가로질렀다.

이웃집 대문이 열리고, 수런거리는 소리가 들렸다. 엔리케와 나는 테라스의 어둠 속에서 꼭 껴안은 채 벌벌 떨고 있었다. 기분 나쁜 호루라기 소리가 우리를 위협하듯이 사방에서 쉴 새 없이 들려왔다. 범인을 잡기 위해 토끼몰이식으로 포위망을 좁히는 가운데, 요란한 말발굽 소리, 미끄러운 포석에서 말들이 갑자기 멈추는 소리, 또 경찰관들이 후퇴하는 소리가 들렸다. 저들에게 쫓기는 녀석은 내 품에 안긴 채 두려움에 벌벌 떨고 있었다. 공포에 질려 어찌할 바를 모르는 녀석을 보자 측은한 마음이 한없이 밀려왔다.

나는 엔리케를 내 방으로 데려갔다. 가는 내내 엔리케는 이를 덜덜 떨었다. 여전히 두려움에 떨며 의자에 털썩 주저앉았다. 녀석은 겁에 질려 휘둥그레진 눈으로 분홍색 전등갓을 뚫어지게 쳐다보았다.

다시 말 한 마리가 거리를 지나가고 있었다. 하지만 이번에는 너무 천천히 가서 우리 집 앞에 멈추어 선 줄 알았다. 잠시 후, 경찰관은 호루라기를 불며 말에 박차를 가했다. 그런데 여기저기서 불어대던 호루라기 소리가 점점 잦아들더니 마침내 완전히 멈추었다.

"물! 물 좀 줘!"

내가 물병을 건네주자 엔리케는 물을 벌컥벌컥 들이켰다. 목에서 꿀꺽꿀꺽하는 소리가 들렸다. 물이 목을 타고 내려가면서 노래를 부르는 듯했다. 땅이 꺼져라 깊은 한숨을 내쉬자 녀석의 가슴이 쑥 들어갔다.

엔리케는 전등갓에서 여전히 눈을 떼지 않은 채 미소를 지었다. 무서운 악몽에서 깨어나기라도 한 것처럼 야릇하고 아리송한 미소였다.

엔리케가 말했다.

"고마워, 실비오." 녀석은 여전히 미소 짓고 있었지만, 뜻밖의 기적으로 궁지에서 벗어나면서 영혼이 무한히 부풀어 오르는 것 같았다.

"아니, 대관절 어떻게 된 일이야?"

"그게 말이지…… 길을 따라 걸어가는데, 그때까지만 해도 주변에 아무도 없었어. 그런데 수드 아메리카 거리 모퉁이를 막 돌아서는 순간, 가로등 아래에서 나를 빤히 노려보고 있는 경찰관이 눈에 띄더라고. 그 순간, 나는 본능적으로 걸음을 멈추었어. 그랬더니 그 작자가 나를 향해 소리치더라고. '야! 너 뭘 들고 가는 거야?' 두말할 것도 없이 부리나케 달아났지. 그 놈도 나를 쫓아왔지만, 우의를 입고 있어서 따라잡지는 못했어……. 일단 놈을 따돌리고 나니까…… 저 멀리서 또 다른 놈이 말을 타고 오는 게 보이더라고……. 호루라기를 불면서 말이지. 아무튼 그놈은 나를 쫓아오는 내내 호루라기를 불었어. 나는 젖 먹던 힘까지 다 짜내서 여기로 온 거야."

"너도 잘 알겠지만…… 루시오네 집에 책을 두고 왔더라면 이런 일이 벌어지지 않았을 거야! 저들에게 **붙잡혔으면** 어쩔 뻔했어! 하마터면 우리 모두 **감방**에 끌려갈 뻔했다고. 그런데 책은 어쨌어? 길거리에서 흘린 건 아냐?"

"아냐, 책은 저기 골목에서 떨어뜨린 것 같아."

책을 찾으러 나가기 전에 나는 엄마에게 자초지종을 설명해야 했다.

"나쁜 짓을 저지른 건 아니야. 엔리케가 다른 친구와 당구를 치다가 실수로 당구대의 천을 찢은 모양이야. 주인이 돈을 물어내라고 했는데, 돈이 없다고 버티다가 큰 싸움이 났다고 하더라고."

우리는 지금 엔리케네 집에 있다.

꼭두각시 인형들이 널려 있는 방의 작은 창문으로 붉은 번갯불이 번쩍인다.

엔리케는 한구석에 쪼그리고 앉아 생각에 잠겨 있다. 길게 이어진 주름이 머리털 언저리와 눈썹 사이로 이마를 가로지르고 있다. 루시오는 더러운 옷 뭉치에 기댄 채 담배를 피우고 있다. 뿌연 담배 연기가 창백한 얼굴을 안개처럼 휘감는

다. 변소 너머, 이웃집에서 피아노로 느리게 연주하는 왈츠의 선율이 들려온다.

나는 바닥에 앉아 있다. 빨간색과 초록색으로 칠해진 다리 없는 병정이 판지로 만든 찌그러진 집에서 나를 빤히 쳐다보고 있다. 엔리케의 누나들은 무슨 일인지 밖에서 쌀쌀맞은 목소리로 다투고 있다.

"그러면 이제 어떡하지?"

엔리케가 숙이고 있던 고개를 당당하게 들고 루시오를 바라본다.

"어떡하는 게 좋겠어?"

나는 엔리케를 바라본다.

"실비오, 네 생각은 어때?" 루시오가 말했다.

"이건 머리를 싸매고 고민한다고 해결될 문제가 아니야. 당분간 빨빨거리고 돌아다니지 않도록 해. 그러지 않으면 잡혀갈 게 뻔하니까."

"하긴 그저께 밤에도 두 번이나 붙잡힐 뻔했잖아."

"그래, 맞아. 지금은 그 수밖에 없어." 루시오는 흐뭇한 표정을 지으며 어느 신문에서 오려낸 기사를 다시 읽는다. 벌써 열 번째다.

> 금일 새벽 3시, 마누엘 카를레스 형사는 아베야네다 대로와 수드 아메리카 거리를 순찰하던 중 짐 꾸러미를 팔에 끼고

> 수상쩍은 행동을 하던 자를 발견하곤 멈추라고 명령했다. 하지만 신원이 밝혀지지 않은 용의자는 달아나 그곳에서 가까운 거리의 어느 공터로 사라졌다고 한다. 38구역 경찰서는 해당 사건에 대한 수사에 착수했다.

"그럼 우리 클럽은 해체되는 거야?" 엔리케가 물었다.

"그렇지는 않아. 하지만 우리 활동은 무기한 중단될 거야." 루시오가 대답했다. "지금 경찰관이 이 주변을 샅샅이 캐고 다니는 마당에 섣불리 움직이다가는 도리어 화를 당하기 쉽다고."

"맞아. 그건 멍청한 짓이지."

"그럼 책은?"

"모두 몇 권이나 되지?"

"스물일곱 권이야."

"그럼 한 명당 아홉 권씩이네……. 참 잊지 말고 책에 찍힌 학교교육위원회 도장부터 조심해서 지우라고……."

"전구는?"

루시오가 재빨리 나서며 대답했다.

"이것들 봐! 나는 그 망할 전구에 대해서라면 눈곱만큼도 알고 싶지 않아. 그걸 내다 파느니 차라리 변소에다 던져버릴 거야."

"그래, 맞는 소리야. 지금은 좀 위험하지."

이르수베타는 입을 꾹 다문 채 아무 말도 하지 않았다.

"이봐, 엔리케. 왜 그래? 무슨 걱정거리라도 생겼니?"

그러자 천천히 입이 비틀어지면서 엔리케의 얼굴에 이상야릇한 미소가 감돌았다. 녀석은 어깨를 으쓱하더니 갑자기 자리에서 벌떡 일어나면서 말했다.

"여러분은 여기서 포기해. 이런 일은 아무나 하는 게 아니니까. 하지만 난 혼자 남더라도 이 일을 계속할 거야."

그 순간, 붉은 번갯불이 번쩍 일면서 꼭두각시 인형의 골방 벽에 녀석의 수척한 실루엣이 비쳤다.

제2장 노동과 나날•

집주인이 임대료를 올리려고 하는 바람에 우리는 플로레스타 구 안쪽에 있는 쿠엥카 거리의 크기만 하고 을씨년스러운 집으로 이사했다.

나는 그 후로 루시오와 엔리케를 더는 만나지 못했고, 가난과 역경의 어둠 속에서 힘든 나날을 보내야 했다.

내가 열다섯 살이 되었을 무렵, 어느 날 저녁 엄마가 말했다.

"실비오, 너도 일해야 하지 않겠니."

탁자에 앉아 책을 읽던 나는 눈을 들어 원망스러운 듯이 엄마를 쳐다보았다. 나는 생각했다. '일해라. 언제나 일하라는 말뿐이야.' 하지만 아무 대답도 하지 않았다.

• 기원전 7세기, 그리스의 서사시인 헤시오도스가 쓴 〈노동과 나날〉에서 따온 제목이다.

엄마는 창가에 서 있었다. 황혼 녘의 푸르스름한 빛이 엄마의 희끗희끗한 머리와 주름이 깊게 파인 누런 이마에 내려앉았다. 엄마는 못마땅해하면서도 동정 어린 눈으로 나를 비스듬히 바라보고 있었다. 하지만 나는 엄마의 눈을 피했다.

엄마는 내 침묵에 분노와 공격성이 서려 있음을 알면서도 하던 말을 계속했다.

"너도 이제 일해야 해. 알겠니? 그렇다고 공부하고 싶어 한 것도 아니잖아. 너를 먹여 살리기가 힘들어서 그래. 너도 그 나이 먹었으면 이제 일해야지."

엄마는 말할 때 작대기처럼 얇은 입술을 거의 움직이지 않았다. 엄마는 축 처진 어깨와 자그마한 상체에 걸친 검은 숄 속으로 손을 감추고 있었다.

"실비오, 너도 이제 일해야 해."

"일이라니, 대체 무슨 일을 하라는 거예요? 제발…… 엄마는 내가 뭘 하기를 바라는 거죠? 나더러 없는 일자리를 만들어내라는 거예요? 내가 일자리를 찾고 있다는 거 엄마도 잘 알잖아요?"

나는 화가 나서 몸을 부들부들 떨며 말했다. 틈만 나면 심한 말을 하는 엄마가 원망스러웠고, 하루하루를 가난에 시달리면서 살아도 무관심하고 냉담한 세상이 너무 증오스러웠다. 이와 동시에 이름 모를 고통과 슬픔으로 나를 몰아넣은 것은 내가 아무짝에도 쓸모없는 인간이라는 확신이었다.

그렇지만 엄마는 매일 같은 말만 반복했다. 마치 그 말밖에 모른다는 듯이 말이다.

"어떤 일을 말하는 거죠? 말해보세요. 도대체 무슨 일을 하라는 거예요?"

엄마는 기계적으로 창가로 가더니 신경질적으로 커튼의 주름을 매만졌다. 그러곤 전에 없이 머뭇거리며 몹시 어려운 이야기를 꺼내듯 입을 열었다.

"가령 《라 프렌사》• 같은 곳에서는 항상 사람을 뽑는다고……."

"맞아요. 하지만 그들이 뽑는 건 접시 닦이하고 사환뿐이라고요……. 엄마는 제가 그런 데서 접시나 닦으면 좋겠어요?"

"아니, 하지만 넌 일해야 하잖니. 우리한테 남은 돈으로는 릴라가 학교 마칠 때까지 버티기도 어렵단다. 더는 안 돼. 너는 내가 어떻게 하면 좋겠니?"

엄마는 치맛자락을 추켜올리더니 해진 반장화를 보여주며 말했다.

"이 신발 좀 보거라. 게다가 릴라는 책 살 돈을 아끼려고 매일 도서관에 가야 한단다. 얘야, 넌 내가 어떻게 하면 좋겠어?"

이제 엄마의 목소리에는 원망과 슬픔이 뒤엉켜 있었다. 깊

• 아르헨티나 최대의 일간지로, 1869년 10월 18일 호세 파스가 창간했다.

은 주름이 머리털 언저리와 눈썹 사이로 이마를 가로지르는 가운데, 입술이 파르르 떨렸다.

"알았어요, 엄마. 일할 거예요."

이 얼마나 서글픈 인생인가! 푸르스름한 빛이 영원히 변하지 않을 우리네 삶의 단면을 내 영혼 깊이 새겨놓았다. 고약한 냄새를 풍기는 내 영혼은 입을 꾹 다문 채 깊은 생각에 잠겼다.

밖에서는 어린아이들이 동그랗게 모여 서서 부르는 슬픈 노래가 들려왔다.

병사가 지키는 저 망루
병사가 지키는 저 망루
난 저 망루를 정복하고 싶어

엄마는 낮게 한숨을 내쉬었다.

"네가 공부를 할 수만 있다면 뭘 더 바라겠니."

"지금 그런 얘기는 해서 뭐 해."

"릴라가 졸업하면……."

고생에 신물이 났는지 엄마의 목소리에는 힘이 하나도 없었다.

재봉틀 앞에 앉아 있는 엄마의 옆모습이 보였다. 가는 눈썹 아래로 움푹 들어간 눈은 서글프고 창백한 불꽃이 이는 어두운 동굴처럼 보였다. 구부정하게 굽은 허리와 부드러운 머리카락에 비치는 푸르스름한 빛 때문인지 엄마는 얼음처럼 맑은 인상을 풍겼다.

"생각해보면……." 엄마가 혼잣말하듯 중얼거렸다.

"엄마, 기분이 울적하세요?"

"아냐." 엄마가 대답했다.

그러다 갑자기 말했다.

"내가 나이다트 씨에게 한번 말해볼까? 그 사람이 도와주면 인테리어 장식을 배울 수 있잖아. 그런 일은 마음에 안 드니?"

"상관없어요."

"그렇지만 그 일을 하면 돈을 많이 벌 텐데……."

그 순간, 자리에서 벌떡 일어나 엄마의 어깨를 잡고 흔들면서 귀에 대고 소리치고 싶은 충동을 느꼈다.

'엄마, 제발 돈 이야기 좀 그만하라고요! 이제 더는 아무 말도 하지 말아요……. 제발 입 좀 닥치고 있으란 말이에요!'

엄마와 나는 비참한 감정에 사로잡힌 채 그 자리에서 꼼짝도 하지 않았다. 밖에서는 여전히 아이들이 원을 그리며 슬픈 노래를 부르고 있었다.

병사가 지키는 저 망루
병사가 지키는 저 망루
난 저 망루를 정복하고 싶어

나는 생각했다.

'산다는 게 다 그런 거지. 나중에 커서 아이가 생기면, 이렇게 말해줄 거야. "넌 일해야 해. 더는 너를 먹여 살릴 수가 없단다." 산다는 게 다 그런 거니까.' 의자에 앉아 있는데, 갑자기 오한이 들면서 온몸이 바들바들 떨렸다.

나는 엄마를 보면서, 또 왜소하고 연약한 엄마의 몸을 관찰하면서 가슴이 저려왔다.

그때 시간과 공간을 벗어난 어느 곳, 그러니까 너무 파래서 금속처럼 보이는 하늘 아래 메마르고 거무스름한 평원에 있는 엄마의 모습이 눈앞에 아른거리는 것 같았다. 나는 너무 작아서 걸을 수조차 없었다. 반면 엄마는 어둠의 채찍으로 두들겨 맞아 고통에 몸부림치면서도 나를 품에 안은 채 가슴으로 내 무릎을 따뜻하게 감싸주고, 또 내 작은 몸뚱어리를 왜소한 몸에 꽉 끌어안으며 길가로 걸어가고 있었다. 길을 가던 중에도 엄마는 지나가는 사람들에게 나를 살려달라고 애원했다. 엄마가 내게 젖을 물리는 동안 뜨거운 흐느낌이 흘러나오던 엄마의 입 안이 바짝바짝 타들어갔다. 엄마는 굶주린 입에서 빵을 꺼내 내 입에 넣어주었고, 칭얼거리는 나를 달래기 위해 자기의 밤으로부터 잠을 꺼내 내게 주었다. 엄마는 누더기 같은 옷을 걸친 채 눈을 반짝거리며, 내 잠을 덮어주기 위해 작고 여린 몸을 활짝 열어 나를 감쌌다.

불쌍한 엄마! 그 순간 나는 엄마를 꽉 껴안고 싶었다. 그리고 백발이 성성한 엄마의 머리를 내 가슴에 꼭 안고 진심으로 잘못을 빌고 싶었다. 엄마, 너무 심한 말을 해서 미안해요. 한동안 어색한 침묵이 흐르던 중 나는 갑자기 떨리는 목소리로 엄마에게 말했다.

"네, 알았어요. 이제부터 일할 거예요, 엄마."

그러자 엄마가 힘없는 목소리로 말했다.

"잘 생각했어, 얘야, 정말 잘 생각했어……." 마음속 깊은 곳에 도사리고 있던 괴로움과 서러움이 복받쳐 올라오는 바람에 우리는 다시 입을 다물고 말았다.

창밖을 내다보자 불그스레하게 물든 담장 위에 사선지 악보처럼 쳐진 철조망이 푸른 하늘을 배경 삼아 은빛으로 빛나고 있었다.

·

가에타노 씨는 책방, 정확히 말해 중고 서점을 가지고 있었다. 라바예 거리 800번지에 있는 그 책방은 널찍한 공간에 책이 천장에 닿을 정도로 높게 쌓여 있었다.

그 가게는 트로포니오스의 동굴•보다 더 길고 어두웠다.

일단 안에 들어가면 어디를 둘러보아도 책만 보일 뿐이었

• 트로포니오스는 그리스 신화에 등장하는 인물로, 유명한 건축가였다. 그는 동생 아가메데스와 히리에우스 왕의 금은보화를 숨기기 위해 동굴을 설계하지만, 그 보물을 훔치다 결국 동굴 속에 갇히는 운명을 맞는다.

다. 받침대 위에 판자를 얹어 만든 간이 탁자 위에도, 계산대 위에도, 구석은 물론이고 탁자 아래, 지하실에도 온통 책밖에 없었다.

입구가 널찍한 덕분에 앞을 지나가던 행인들은 그 동굴 안에 무엇이 있는지 쉽게 알 수 있었다. 그리고 길거리 쪽 벽에는 저속한 상상력을 자극하는 이야기책, 《브라반트의 준비에브》•와 《무솔리니의 모험담》 같은 대중소설들이 걸려 있었다. 길 맞은편의 영화관 현관에는 벌집처럼 사람들이 바글거리는 데다 쉴 새 없이 종이 울려댔다.

책방 문 바로 옆 계산대에는 가에타노 씨의 부인이 앉아 있었다. 창백한 얼굴에 뚱뚱한 부인은 머리가 밤색이고, 아름다운 눈에서는 냉혹한 초록빛을 강렬하게 뿜어냈다.

"가에타노 씨는 안 계세요?"

그 여자는 셔츠 바람으로 문간에 서서 사람들이 오가는 모습을 지켜보고 있는 덩치 큰 남자를 손으로 가리켰다. 남자는 맨 목에 검은색 넥타이를 매고 있었고, 곱슬곱슬한 머리카락이 잔뜩 헝클어진 채 이마 위로 흘러내린 탓에 귀 끝이 드러나 있었다. 인물이 훤한 데다 까무잡잡한 피부에 힘도 넘쳐

• 《브라반트의 준비에브》는 중세 유럽의 설화 중 하나로, 남편 지크프리트가 십자군 전쟁에 나간 사이 부정한 짓을 저질렀다는 누명을 쓴 준비에브가 결국 명예를 회복한다는 이야기다.

보였다. 하지만 짙은 속눈썹 아래, 커다란 두 눈을 이리저리 두리번거려서 어쩐지 믿음이 가지 않았다.

남자는 내가 건넨 추천서를 읽었다. 잠시 후, 그는 그 편지를 아내에게 건네고 나를 자세히 살펴보기 시작했다.

그때 그의 이마에 굵은 주름이 잡혔다. 사람을 요모조모로 뜯어보면서도 환심을 사려고 애쓰는 걸 보면, 천성적으로 의심이 많을 뿐만 아니라 약삭빠르고 간사한 사람인 듯했다. 그래서 누구에게든 상냥하게 굴면서 달콤한 말로 상대의 비위를 얼러맞추는가 하면, 과장된 너털웃음을 터뜨리며 성격이 호방한 사람인 척했다.

"그러니까 넌 예전에도 서점에서 일한 적이 있다는 거니?"

"네, 사장님."

"네가 일하던 서점은 장사가 잘됐어?"

"꽤 잘되는 편이었죠."

"하지만 여기만큼 책이 많지는 않았지. 안 그래?"

"아, 물론 여기하고는 상대도 안 되죠. 책이 10분의 1도 안 될 테니까요."

잠시 후, 그는 아내를 돌아보며 말했다.

"모시우•는 이제 일하러 안 나오지?"

● 프랑스어에서 남자를 부르는 존칭인 '므시외'를 에스파냐어로 음역한 것으로, 보통 외국에서 온 백인 남자를 가리킨다.

그러자 여인은 퉁명스럽게 대꾸했다.

"여기 일하러 오는 놈들은 하나같이 다 그 모양이라고. 어느 정도 먹고살 만하고 일 좀 배웠다 싶으면 나가버리니까 말이야."

그러곤 손바닥에 턱을 괴자 초록색 블라우스 소매 아래로 맨살이 조금 드러났다. 그녀는 사나운 눈빛으로 사람들이 분주하게 오가는 거리를 노려보았다. 영화관에서는 쉴 새 없이 종이 울리고, 높이 치솟은 두 벽 사이로 스며든 햇빛이 다르도 로차 빌딩의 어두운 정면을 환히 비추고 있었다.

"얼마나 받으면 되겠어?"

"전 잘 모르겠는데……. 사장님이 그냥 알아서 주세요."

"알았어. 그럼 이렇게 하지……. 우선 1페소 반에 숙식을 제공할게. 그 정도면 웬만한 왕자보다 더 호강하는 셈이야. 암 그렇고말고." 남자는 헝클어진 머리를 숙이며 말했다. "여긴 근무시간이 따로 정해져 있지 않아……. 하지만 저녁 8시에서 11시 사이가 가장 바쁜 시간이지……."

"네? 밤 11시라고요?"

"그럼, 너 같은 사내 녀석이 이 앞을 지나다니는 예쁜 여자아이들이나 구경하면서 밤 11시까지 일하면 좋지 뭘 그래. 돈도 벌고 여자 구경도 하고, 그야말로 일석이조지. 그건 그렇고 우린 아침 10시에 일어나니까 그리 알고 있어."

가에타노 씨가 그 서점에 나를 추천해준 사람에게 보였던

호의적인 태도를 떠올리며 나는 대답했다.

"네, 알겠습니다. 근데 제가 돈이 필요해서 그런데, 임금은 주급으로 주시면 좋겠어요."

"뭐야? 너 우리를 못 믿겠다는 거니?"

"아니에요, 부인. 그럴 리가요. 하지만 우리 집은 이것저것 필요한 게 많은데, 워낙 가난해서요……. 그러니 제 사정도 좀 봐주세요……."

경멸하는 눈초리로 나를 쳐다보던 여인은 거리로 고개를 홱 돌렸다.

"알았어." 가에타노 씨가 말을 계속했다. "내일 아침 10시에 우리 아파트로 찾아오너라. 우리 집은 에스메랄다 거리에 있어." 그는 종이쪽지에 집 주소를 적어 내게 건네주었다.

내가 인사를 했는데도, 여자는 모른 척했다. 그녀는 손바닥에 뺨을 괴고 맨살이 드러난 팔을 책등에 댄 채 미동도 하지 않고 다르도 로차 건물의 정면을 빤히 쳐다보고 있었다. 마치 책들의 동굴을 지키는 어둠의 정령처럼 보였다.

다음 날 아침 9시, 나는 책방 주인이 사는 집 앞에서 멈추었다. 초인종을 누르고 나서 비를 피하려고 현관으로 몸을 숨겼다.

잠시 후, 수염을 덥수룩하게 기르고 초록색 목도리를 목에 두른 채 모자를 귀까지 푹 눌러쓴 노인이 현관으로 나왔다.

"무슨 일이죠?"

"이번에 서점에서 새로 일하게 된 사람입니다."

"올라가세요."

나는 지저분한 현관 계단을 뛰어 올라갔다.

복도에 이르자 노인이 말했다.

"기다려요."

거리가 내다보이는 발코니 앞쪽의 유리창을 통해 어느 상점의 초콜릿색 철제 간판이 보였다. 가랑비가 니스를 칠한 볼록한 부분을 타고 천천히 흘러내렸다. 저 멀리에는 두 물탱크 사이의 굴뚝이 빗줄기로 꿰매어지고 있는 허공에 거대한 연기 장막을 뿜어내고 있었다.

거리에는 전차의 신경질적인 종소리가 규칙적으로 반복되고, 전차의 집전장치와 케이블 사이에서 탁탁하는 소리와 함께 보랏빛 불꽃이 튀고 있었다. 어디선가 수탉의 울음소리가 들려오기도 했다.

오랫동안 방치된 그 집을 보면서 갑자기 왠지 모를 슬픔이 밀려왔다.

문마다 달린 유리창에는 커튼조차 없었고, 덧문은 모두 닫혀 있었다.

현관 복도의 한구석, 먼지가 뽀얗게 쌓인 바닥에 딱딱해진 빵 한 조각이 내버려져 있었고, 공기 중에는 시큼한 풀 냄새가 감돌았다. 오랫동안 물에 젖어 푹푹 썩어가는 쓰레기에서 나는 악취였다.

“미겔.” 여자의 퉁명스러운 목소리가 안쪽에서 들려왔다.

“갑니다, 부인.”

“커피 있어?”

노인은 두 팔을 허공으로 들어 올리더니 주먹을 꽉 쥐고 비에 젖은 안뜰을 가로질러 주방으로 갔다.

“미겔.”

“네, 부인.”

“에우세비아가 가져온 셔츠는 어디 있지?”

“작은 트렁크 안에 있습니다, 부인.”

“미겔 씨.” 이번에는 남자가 얄밉게 빈정거리며 말했다.

“말씀하세요, 가에타노 씨.”

“별일 없으신가요, 미겔 씨?”

노인은 고개를 좌우로 돌리더니 슬픈 눈으로 하늘을 쳐다봤다.

키가 크고 비쩍 마른 노인은 말상으로 얼굴이 길쭉했고 축 늘어진 볼에는 사흘은 면도를 안 한 듯 수염이 덥수룩하게 자라 있었다. 게다가 흐릿한 눈에는 버려진 개처럼 슬픈 빛이 역력했다.

“미겔 씨.”

“말씀하세요, 가에타노 씨.”

“가서 아반티 시가• 좀 사다줘.”

노인이 집을 나서려던 찰나, 부인이 다시 불렀다.

"미겔."

"네, 부인."

"오는 길에 각설탕 반 킬로만 사 와. 그리고 무게를 제대로 재는지 꼭 확인하고."

그때 문이 열리면서 가에타노 씨가 두 손으로 바지를 들고, 이마 위로 흘러내린 곱슬머리에 빗을 꽂은 채 나왔다.

"지금 몇 시지?"

"잘 모르겠는데요."

그는 안뜰을 힐끗 내다보았다.

"날씨 한번 고약스럽네." 구시렁거리던 그는 이내 머리를 빗기 시작했다.

미겔 씨가 각설탕과 토스카나산 시가를 들고 들어오자 가에타노 씨가 말했다.

"바구니 좀 갖고 와. 그리고 나중에 서점으로 커피도 갖다 줘." 그는 번들거리는 펠트 모자를 깊숙이 눌러쓰더니 노인이 가져온 바구니를 받아 내게 넘기면서 말했다.

"시장으로 가자."

"시장으로요?"

그는 재빨리 내 말꼬리를 잡았다.

● 아니스 향이 나는 토스카나 스타일의 여송연.

"이봐, 실비오. 내가 충고 하나 하지. 나는 같은 말을 두 번 하는 걸 아주 싫어하는 사람이야. 더군다나 시장에서 물건을 사다보면 우리가 뭘 먹고 사는지 알 수 있어."

나는 풀이 죽은 채 바구니를 들고 그의 뒤를 쫓아갔다. 엄청나게 큰 바구니는 내 무릎에 부딪칠 때마다 삐걱 소리를 냈다. 그 소리는 가난하다는 수치심을 더 깊고, 우스꽝스럽게 만들었다.

"시장은 여기서 먼가요?"

"아냐, 여기 카를로스 페예그리니 거리에 있어." 그러고 그는 잔뜩 풀이 죽은 나를 관찰하면서 말했다.

"보아하니 바구니를 들고 가는 게 창피해서 그러는구나. 하지만 생각이 올곧은 사람이라면 아무것도 부끄러워할 게 없어. 자기가 맡은 일을 하는 거라면 말이지."

어떤 멋쟁이 신사는 바구니에 옷이 스치자 눈을 부라리며 나를 노려보았다. 그런가 하면 화려한 장식과 금빛 단추가 달린 제복을 입고 이른 아침부터 일하던 불그스레한 얼굴의 문지기는 조롱하는 눈빛으로 나를 바라보았다. 그리고 어떤 개구쟁이 녀석은 실수로 그런 것처럼 바구니 뒤쪽을 발로 툭 치고 지나가기도 했다. 아무튼 빨간 무처럼 붉은빛을 띤 바구니, 그것도 어마어마하게 큰 바구니 때문에 나는 졸지에 사람들의 조롱거리가 되고 말았다.

아, 이게 무슨 아이러니란 말인가! 로캉볼처럼 위대한 도둑이 되기를 꿈꾸었던 내가, 또 보들레르처럼 천재적인 시인이 되기를 꿈꾸었던 내가 대체 이게 무슨 꼴이란 말인가!

나는 생각했다.

'살기 위해서는 이만큼 고통받고 괴로워해야 하는 걸까? 이렇게…… 바구니를 들고 화려한 쇼윈도 앞을 지나가야 하는 걸까…….'

우리는 거의 매일 아침 플라타 시장을 돌아다녔다.

가에타노 씨는 정말 대단한 사람이었다!

양배추 하나, 호박 한 조각, 상추 한 묶음을 살 때도 그는 시장에 있는 모든 노점을 다 돌아다니곤 했다. 그러는 와중에 5센타보를 놓고 주인과 실랑이를 벌이다 험한 말다툼이 오가는가 하면, 알아들을 수 없는 사투리로 욕설을 주고받기도 했다.

정말 엄청난 사람이었다! 그는 교활한 농사꾼처럼 굴다가도 상대방을 속이기 어렵다고 판단되면 바보인 척하면서 시시껄렁한 농담으로 얼렁뚱땅 넘어가는 촌놈 행세를 했다.

그는 자기와 아무 관계도 없는 것이라도 이리저리 캐고 다니기 위해 청소부들과 하녀들 틈에 끼어 어울리면서 횡재할 기회를 엿보곤 했다. 그래서 그는 우스꽝스러운 약장수처럼 수다를 떨었다. 생선 파는 노점의 양철 진열대에 다가가서는 대구와 고등어의 아가미를 살펴보고 새우를 먹어보기도 했지만, 한 마리도 사지 않고 곧장 소 내장을 파는 가게로, 그다음에는 닭고기 노점으로 가버렸다. 하여간 어떤 것이든 못 믿겠다는 듯이 킁킁 냄새를 맡고 손으로 만지작거린 다음에야 샀다. 그러다 노점 주인이 짜증을 내기라도 하면, 그는 오히려 그들에게 호통을 치곤 했다. "누구는 이러고 싶어서 이러는 줄 알아? 속지 않으려고 그러는 건데 뭐가 문제야. 당신네들이 다 도둑놈이라는 걸 내가 모를 줄 알아? 내가 좀 단순해 보인다고 나를 바보 취급했다가는 큰코다칠 줄 알라고."

그는 상대방을 속이기 위해 단순한 척했고, 교활한 흉계를 감추기 위해 일부러 멍청하게 굴었다.

가령 이런 식이었다.

그는 양배추나 꽃양배추 하나를 살 때도 짜증 날 정도로 오랫동안 골랐다. 주인이 가격을 부르면 고개를 끄덕이며 돈을 내는 척하다가 갑자기 더 크고 더 잘 익어 보이는 것을 찾아내고는 또 물건을 들었다 놓았다 했다. 채소 노점상과 가에타노 씨 사이의 싸움은 보통 그렇게 시작되었다. 두 사람은 1센타보라도 손해 보지 않으려고, 또 어떻게든 상대방에게 덤터기를 씌우려고 악다구니를 썼다.

가에타노 씨가 상인들에게 얼마나 심술궂고 안하무인으로 대하는지 옆에서 보고 있으면 그저 놀라울 따름이었다. 그는 절대 달라는 대로 돈을 주지 않았다. 대신 흥정이 끝나기 직전에 자기가 부른 값만 주었다. 또 언젠가 한번은 내가 채소를 바구니에 담자 진열대에서 몇 발짝 물러나 상의 주머니에 손을 집어넣더니 손가락으로 돈을 꺼내 세고, 또다시 세기 시작했다. 그러더니 마치 노점상에게 큰 선심이라도 쓰듯 진열대 위에 돈을 휙 던져버리고 빠르게 가버렸다.

상인이 그의 뒤통수에 대고 소리를 지르면, 이렇게 대꾸했다.

"진정하게나."

그는 시장 여기저기를 돌아다니며 눈요기를 즐겼다. 특히나 가게 진열대 앞에만 서면 모든 상품이 돈으로 표현된다는 생각에 희열을 감추지 못했다.

언젠가 한번은 돼지고기 가게에 들어가 소시지 가격을 물어보더니 갑자기 분홍빛 돼지머리를 탐욕스럽게 살펴보기 시작했다. 심지어 하얀 앞치마를 두른 배불뚝이 주인의 따가운 눈총을 받으면서도 아랑곳하지 않고 돼지머리를 손으로 천천히 돌리기까지 했다. 그는 귀 뒤를 긁적거리며 갈고리에 매달려 있는 갈비뼈와 얇게 썬 돼지 비곗살을 탐욕스럽게 쳐다보았다. 그러고 나면 오랫동안 골치를 썩이던 문제를 해결하기라도 한 듯이 의기양양하게 다른 가게로 가 손으로 치즈를 떼서 먹어보거나 아스파라거스가 한 다발에 몇 개나 들었는지 세어보고, 손을 더럽혀가면서 돼지감자와 무를 뒤적거리거나 호박씨를 먹어보기도 하고, 또 달걀을 들어 빛에 비추어 보거나 아직 유장(乳漿) 냄새가 가시지 않은, 눅눅하면서도 단단한 노란빛의 버터 더미를 보면서 어린아이처럼 즐거워했다.

우리는 매일 오후 2시경에 점심을 먹었다. 미겔 씨는 나무로 된 등유 저장용 상자 위에 접시를 올려놓고, 나는 책으로 뒤덮인 탁자 한구석에 서서 밥을 먹었다. 반면 뚱뚱한 부인은 주방에서, 가에타노 씨는 계산대에서 식사했다.

우리는 밤 11시가 다 돼서야 동굴을 나섰다.

미겔 씨와 뚱뚱한 부인은 커피 만드는 도구들이 달그락거리는 바구니를 들고 환한 가로등 불빛을 받으며 거리 한복판으로 걸어갔다. 모자를 정수리에 올려 쓰고 곱슬머리 한 다발이 이마 위로 흘러내린 가에타노 씨는 주머니에 두 손을 찔러 넣은 채 걷고 있었다. 나는 그들의 뒤를 따라가며, 서점에서 일한 첫날이 얼마나 길었는지 생각했다.

우리는 현관 계단을 올라갔다. 복도에 이르자 가에타노 씨가 내게 물었다.

"너, 요는 가져왔어?"

"아뇨, 그건 왜 물으세요?"

"여기 작은 침대는 있는데, 쓸 만한 요가 없거든."

"그럼 침대 위에 깔 것이 없다는 말씀이세요?"

가에타노 씨는 주위를 한번 둘러보고 나서 주방문을 열었다. 식탁 위에 두껍고 거친 초록색 식탁보가 있었다.

마리아 부인이 침실로 들어가자 가에타노 씨는 식탁보의 한쪽 끝을 잡더니 기분 나쁘게 내 어깨로 휙 집어 던지면서 말했다.

“얌전하게 굴어.” 그는 내가 미처 인사를 건네기도 전에 내 코앞에서 문을 쾅 닫아버렸다.

나는 노인 앞에 선 채 당황해 어쩔 줄 몰랐다. 노인은 불쾌한 표정으로 나직이 욕설을 내뱉었다. “아! 구역질 나는 하느님이시여!” 그러곤 곧장 어디론가 걸어갔다. 나는 노인의 뒤를 쫓아갔다.

그날 이후로 내가 **구역질 나는 하느님**이라고 부르는 말라깽이 노인이 살던 다락방은 지붕 때문에 우스꽝스러운 삼각형 모양을 이루고 있었다. 한쪽 구석에 나 있는 둥근 창문으로 에스메랄다 거리와 도로를 비추는 아크 램프가 보였다. 그나마 둥근 창문의 유리창은 깨져 있었다. 깨진 틈으로 돌풍이 새어 들어와 벽에 고정된 촛대에서 촛불의 노란 혀가 춤을 췄다.

벽 가까이에 야전침대가 있었다. 말이 좋아 침대지, 사실은 나무 막대기 두 개를 X 자 모양으로 교차시키고, 그 위에 캔버스 천을 덮은 뒤 못질해놓은 것에 불과했다.

구역질 나는 하느님은 오줌을 누러 테라스로 나갔다 돌아왔다. 노인은 나무 상자에 걸터앉아 모자와 반장화를 벗은 뒤 한밤의 추위 속에서 버티기 위해 목도리를 꺼내 목에 휘휘 둘렀다. 그러곤 조심스럽게 야전침대로 올라가 턱까지 담요를 덮었다. 자세히 보니 그것은 담요가 아니라 못 쓰는 헝겊과 천 조각을 채워 넣은 포대였다.

꺼져가는 촛불의 불빛이 노인의 옆모습을 희미하게 비추고 있었다. 불그스레한 빛을 띤 긴 코, 굵은 주름이 파인 납작한 이마, 귀 위로 새치가 몇 올 남아 있는 민머리. 외풍이 너무 심해서 짜증이 났던지 **구역질 나는 하느님**은 팔을 뻗어 모자를 집은 뒤 귀까지 푹 눌러썼다. 그러곤 주머니에서 토스카나 시가 꽁초를 꺼내 불을 붙이고 연기를 길게 내뿜었다. 노인은 두 손을 모아 머리를 괴고 침울한 눈빛으로 나를 바라보았다.

나는 내 침대를 살펴보기 시작했다. 상태가 엉망이었다. 그동안 얼마나 많은 사람이 이 침대에서 고통을 받았을까. 용수철의 뾰족한 끄트머리가 매트리스를 찢고 삐져나와 있어서 엄청나게 큰 와인 오프너처럼 보였다. 더구나 캔버스 천을 고정하는 꺾쇠는 어딘가로 달아나고, 대신 철삿줄이 대충 감겨 있었다.

아무래도 거기서 황홀한 밤을 보낼 수 있을 것 같지는 않았다. 침대가 얼마나 안전한지 확인한 뒤 나는 **구역질 나는 하느님**을 흉내 내 구두를 벗어서 신문지로 둘둘 말아 베개 대용으로 삼았다. 그런 다음 초록색 식탁보를 몸에 감고 엉성한 침대에 누워 잠을 청하기로 했다.

그 침대가 극빈자들, 아니 쓰레기 같은 인간들이 쓰는 침대라는 것은 분명했다. 아무튼 여태껏 내가 본 것 중에서도 가장 엉성하고 조잡한 침대였다.

얼마 가지 않아 용수철 때문에 등이 배기기 시작했다. 용수철의 뾰족한 끝이 갈비뼈 사이의 살을 뚫고 들어오려는 것 같았다. 매트리스 아래의 철망도 문제였다. 한 군데는 철망이 팽팽하게 잘 붙어 있었지만, 다른 곳은 아래로 축 늘어져 있었다. 또 다른 곳에는 탄력성이 기적을 일으켰는지 철망이 언덕처럼 불룩 솟아 있었다. 몸을 뒤척일 때마다 침대는 기름칠하지 않은 톱니바퀴처럼 끼익하면서 소름 끼치는 쇳소리를 냈다. 이렇게도 누워보고 저렇게도 누워보았지만 도무지 편한 자세를 찾을 수 없었다. 식탁보의 뻣뻣한 털에 자꾸 목이 쓸려 따가운 데다 반장화 가장자리에 눌려 목덜미가 저리고 아팠다. 또 나선 모양의 용수철이 구부러지면서 살을 꼬집었다. 나는 더 견딜 수 없어서 소리쳤다.

"이봐요! **구역질 나는 하느님** 아저씨!"

그러자 노인이 거북이처럼 포대로 된 껍질 밖으로 자그마한 머리를 내밀었다.

"왜 그러죠, 실비오 씨?"

"이런 형편없는 침대를 왜 여태 내다 버리지 않은 거예요?"

점잖은 노인은 눈을 휘둥그렇게 뜨고 깊은 한숨을 내쉬더니 하느님이야말로 인간들의 모든 간악함을 직접 목도하신 증인이라고 대답했다.

"근데요, **구역질 나는 하느님,** 이것 말고 다른 침대는 없나요? 여기서는 도저히 못 자겠어요……."

"실비오 씨, 이 집은 지옥이나 다름이 없어요……. 여긴 말이죠…….” 노인은 혹시나 누가 들을까 걱정되는지 목소리를 낮추어 말했다. “생지옥이라고요……. 여자…… 음식 할 것 없이……. 아, 구역질 나는 하느님! 원, 세상에. 이렇게 끔찍한 집이 다 있다니!”

노인이 촛불을 끄자 나는 생각에 잠겼다.

‘여기 계속 있다가는 내 인생이 끝장나고 말겠어.’

그때 다락방의 양철 지붕 위로 투두둑 빗방울이 떨어지는 소리가 들렸다.

갑자기 숨죽여 흐느끼는 소리가 들리자 마음이 어수선하고 혼란스러워졌다. 그건 노인이 배고픔과 고생스러운 삶에 지쳐 우는 소리였다. 내가 그 집에서 일한 첫날은 그렇게 흘러갔다.

밤에는 이따금 달콤하고 부드러운 사랑의 칼로 마음에 상처를 입히는 여인들의 얼굴이 어른거리곤 했다. 그들이 저만치 멀어지고 나면, 우리의 영혼은 파티가 끝난 뒤처럼 어둠 속에 묻힌 채 외로움에 떨었다.

범상치 않은 환영(幻影)……. 결국 그들은 종적을 감추었고, 그 후로 전혀 소식이 없다. 그렇지만 어느 날 밤, 여인들은 우리의 움직이지 않는 눈에 시선을 고정한 채 우리 곁에 머물렀고…… 달콤하고 다정한 사랑의 칼에 상처를 입은 우리는 그 얼굴들이 육신을 얻게 된다면 그 여인들의 사랑은 또 어떻게 나타날지 상상했다. 사막과 같이 메마르고 쓰라린 영혼,

이리저리 떠돌면서도 까칠하고 요구하는 것이 많은 욕망과 쾌락.

우리는 여인들이 반쯤 벌린 입술을 하늘로 향하기 위해 우리에게 어떻게 고개를 숙일지, 또 그녀들이 이상적인 순간에 얼굴에서 아름다움을 잃지 않고 어떻게 욕망에 취해 혼절하게 될지 생각했다.

얼굴들…… 격렬한 기쁨을 즐기고 싶어 하는 성숙한 여인들의 얼굴, 갑자기 우리의 속을 울렁거리고 타오르게 만드는 얼굴들, 욕망으로 인해 어느 순간의 이상적인 모습이 무너지지 않는 얼굴. 그 얼굴들이 어떻게 우리의 밤을 점령하게 된 걸까?

나는 낮에 나를 사랑의 열병에 빠지게 만든 어느 여인의 모습을 계속 눈으로 좇으면서 몇 시간을 보냈다.

나는 그녀의 매력에 대해, 그토록 사랑스럽다는 것을 스스로 부끄러워하는 그 매력에 대해 천천히 생각했다. 오로지 진한 키스를 나누기 위해 만들어진 입. 나는 누군가의 몸에 가만히 안겨 있는 그녀의 육체를 상상했다. 또한 관능적인 쾌락에 기꺼이 몸을 맡기고자 하는 그녀의 모습을 상상했다. 그리고 놀라우리만큼 작고 여린 신체 부위를 떠올렸다. 고해와도 같은 인생을 감당하고 어머니가 되기에는 너무 어린 육체와 얼굴이 내 눈앞을 가득 채웠다. 나는 가엾은 나의 몸을 향해 천천히 손을 뻗었다. 살을 꼬집고 할퀴자 오히려 짜릿한 쾌감 같은 것이 느껴졌다.

그 순간, 가에타노 씨가 길거리에서 돌아와 곧장 주방으로 향했다. 그는 나를 보고 인상을 찌푸렸지만, 아무 말도 하지 않았다. 책을 수선하던 나는 풀 단지 위로 몸을 숙이면서 생각했다. '이 집에 또 한바탕 난리가 나겠군.'

아니나 다를까 부부는 짧은 간격으로 으르렁거렸다.

얼굴이 창백한 여자는 계산대 위에 팔꿈치를 괴고 초록색 숄 속에 두 손을 숨긴 채 사나운 눈으로 남편의 발걸음을 좇았다.

미겔 씨는 비좁은 주방에 쭈그리고 앉아 기름때로 찌든 대야에서 접시를 닦고 있었다. 움직일 때마다 목도리 끄트머리가 대야의 가장자리에 닿았지만, 빨간색과 파란색의 체크무늬 앞치마를 끈으로 허리띠에 묶어놓은 덕분에 옷에 물이 튀지는 않았다.

"아, 구역질 나는 하느님이시여, 이 빌어먹을 놈의 집구석 하고는!"

우리에게 기분 전환을 위한 장소나 다름없던 주방은 지린내 나는 변소 앞, 책장 뒤쪽으로 나 있는 동굴의 한구석에 있었다.

지저분한 조리대 위에는 미겔 씨가 변변치 않으나마 점심거리를 만들려고 얇게 썰어놓은 고기와 감자가 채소 찌꺼기 옆에 쌓여 있었다. 점심때 먹고 남은 음식은 버리는 대신 정체불명의 스튜로 바뀌어 저녁 식탁에 다시 올라왔다. 아무튼 **구역질 나는 하느님**은 견딜 수 없을 정도로 역겨운 이 소굴의 천재적인 마법사였다. 노인과 나는 가끔 그곳에 가서 처량하게 신세타령을 늘어놓곤 했다. 가에타노 씨도 이따금 그곳으로 피신해서 자신의 결혼 생활이 왜 삐걱거리는지 침통한 표정으로 생각했다.

여자의 가슴속에서 끓어오르던 부아는 결국 폭발하곤 했다.

아무리 하찮고 사소한 일이라도 그냥 참고 넘어가는 법이 없었다.

걷잡을 수 없는 분노에 한번 사로잡히면 그녀는 갑자기 계산대를 박차고 나왔다. 그러곤 숄 속에 손을 집어넣고 슬리퍼를 타일 위로 질질 끌면서 입을 꽉 다문 채 눈을 부라리며 남편을 찾으러 갔다.

그날 봤던 장면이 지금도 눈에 선하다.

평소와 마찬가지로, 그날 아침에도 가에타노 씨는 그녀를 보고도 못 본 체 딴전을 부렸다. 사실은 그녀로부터 세 발짝 떨어진 곳에 있었으면서도 말이다. 나는 그가 고개를 숙이고 어떤 책의 제목을 보는 척하는 것을 알아차렸다.

창백한 여인은 하던 일을 멈추고 그 자리에서 미동도 하지 않았다. 입술만 나뭇잎처럼 파르르 떨리고 있었다.

잠시 후, 그녀는 소름 끼칠 만큼 단조롭고 심각한 목소리로 말을 꺼냈다.

"예전에 나는 참 예뻤어. 어쩌다 내 인생을 요 모양 요 꼴로 만들어버린 거야?"

바람이 부는 것처럼 이마 위로 흘러내린 머리카락이 가늘게 떨렸다.

그 말을 듣고 깜짝 놀란 가에타노 씨가 부들부들 떨었다.

분노와 절망감으로 목이 메어왔지만, 그녀는 마침내 남편에게 심한 말을, 모멸감을 주는 말을 내뱉고 말았다.

"당신을 여기까지 이끌어준 사람은 바로 나라고……. 당신 어머니는 어떤 사람이었지? 세상 모든 남자랑 놀아난 **매춘부**였잖아? 당신은 어쩌다 내 인생을 요 모양 요 꼴로 만들어버린 거지?"

"마리아, 닥치지 못해?" 가에타노 씨가 쩌렁쩌렁 울리는 목소리로 대꾸했다.

"그래, 여태껏 당신을 먹여주고 입혀준 사람이 누구지? 난 **멍청이**처럼…… 그런 당신을 지금껏 먹여 살렸어." 그녀는 그의 빰을 갈기기라도 하는 것처럼 손을 번쩍 들어 올렸다.

가에타노 씨는 벌벌 떨며 뒷걸음질 쳤다.

비통한 표정으로 말을 잇던 그녀는 떨리는 목소리로 흐느끼기 시작했다. 마음을 후벼 파인 듯 애절한 흐느낌.

"이 돼지 같은 놈아…… 대체 내 인생을 어쩌다 이렇게 만들어버린 거지? 난 화분 안의 카네이션처럼 컸단 말이야. 따지고 보면 난 너 같은 **얼간이**랑 결혼할 필요도 없었다고……."

화를 이기지 못한 그녀의 입술이 실룩실룩하며 경련을 일으켰다. 마치 끈적끈적하고 끔찍한 증오심을 질겅질겅 씹기라도 하는 것처럼.

나는 궁금해서 몰려든 구경꾼들을 몰아내기 위해 서점 문 앞으로 나갔다.

"실비오, 그냥 내버려둬." 여자가 명령하듯 소리쳤다. "이 철면피가 어떤 인간인지 한번 들어보라고 해." 그녀가 초록빛 눈을 동그랗게 뜨자 얼굴이 화면의 배경 속에서 나타난 것처럼 가깝게 다가오는 것 같았다. 그녀는 전보다 더 창백해진 얼굴로 하던 말을 계속했다.

"만약 내가 남들과 같았다면, 그래서 세상을 좀 더 많이 돌아다녔더라면 지금보다 더 행복하게 잘살겠지……. 최소한 당신같이 비열한 인간 곁에는 안 갔을 거라고."

그녀는 말을 멈추고 자리에 앉아 쉬었다.

가에타노 씨는 추위로 빨개진 코에 금테 안경을 걸친 외투 차림의 신사를 맞이하러 갔다.

무관심한 남편의 태도(그런 상황에 얼마나 이골이 났는지, 그는 손해를 보는 것보다 차라리 모욕당하기를 원했다)에 흥분한 나머지 그녀는 고래고래 소리를 지르기 시작했다.

"손님, 저 남자가 무슨 말을 하든지 그냥 무시해버리세요. 딱 봐도 나폴리 출신의 도둑놈이 분명한데, 모르시겠어요?"

깜짝 놀란 노신사가 길길이 날뛰는 그녀를 보려고 몸을 돌리자 그녀가 말했다.

“저 인간은 손님들한테 4페소짜리 책을 20페소나 받고 팔아요.” 그래도 가에타노 씨가 돌아보지 않자 그녀는 얼굴이 벌게지도록 악을 쓰고 소리 질렀다.

“그래, 맞아. 당신은 도둑놈이야! 날강도나 다름없다고!” 그러곤 마음속에 맺혀 있던 분노와 원한을 토해냈다.

노신사는 안경을 고쳐 쓰면서 말했다.

“그럼 다음에 오겠습니다.” 노신사는 화가 나서 얼굴에 노기를 드러낸 채 서점을 빠져나갔다.

그 순간, 마리아가 책을 한 권 집어 들더니 가에타노 씨의 머리를 향해 냅다 던져버렸다. 그러고도 성에 안 찼는지, 연이어 책을 집어 던졌다.

가에타노 씨는 분노로 심장이 터질 것만 같았다. 그는 갑자기 목에서 검은색 넥타이를 풀어 아내의 얼굴에 집어 던졌다. 그러곤 관자놀이를 한 대 얻어맞은 것처럼 잠시 그 자리에 꼼짝하지 않고 서 있었다. 잠시 후, 당장 눈알이 튀어나올 것처럼 화가 치밀어 길거리로 뛰쳐나간 그는 갑자기 보도 한복판에 멈추어 섰다. 그는 빡빡 밀어버린 머리를 세차게 흔들더니 두 팔을 벌려 사람들을 가로막으며 미친 사람처럼 그녀를 향해 손가락질하기 시작했다. 자제력을 잃은 그는 격앙된 목소리로 소리쳤다.

“세상에 저런…… 어쩌면…… 저렇게 막돼먹은 인간이 있을까!"

그제야 직성이 풀린 듯 그녀는 뿌듯한 표정을 지으며 나를 돌아보았다.

"저이가 어떤 인간인지 너도 잘 봤지? 천하에 쓸모없는…… 개자식이라고! 그래서 말인데, 가끔 저 인간을 버리고 떠나고 싶은 마음이 들어." 계산대로 돌아간 그녀는 팔짱을 끼고 정신 나간 사람처럼 멀거니 앉아 사나운 눈빛으로 거리를 빤히 쳐다보았다.

갑자기 그녀가 나를 불렀다.

"실비오."

"네, 부인."

"지금 받을 돈이 얼마지?"

"오늘로 사흘째예요, 부인."

"이것 받아." 그녀는 내게 돈을 건네주며 말했다. "저 인간을 믿지 마. 사기꾼이니까……. 전에는 어느 보험회사를 상대로 사기를 친 적도 있어. 내가 독한 마음만 먹으면, 저 인간은 당장에라도 감옥에 끌려갈 거야……."

나는 주방으로 갔다.

"미겔, 어떻게 생각하세요?"

"여긴 지옥이나 다름없어요, 실비오 씨. 산다는 게 뭔지! 오, 구역질 나는 하느님이시여!"

노인은 하늘을 향해 주먹질하며 길게 한숨을 내쉬었다. 잠시 후, 노인은 대야 위로 고개를 숙이고 감자 껍질을 벗기기 시작했다.

“어떻게 된 게 이 집안은 하루도 조용할 날이 없죠?”

“글쎄요……. 자식이 없어서 그럴 거예요……. 남자구실을 못 하니까…….”

“미겔.”

“말씀하세요, 부인”

그녀가 앙칼진 목소리로 명령했다.

“오늘은 식사 준비 하지 말라고. 오늘은 아무도 안 먹을 테니까. 여기가 싫은 사람은 누구든 나가라고 해.”

그것은 최후의 일격이었다. 굶주림에 시달려 바짝 여윈 노인의 얼굴에 눈물이 흘러내렸다.

그렇게 몇 분이 흘러갔다.

“실비오.”

“네, 부인.”

“여기 50센타보 받아. 그리고 네가 먹을 건 알아서 찾아 먹도록 해.” 그녀는 초록색 숄의 접힌 부분으로 팔을 감싸고, 다시 원래의 사나운 자세로 돌아갔다. 눈물 두 줄기가 핏기 하나 없이 창백한 그녀의 뺨을 타고 입가로 흘러내렸다.

나는 가슴이 찡해지면서 나도 모르게 중얼거렸다.

“부인…….”

그녀는 나를 쳐다보았다. 입꼬리를 올리진 않았지만 얼굴에 경련이 일어나는 바람에 미소 짓는 것처럼 보였다.

"나갔다가 5시에 돌아오너라." 그녀가 말했다.

나는 한가한 틈을 이용해 오후에 비센테 티모테오 소우사를 찾아가기로 했다. 예전에 어떤 이로부터 소개받은 사람이었는데, 오컬트 과학과 기타 신지학을 연구한다고 했다.

나는 초인종을 누르고 대리석 층계를 멍하니 바라보았다. 구리 봉으로 고정된 빨간색 카펫이 육중한 철문에 달린 유리창으로 들어온 햇빛을 흠씬 머금고 있었다.

검은 옷차림의 수위가 차분하게 계단을 내려왔다.

"무슨 일이죠?"

"소우사 씨를 만나러 왔는데요."

"누구시라고 전할까요?"

"아스티에르."

"아스……."

"네, 아스티에르예요. 실비오 아스티에르."

"알겠습니다. 제가 올라가보고 올 테니까 여기서 기다리세요." 수위는 머리끝에서 발끝까지 나를 쭉 훑어보더니 옅은 노란색 커튼이 쳐진 응접실 문을 통해 사라졌다.

나는 저 위대한 신사 비센테 티모테오 소우사의 결정이 불운한 내 청소년기의 운명을 송두리째 바꿔놓을 수 있다는 것을 알고 있었기에 조바심으로 가슴을 졸이며 기다렸다.

육중한 문이 다시 반쯤 열리면서 엄숙하게 나타난 수위가 내게 말했다.

"소우사 씨가 삼십 분 후에 다시 찾아오라고 하시는군요."

"감사합니다…… 감사합니다……. 그럼 이따 다시 올게요."

나는 창백해진 얼굴로 자리를 떴다.

그 옆에 있는 밀크 바로 들어간 나는 창가 테이블에 앉아 웨이터에게 커피를 주문했다.

'소우사 씨가 나를 만나준다는 건 틀림없이 내게 약속했던 일자리를 주려고 하는 거야.' 나는 생각했다.

'맞아. 소우사 씨를 나쁘게 생각할 이유가 전혀 없어……. 그게 아니라면 그렇게 바쁜 분이 나를 만나줄 이유가 없잖아…….' 나는 계속 속으로 중얼거렸다.

아, 티모테오 소우사 씨!

나는 어느 겨울날 아침, 나의 딱한 처지를 전해 듣고 발 벗고 나서서 도와주려던 신지학자인 데메트리오를 통해 그를 소개받았다.

로비로 들어간 우리는 테두리가 물결 모양처럼 조각된 큰 테이블 주위에 둘러앉았다. 말끔하게 면도한 뺨과 둥근 안경 뒤에서 활기찬 눈동자가 밝게 빛나던 소우사 씨가 대화를 주도했다. 그날 그는 진주조개 단추와 수달 가죽 소맷부리가 달린 벨벳 가운을 입고 **졸부** 티를 잘잘 냈던 것으로 기억한다. 한마디로 그는 불쌍한 아이한테 마음 내키는 대로 이야기하면서 즐거움을 얻는 사람이었다.

이야기를 나누던 중, 그는 나의 심리 상태를 언급하며 이런 말을 했다.

"쌍가마라서 고분고분하지 않은 성격이고…… 뒤통수가 납작한 게 이성적이고 논리적인 기질을 가지고 있어……. 또 맥이 빨라서 낭만적인 성격이 강하겠군……."

소우사 씨는 무표정한 신지학자를 돌아보며 말했다.

"난 이 꼬마 신사에게 의사 공부를 시키려고 하는데, 데메트리오 씨, 당신 생각은 어떻습니까?"

데메트리오 씨는 여전히 무덤덤한 표정으로 대답했다.

"좋죠……. 어떤 사람이라도 인류에게 도움이 될 수 있으니까요. 그 사람의 사회적 지위가 아무리 하찮더라도 말입니다."

"하하, 당신은 예나 지금이나 철학자 같군요." 소우사 씨는 내 쪽으로 고개를 돌리며 말했다.

"자…… 내 친구 아스티에르 군, 지금 이 순간 머리에 떠오르는 생각이 있으면 뭐든 적어보도록 해요."

나는 잠시 망설이다 그가 건네준 비싼 황금 볼펜으로 적기 시작했다.

"석회는 물에 젖으면 끓는다."

"이 친구 이거 아나키스트 기질이 다분하구먼. 안 그래요? 친구, 아무쪼록 당신의 두뇌를 제대로 관리하도록 해요……. 두뇌 관리에 각별히 신경 써야 합니다. 스무 살에서 스물두

살 사이에 두뇌에 **과부하**가 걸릴 테니까요."

나는 그 말이 무슨 뜻인지 몰라서 그에게 물었다.

"**과부하**라니요. 그게 무슨 뜻이죠?"

그 순간, 나는 얼굴이 하얗게 질리고 말았다. 지금도 그때의 기억을 떠올릴 때마다 너무나 창피해서 쥐구멍에라도 들어가고 싶다.

"그건 그저 말일 뿐이에요." 그가 말했다. "무엇보다 우리의 감정을 제대로 다스릴 줄 알아야 해요." 그가 하던 말을 계속했다. "내 친구 데메트리오 씨의 말로는, 뭔지 모르겠지만 이것저것 발명한다고 하던데요."

유리창을 통해 눈부신 햇살이 폭포처럼 쏟아져 들어오고 있었다. 가난하던 어린 시절의 기억이 갑자기 떠오르면서 마음이 울적해지는 바람에 잠시 머뭇거렸지만, 결국 쓸쓸한 목소리로 대답했다.

"네, 그냥 몇 가지……. 신호탄하고 자동 항성 계수기, 또……."

"이론…… 그리고 꿈……." 그가 손을 비비며 내 말을 가로막았다. "내가 아는 사람 중에 리칼도니•라고 있어요. 그렇게 뛰어난 것을 많이 발명했어도 여전히 물리학 선생에 지나지

• 테오발도 호르헤 리칼도니(1861~1922)는 우루과이 출신의 발명가로, 실제 잠수함을 발명한 것으로 유명하다.

않죠. 부자가 되고 싶으면 실용적이고 단순한 물건을 발명해야 합니다."

그 말을 듣자 고통이 내 몸을 휘감는 듯했다.

그가 계속 말했다.

"디아볼로●를 발명한 사람은, 참 누가 발명했는지 알고 있죠? 겨울방학 때 방에서 빈둥거리던 스위스 학생이었어요. 그걸로 그 학생은 엄청나게 많은 돈을 벌었죠. 끝에 고무가 달린 연필을 발명한 미국인만큼이나 많이 벌었어요."

그는 잠시 말을 멈추고, 뒤에 루비 꽃 장식이 달린 황금 담배 케이스를 꺼내 고급 필터담배를 우리에게 권했다.

데메트리오 씨는 고개를 살짝 흔들면서 거절했고, 나는 담배를 받았다. 소우사 씨가 하던 말을 계속했다.

"그럼 잠시 화제를 돌려볼까요? 여기 있는 내 친구의 말에 따르면, 당신은 일자리가 필요하다고 하던데."

"네, 선생님. 되도록 발전 가능성이 있는 일자리라면 좋겠어요. 지금 제가 일하는 곳은……."

"네…… 네…… 그거라면 이미 알고 있어요. 나폴리 출신 남자의 집에서 일하고 있죠. 다 알고 있어요……. 그 친구 좀 괴짜죠. 당신 말이 맞아요. 당연히 그래야죠……. 어떤 일이든 당신의 발전을 가로막아서는 안 됩니다. 당신의 성격상 특징을

● 장대 두 개와 줄로 공중에서 돌리는 팽이.

상세하게 적어서 편지로 보내주세요. 다만 솔직하게 써야 해요. 어떻게든 당신을 도와줄 수 있을 겁니다. 난 일단 약속하면 반드시 지키는 사람이니까요."

그는 말을 마치고 의자에서 천천히 일어났다.

"내 친구 데메트리오…… 만나서 반가웠어요……. 그럼 몇 점을 보여드릴 테니 조만간 다시 만나도록 합시다. 아스티에르 청년, 당신의 편지를 기다리고 있겠어요." 그는 미소를 지으면서 덧붙여 말했다.

"절대로 나를 속일 생각은 하지 말아요."

거리로 나오자마자 나는 들뜬 목소리로 데메트리오 씨에게 말했다.

"소우사 씨는 참 좋은 분인 것 같아요……. 모두 선생님 덕분이에요……. 고맙습니다."

"자, 한번 두고 봅시다……. 어떻게 될지 두고 보자고요."

공상에서 깨어난 나는 웨이터에게 몇 시인지 물었다.

"2시 십 분 전입니다."

'소우사 씨는 어떤 결정을 내렸을까?'

나는 지난 두 달 동안 내가 처한 불확실한 상황을 강조하면서 그에게 자주 편지를 써 보냈다. 한동안 기다렸는데도 답장은 오지 않았다. 그러던 어느 날, 서명 없이 타자기로 친 짧은 편지가 도착했다. 나를 만나주겠다는 내용이었다.

'맞아. 나를 취직시켜주려는 게 틀림없어. 어쩌면 시청이나 정부에서 일하게 될지도 몰라. 그게 사실이라면, 엄마가 얼마나 좋아할까!' 알파호르•와 우유빵•• 주변으로 파리 떼가 들끓는 밀크 바에 앉아 어머니의 모습을 떠올리자 갑자기 가슴이 아려오면서 눈가가 촉촉해졌다.

나는 담배를 비벼 끄고 돈을 낸 뒤 소우사 씨의 집으로 향했다.

초인종을 누르자 벌써 가슴이 두방망이질을 치기 시작했다.

나는 즉시 초인종에서 손가락을 떼고 생각했다.

'아무튼 내가 자기를 만나고 싶어 안달을 부린다고 여기지만 않으면 좋을 텐데. 자칫하면 기분을 상하게 할 수도 있어.'

왜 이다지도 겁을 낸단 말인가! 나는 조심스럽게 초인종을 누르면서 내심 이렇게 말하고 싶었던 건지도 모른다.

'소우사 씨, 귀찮게 해드려서 죄송합니다만…… 전 일자리가 필요해요…….'

마침내 문이 열렸다.

"저……." 나는 당황한 나머지 말을 더듬거렸다.

"들어오세요."

• 두 비스킷 사이에 달콤한 속을 넣고 초콜릿 등을 입혀 먹는 아르헨티나의 전통 과자다.

•• 우유를 넣어 만든 달콤한 빵으로, 위에 설탕을 얹어 먹는다.

나는 하인을 따라 발끝으로 계단을 올라갔다. 거리는 물기 하나 없이 바짝 말라 있었지만, 나는 바닥을 더럽히지 않으려고 현관에 놓인 도어 매트에 신발 바닥을 북북 문지르고 들어왔다.

우리는 복도에서 걸음을 멈추었다. 안은 어두컴컴했다.

하인은 테이블 옆에 서서 크리스털 화병에 꽂힌 꽃을 매만졌다.

마침내 문이 열리면서 소우사 씨가 외출복 차림을 하고 나타났다. 작고 둥근 안경알 뒤의 눈에서 불꽃이 일었다.

"당신 누구요?" 그는 내게 버럭 고함을 질렀다.

나는 너무 당황한 나머지 우물쭈물 대답했다.

"그런데 선생님, 저 아스티에르예요……."

"난 당신 같은 사람을 몰라요. 더는 쓸데없는 편지로 귀찮게 굴지 말란 말이에요. 후안, 이분 나가실 테니까 배웅해드리게."

그는 곧장 돌아서서 문을 쾅 닫아버렸다.

나는 다시 울적한 기분으로 햇빛을 받으며 동굴을 향해 걸음을 옮기기 시작했다.

목이 쉴 때까지 서로 욕설을 퍼부으면서 싸운 지 며칠이 지난 어느 날 오후, 이번에도 남편이 절대 서점을 떠나지 않으리라는 것을 깨달은 가에타노 씨의 아내는 자기가 떠나기로 마음먹었다.

그녀는 에스메랄다 거리에 갔다가 흰 보따리를 들고 아파트로 돌아왔다. 잠시 후, 동굴 서점 문 앞에서 상스러운 **쿠플레**•를 흥얼거리고 있던 남편을 골탕 먹이기 위해 주방으로 향했다. 주방으로 들어오자마자 그녀는 **구역질 나는 하느님**과 나를 불렀다. 그녀는 분노로 창백해진 얼굴을 한 채 내게 명령했다.

"실비오, 이 탁자 좀 꺼내 와." 눈에는 그 어느 때보다 더 푸른빛이 돌았고, 뺨에는 시뻘건 반점이 두 개 나 있었다. 그녀는 지저분한 부엌 바닥의 물에 젖어 치맛자락이 더러워지는데도 아랑곳하지 않고, 몸을 숙여 가져갈 물건들을 주워 모았다.

그러는 사이에 나는 옷에 기름때가 묻지 않도록 조심하면서 탁자를 들고 나갔다. 말이 좋아 탁자지, 사실은 썩어 문드러진 네 다리 위에 판자를 얹어놓은 것에 불과했다. 바로 그 탁자에서 **구역질 나는 하느님**은 형편없는 요리 솜씨로 음식을 준비했다.

여자가 말했다.

"다리가 위로 가도록 탁자를 뒤집어놔."

그제야 나는 그녀의 속셈이 무엇인지 알아차렸다. 탁자를 들것으로 쓰려고 한 것이다.

• 1절로 이루어진 가벼운 노래나 풍자 가요.

내 추측은 틀리지 않았다.

구역질 나는 하느님은 빗자루를 가져와서 탁자 안쪽에 쳐진 거미줄을 쓸어냈다. 그녀는 행주로 판자를 덮은 뒤 흰 보따리와 접시, 나이프, 포크 등이 가득 든 솥을 얹고, 끈으로 휴대용 난로를 탁자 다리에 묶었다. 바쁘게 이리저리 왔다 갔다 하느라 얼굴이 벌게진 채 그녀는 거의 다 꾸린 짐을 살펴보면서 말했다.

"개만도 못한 저 인간은 싸구려 식당에나 가서 먹으라고 해."

짐을 다 꾸리고 탁자 위로 몸을 구부리자 **구역질 나는 하느님**은 모자 쓴 네발짐승처럼 보였다. 나는 손을 허리춤에 댄 채 가에타노 씨가 무슨 수로 형편없는 음식이나마 차려 먹을 수 있을지 곰곰이 생각했다.

"당신이 앞을 잡아."

구역질 나는 하느님이 체념한 듯 판자 끝을 잡자 나도 따라 했다.

"천천히 가." 여자가 사납게 소리 질렀다.

우리는 가에타노 씨 앞을 지나가면서 그만 책 더미를 넘어뜨리고 말았다.

"그래, 잘하는 짓이다. 돼지 같은 년……. 당장 나가." 그가 소리쳤다.

그녀는 분을 못 이겨 이를 부드득 갈았다.

"야, 이 도둑놈아! 내일 판사가 찾아올 테니까 그리 알아."

그녀가 위협적인 손짓을 두 번 하는 동안 우리는 재빨리 밖으로 나갔다.

저녁 7시가 되자 라바예 거리는 가장 화려한 자태를 뽐내고 있었다. 유리창으로 카페에 가득 들어찬 손님들의 모습이 보였다. 극장과 영화관 앞에는 한가한 멋쟁이들이 모여 기다리고 있었다. 옷가게 쇼윈도에는 얇은 고급 스타킹을 신은 다리들이 니켈 도금된 봉에 매달려 있고, 정형외과 용품점과 보석상의 번쩍거리는 쇼윈도에는 호화스러운 물건들로 돈 많은 이들의 관능을 유혹하려는 장사꾼들의 교활한 상술이 드러나 있었다.

행인들은 행여 더러운 것이라도 묻을까봐 우리한테서 멀찌감치 돌아서 갔다.

내 행색이 얼마나 초라하면 저럴까 생각하자 수치스러운 마음에 고개를 들 수 없었다. 그것도 모자라 세상 사람들 앞에서 톡톡히 망신을 주려는 듯 걸을 때마다 접시와 포크, 나이프가 시끄럽게 달그락거리는 소리를 냈다. 무슨 구경거리라도 생긴 것처럼 사람들은 걸음을 멈추고 우리가 지나가는 모습을 지켜보면서 낄낄거렸다. 나는 굴욕감이 치밀어 올라 사람들의 시선을 외면했다. 우리 앞에 가면서 길을 가로막고 있는 사납게 생긴 뚱보 여자처럼 나도 우리에게 쏟아지는 조롱과 야유를 간신히 견뎠다.

사륜마차 여러 대가 우리를 졸졸 쫓아오고 있었다. 마부들이 치근대면서 호객했지만, 마리아 부인은 못 들은 척하며 탁자 앞에서 뚜벅뚜벅 걸어갔다. 쇼윈도에서 나오는 불빛을 받아 탁자 다리가 훤히 드러났다. 결국 마부들도 미련을 버리고 그냥 가버렸다.

구역질 나는 하느님은 가끔 초록색 목도리 위로 수염을 덥수룩하게 기른 얼굴을 돌려 나를 힐끗 쳐다보았다. 굵은 땀방울이 더러운 뺨을 타고 흘러내렸고, 가련한 눈동자에서는 원한과 절망의 빛이 번뜩거렸다.

라바예 광장에서 우리는 잠시 쉬었다 가기로 했다. 마리아 부인은 들것을 바닥에 내려놓으라고 하더니 없어진 것이 없는지 꼼꼼히 살폈다. 그러곤 보따리를 풀어 안을 살펴본 다음 냄비를 제자리에 놓고 풀리지 않도록 행주 네 귀퉁이로 단단히 고정했다.

그때 구두닦이들과 신문팔이들이 꾸역꾸역 몰려들더니 우리를 빙 둘러쌌다. 다행히 때마침 경찰관 한 명이 나타나 혹시 일어날 수도 있었던 불상사를 막아주었다. 우리는 다시 길을 떠났다. 마리아 부인은 카야오 거리와 비아몬테 거리 사이에 있는 언니네 집으로 갔다.

그녀는 가끔 창백한 얼굴로 나를 돌아보곤 했다. 그러곤 핏기 없는 입술을 살짝 들어 올려 엷은 미소를 지으며 말했다.

"실비오, 힘들지?" 그녀의 부드러운 미소를 보자 수치스럽던 마음도 차츰 가라앉았다. 그 미소는 그녀의 악랄한 행동으로 길 한복판에서 사람들의 재미난 구경거리가 되며 무참히 짓밟혀버린 내 자존심을 부드럽게 달래주는 애무와도 같았다. “실비오, 피곤해?”

“아니에요, 부인.” 그녀는 야릇한 미소(경찰관들 사이를 빠져나가면서 짓던 엔리케 이르수베타의 미소가 떠올랐다)를 지으며 내게서 고개를 돌렸다. 그러더니 다시 힘을 내 가던 길을 계속 갔다.

이제 우리는 인적이 드물고 가로등이 드문드문 서 있는 거리로 접어들었다. 길가에는 바나나나무들이 힘차게 뻗어 있고, 외관이 화려하고 유리창마다 널찍한 커튼이 쳐진 고층 건물이 줄지어 서 있었다.

우리는 불이 환하게 밝혀진 발코니를 지나갔다.

한 남자아이와 여자아이가 희미한 불빛 속에서 대화를 나누고 있고, 오렌지빛 조명이 켜진 거실에서는 피아노의 선율이 흘러나오고 있었다.

그 장면을 보면서 질투심과 슬픔으로 내 가슴이 쪼그라드는 것만 같았다.

나는 생각했다.

‘난 죽었다 깨어나도 저 아이들처럼 될 수는 없겠지……. 저런 멋진 집에서 살지도, 저렇게 예쁘고 우아한 여자친구를 만나지도 못할 테니까.’

“이제 거의 다 왔어.” 여자가 말했다.

우리는 가슴을 크게 부풀리고 깊은 한숨을 내쉬었다.

동굴로 들어오는 우리를 보자 가에타노 씨는 하늘을 향해 두 팔을 뻗으며 기쁘게 소리 질렀다.

"드디어 왔군! 우리 모두 밥 먹으러 호텔로 가자고! 미겔 씨도 괜찮지? 이따 거기로 갈 테니까 어서 닫아. 문부터 닫으라니까 **멍청아.**"

구역질 나는 하느님의 더러운 얼굴에 아이같이 천진난만한 미소가 가득 흐르자 놀랍게도 완전히 다른 사람처럼 보였다.

나는 저녁에 가끔 시인들의 손끝에서 나와 이 세상을 뒤흔드는 아름다움이 무엇인지 생각하곤 했다. 그럴 때면 마치 입안에 비명을 머금은 것처럼 내 가슴속으로 고통과 슬픔이 밀물처럼 밀려들곤 했다.

나는 그들이 참석하는 축제, 도시에서 열리는 축제, 꽃이 만발한 정원의 햇빛처럼 환한 횃불을 밝힌 울창한 도시공원에서 열리는 축제에 대해 생각했다. 그러자 나를 짓누르던 가난이 손가락 사이로 스르르 미끄러져 내리는 것 같았다.

이제는 자비를 구한다는 말조차 나오지 않는다. 아니, 그런 말이 있는지조차 모르겠다.

내 영혼은 맨 무릎만큼이나 황폐하고 추하다.

나는 어딘가에 있을 시를, 갑자기 살 속에 절망이 우글거리는 어느 육체, 천 개의 커다란 입과 이천 개의 절규하는 입술이 달린 어느 육체의 시를 찾고 있다.

저 멀리 밤하늘을 찬란하게 수놓는 형형색색의 불꽃과 함께 시끌벅적한 소리가 귓가에 들려왔다. 하지만 나는 아홉 개의 말뚝에 묶인 것처럼 비참한 나의 세계에 갇힌 채 여기 홀로 있다.

차르카스 거리 1600번지, 아파트 4동, 3층. 내가 책 꾸러미를 배달해야 하는 주소였다.

이처럼 호화스러운 고급 아파트 단지는 언제나 낯설고 독특해 보였다.

밖에서 보면, 복잡하고 웅장한 처마 장식의 화려함을 두드러지게 하는 프리즈•의 조화로운 선과 파형(波形) 유리로 덮인 커다란 유리창이 가장 먼저 눈에 띈다. 덕분에 가난하고 불쌍한 자들은 이를 보면서 이처럼 고상하고 세련된 모습으로 나타난 부와 권세의 세계를 꿈꾸게 된다. 반면 안에 들어가 깊고 고적한 복도에 깔린 짙은 어둠을 본다면, 구름으로 뒤덮인 발할라••처럼 드넓은 하늘을 좋아하는 사람은 질겁하고 말 것이다.

나는 수위 앞에 멈추어 섰다. 운동선수처럼 체격이 좋은

• 건축에서 기둥머리가 받치고 있는 세 부분 중의 하나로, 처마 장식 아래 있다.

•• 북유럽 신화에서 신들의 세계인 아스가르드에 있는 천국.

수위는 파란색 제복을 입고 거만한 표정으로 신문을 읽고 있었다.

성문을 지키는 문지기처럼 수위는 머리 꼭대기부터 발끝까지 나를 샅샅이 훑어보았다. 잠시 후, 내가 도둑놈이 아니라고 잠정적인 결론을 내린 듯 흐뭇한 표정을 지으며(챙 위로 금빛 띠를 두른 근사한 파란 모자를 쓴 사람만이 보여줄 수 있는) 너그러운 태도로 나를 들여보내주었다. 수위는 내게 어디로 가야 할지만 간단히 일러주었다.

"승강기는 왼쪽에 있어."

철창 같은 승강기에서 빠져나오자 천장이 낮고 어두컴컴한 복도가 나타났다.

반투명 전구에서 나오는 불빛이 반짝거리는 타일을 희미하게 비추고 있었다.

내가 찾아갈 집의 대문은 유리창 없이 문짝만 달려 있었다. 그래서인지 작고 둥근 모양의 자물쇠는 마치 거대한 철제 금고의 문처럼 보였다.

내가 초인종을 누르자 검은색 제복에 하얀 앞치마를 두른 하녀가 나와 작은 방으로 안내했다. 그 방은 천사의 나팔•의 금

• 라틴 아메리카가 원산지인 천사의 나팔은 가짓과에 속한 유독성 식물이지만, 관상용으로 재배된다. 나팔 모양의 긴 꽃이 아래를 향하고 있는 것이 천사가 하늘에서 나팔을 부는 모양과 비슷하다고 해서 붙여진 이름이다.

빛 꽃문양이 새겨진 파란색 벽지로 도배되어 있었다.

무아레● 프린트 실크 커튼이 덮인 유리창으로 푸르스름한 빛이 흘러 들어와 마치 병원 같은 느낌을 주었다. 피아노, 아이들이나 가지고 놀 만한 물건, 청동상, 꽃병. 나는 방 안에 있는 모든 것을 둘러보았다. 누군가 방 안에 들어온 듯 갑자기 은은한 향기가 퍼졌다. 옆문이 스르르 열리면서 어린아이 같은 얼굴에 곱슬머리가 뺨으로 흘러내려 찰랑거리고, 네크라인이 넓은 옷을 입은 여자가 눈앞에 나타났다. 체리색 벨벳 가운은 하얀색과 금색으로 된 그녀의 자그마한 슬리퍼를 미처 가리지 못했다.

"무슨 일이지, 파니?"

"주인님께 온 책인가봐요……."

"지금 돈을 드려야 하나요?"

"이미 다 지급하셨습니다."

"누가……."

"그럼 됐어. 저 소년에게 팁을 주렴."

하녀는 내게 주려고 접시에서 동전 몇 닢을 집었다. 하지만 나는 단호하게 말했다.

"나는 누구한테도 팁을 받지 않아요."

하녀는 화가 난 듯 재빨리 손을 거두었다. 매춘부는 내 손

● 직물 표면에 물결이나 파도 같은 무늬를 새긴 것을 말한다.

짓과 표정의 의미를 알아차렸는지 이렇게 말했다.

"알았어. 알았어. 그러니까 넌 이 돈을 안 받겠다는 거지?"

내가 미처 피하기도 전에, 오히려 그것을 순순히 받아들이기도 전에 그 여인은 웃으면서 내 입술에 키스했다. 나는 말괄량이 소녀처럼 깔깔 웃으며 반쯤 열린 문으로 사라지는 그녀의 모습을 멍하니 바라보고만 있었다.

구역질 나는 하느님은 잠에서 깨어나 곧장 옷을 입기 시작한다. 그래봐야 반장화를 신는 게 고작이지만 말이다. 그는 면도를 하지 않아 수염이 덥수룩하고 더러운 얼굴을 한 채 간이침대 가장자리에 걸터앉아 따분한 표정으로 주위를 둘러본다. 그는 팔을 뻗어 모자를 집더니 귀까지 푹 눌러쓴다. 그러곤 자기 발을, 빨간 양말을 신은 발을 내려다본다. 새끼손가락을 귓구멍에 집어넣고 빠르게 후벼 파자 불쾌한 소리가 난다. 모든 준비가 끝나자 마침내 반장화를 신는다. 그는 코딱지만 한 방의 문으로 구부정하게 걸어가다 별안간 몸을 돌려 바닥을 내려다보더니 담배꽁초를 발견한다. 꽁초에 묻은 먼지를 입으로 훌훌 불어내고는 불을 붙여 물고 밖으로 나간다.

그가 테라스 타일 위로 발을 질질 끌고 가는 소리가 들린다. 나는 모처럼 한가로이 여유를 부려본다. 나는 생각한다. 아니, 아무 생각도 하지 않는다. 오히려 마음속에서 요동치는 달콤한 그리움을, 불확실한 사랑보다 더 감미로운 괴로움을 순순히 받아들인다. 그러자 나에게 팁 대신 키스를 해준 여인의 모습이 눈앞에 떠오른다.

나는 막연한 욕망에, 안개처럼 아련한 욕망에 휩싸여 있다. 나의 내면 깊숙이 파고들어 내 존재를 공기처럼 투명하고 가볍게 만들 뿐만 아니라 인간의 모습에서 벗어나 자유롭게 훨훨 날아다니게 만드는 욕망. 잠시 그녀의 은은한 향기와 백옥처럼 하얀 가슴이 하나가 되어 내 가슴을 꿰뚫고 지나간다. 나는 알고 있다. 내가 다시 그녀의 곁에 서게 된다면, 사랑의 열병으로 쓰러지리라는 것을. 그 여인이 나 이전에 수많은 남자의 품을 거쳤다고 해도 전혀 상관없을 것 같다. 만약 내가 또다시 그 푸른 방에서 그녀 곁에 있게 된다면, 카펫 위에 무릎을 꿇고 그녀의 무릎 위에 머리를 기댄 채 그녀를 차지하기 위해, 그래서 그녀를 진정으로 사랑하기 위해 이 세상에서 가장 부끄러운 짓도, 가장 아름다운 일도 마다하지 않을 것 같다.

욕망의 매듭이 하나씩 풀려가면서 나는 그 매춘부의 아름다움을 돋보이게 할 옷과 더 고혹적으로 보이기 위해 얼굴을 살짝 가릴 모자를 머릿속으로 그려본다. 실오라기 하나 걸치지 않은 알몸보다 훨씬 더 선정적인 반나체로 침대 옆에 있는 그녀의 모습을 상상한다.

여자에 대한 욕망이 마음속에서 천천히 끓어오르는 와중에도 나는 그녀를 만나 어떻게 행동할지 머릿속으로 그리면서 화려하고 찬란한 그 사랑이 나를 진정으로 행복하게 만들어줄 거란 기대에 부풀어 있다. 나는 바로 그 침실에서 (어떤 추잡한 책에서 본 사진처럼) 사랑하는 여인이 반나체로 침대에 걸터앉아 스타킹을 신고 있을 때, 잠에서 깨어나 그 모습을 본다면 내 몸속에 어떤 느낌이 퍼져나갈지 매일매일 상상해 본다.

그 순간 갑자기 나의 온몸이, 가엾은 남자의 육체가 천국에 계신 하느님에게 외친다.

'하느님! 저, 저는 정녕 지저분한 책에 실린 사진 속 여자만큼 아름다운 여인을 만나지 못할 운명이란 말입니까!'

어두컴컴한 동굴에 틀어박힌 채 돈 이야기와 표독스러운 말밖에 토해내지 않는 사람들에게 둘러싸여 살면서 역겹고 혐오스러운 감정에 사로잡힌 내 삶이 슬슬 짜증 나기 시작했다. 그들의 낯짝을 험악하게 만드는 분노와 증오심이 내게도 옮은 것 같았다. 그렇다보니 두개골 안에서 불그스레한 안개가 천천히 움직이는 듯한 느낌이 들 때도 많았다.

극도의 피로감이 몰려오면서 쇳덩이를 올려놓은 듯 팔을 움직일 수조차 없었다. 이틀 밤낮으로 죽은 듯이 자고 싶을 때도 있었다. 영혼이 점점 더러워지고, 그 사람들에게서 나병을 옮아 영혼의 살갗이 문드러지고 있다는 느낌이 들었다. 내 영혼에 스며들어 어두운 동굴을 파는 나병. 나는 언제나 화가

난 상태로 잠자리에 들었고, 아침에 깨서는 아무 말도 하지 않았다. 절망감에 빠질 때마다 혈관이 넓어지는 듯했고, 예전에는 미처 느끼지 못했던 어떤 힘이 뼈와 살갗 사이에서 점점 커지는 느낌이 들었다. 나는 그렇게 분노로 치를 떨며 몇 시간이나 고통에서 헤어나지 못했다. 그러던 어느 날 밤, 마리아 부인이 노발대발하며 나를 부르더니 구역질이 나서 변소에 들어가지도 못할 정도라면서 당장 청소하라고 했다. 나는 군말 없이 시킨 대로 했다. 가만히 돌이켜보면, 그때 마음속에서 무언가 떳떳지 못한 의도를 확산시키기 위한 구실을 찾고 있었던 것 같다.

또 어느 날 밤에는 막 나가려고 하는데, 가에타노 씨가 실실 웃으며 나를 불렀다. 그러곤 몰래 책을 훔쳐 숨겨서 가지고 나가는지 확인하기 위해서 한 손으로는 내 배를, 한 손으로는 내 가슴을 뒤지기 시작했다. 순간 너무 당황해서 화를 낼 수도, 그렇다고 웃을 수도 없었다. 마땅히 그래야 했는지도 모른다. 그래, 그냥 그렇게 말이다. 아홉 달 동안 여성의 배 속에서 괴로움과 슬픔을 빨아먹고 살았던 터라 살면서 마땅히 온갖 무시와 모욕, 고통을 당해야 하는 건지도 모른다.

그때부터 나는 귀가 먹기 시작했다. 몇 달 동안, 나는 소리를 감지하는 능력을 잃어버렸다. 침묵이 칼의 모양까지 취할 수 있음을 안 것도 바로 그 무렵이었다. 시퍼렇게 날이 선 침묵은 내 귓전에 울리는 소리를 모두 끊어버렸다.

나는 아무 생각도 하지 않았다. 나날이 더 넓어지고 깊어지는 원망의 구덩이 속에서 판단력은 점점 무뎌져만 갔다. 그렇게 분노와 원망이 쌓여가기 시작했다.

그들은 내게 종을, 아니 소 방울을 주었다. 빌어먹을! 나 같은 하찮은 인간이 그따위 천한 일을 하는 모습을 보면서 사람들이 얼마나 즐거워했는지 모른다. 나는 길거리에 사람들이 제일 많이 지나다니는 시간을 골라 동굴 문 앞에 서서 행인들의 주의를 끌기 위해, 그들이 고개를 돌려 저곳에서 책들을, 근사한 책들을 판다는 것을…… 또 안에 들어가면 교활하게 생긴 남자나 창백하고 뚱뚱한 여자에게서 모험담과 아름다운 미녀들의 이야기를 구매할 수 있다는 것을 알려주기 위해 딸랑딸랑 종을 흔들었다. 그렇게 쉬지 않고 딸랑딸랑 종을 쳤다.

수많은 시선이 천천히 나를 발가벗기고 있었다. 나는 그들 앞에서 알몸으로 거리에 서 있는 듯한 느낌이 들었다. 나는 결코 잊지 못할 여인들의 얼굴을 보았다. 그리고 내 눈을 향해 마구 조롱과 욕설을 퍼붓는 듯한 미소도 보였다…….

아! 분명한 것은 내가 지쳐 있었다는 점인데…… 하지만 어딘가에 "네 이마에 땀을 흘려야 빵을 얻으리니"•라고 쓰여 있지 않던가?

• 〈창세기〉 3장 19절에 나오는 구절이다.

나는 걸레로 바닥을 닦으면서 매력적인 여인들이 서 있는 곳을 청소할 수 있도록 잠시만 비켜달라고 부탁했다. 그러곤 곧장 커다란 바구니를 들고 장을 보러 갔다. 아무튼 나는 심부름꾼이니까……. 어쩌면 누군가가 내 얼굴에 침을 뱉었다고 해도 말없이 손등으로 닦아냈을 것이다.

내 어깨 위로 내려앉는 어둠이 점점 짙어지고 있었다. 내가 눈물겹게 사랑했던 얼굴들의 윤곽조차 기억이 희미했다. 하루하루가 긴 시간의 간격 탓에 서로 사이가 벌어진 것 같았다……. 이제는 눈물도 다 말라버렸다.

나는 여태껏 내 삶에서 막연하게 느껴지던 그 말을 입속으로 몇 번이고 되뇌었다.

"너는 고통받을 거야." 나는 혼잣말하듯 중얼거렸다. "너는 고통받을 거야……. 너는 고통받을 거야……. 너는 고통받을 거야……."

"너는 고통받을 거야……. 너는 고통받을 거야……."

"너는 고통받을 거야……." 그 말은 내 입 안에서 맴돌다 사라졌다.

지옥 같기만 하던 그 겨울 동안 나는 그렇게 성숙해갔다.

6월의 어느 날 밤, 가에타노 씨가 철제 셔터를 내리는 순간, 마리아 부인은 그날 오후 세탁소에서 찾아온 옷 보따리를 주방에 두고 왔다는 것이 번뜩 떠올랐다. 그때 그녀가 말했다.

"이봐, 실비오. 나하고 같이 들어가서 그것 좀 가지고 나오자."

가에타노 씨가 불을 켜는 동안 나는 그녀를 따라갔다. 그날 일이라면 지금도 정확하게 기억한다.

그 꾸러미는 주방 한가운데, 의자 위에 놓여 있었다. 마리아 부인은 내게 등을 돌린 채 보따리의 매듭을 잡았다. 그사이 주변을 둘러보니 화로에서 여전히 타고 있는 석탄 몇 개가 눈에 띄었다. 그 짧은 순간에 기막힌 생각이 떠올랐다.

'그렇지. 바로 그거야…….' 마리아 부인이 밖으로 나가는 사이 나는 아무 주저 없이 석탄 하나를 집어 책으로 가득 찬 책장 옆에 수북이 쌓인 종이 더미에 던져버렸다.

가에타노 씨가 전원 개폐기의 열쇠를 돌린 다음 우리는 함께 거리로 나섰다.

마리아 부인은 별이 빛나는 밤하늘을 쳐다보았다.

"멋진 밤이네……. 오늘 밤은 되게 춥겠는걸……." 나도 고개를 들어 하늘을 쳐다보았다.

"네, 참 멋진 밤이에요."

구역질 나는 하느님이 잠든 동안, 나는 엉성한 침대에서 몸을 일으켜 황소 눈처럼 둥근 창문을 통해 들어와 거리 쪽 벽에 어른거리는 하얀빛의 원환을 바라보았다…….

짙은 어둠 속에서 나는 자유를 만끽하며 미소 짓고 있었다……. 그래, 이젠 자유야……. 이제부터는 정말 자유라고. 방금 내가 했던 남자다운 행동 덕분에 말이지. 나는 생각했다. 아니, 오히려 아무 생각 없이 즐거운 순간들을 연이어 떠올리고 있었다.

'지금은 **매춘부들**을 위한 시간이지.'

가슴속으로 와인 한 잔처럼 기운찬 온정이 일면서 이 야심한 시간에 세상 모든 것이 친밀하게만 느껴졌다. 나는 속으로 중얼거렸다.

'지금은 어린 여자아이들과…… 시인들의 시간이야……. 그런데 난 이게 무슨 꼴이람……. 그렇기는 하지만 난 당신의 발에 입을 맞출 거야.'

'**인생**이여, **인생**이여, 그대는 얼마나 아름다운가. **인생**이여……. 아! 하지만 그대는 모르지? 내가 심부름꾼이고…… 하인이라는 것을……. 그래, 맞아. 난 가에타노 씨의 하인이야……. 그렇지만 나는 지구상에서 가장 아름다운 것들을 모두 사랑해……. 내가 잘생기고 재치 있는 남자라면 얼마나 좋을까……. 번쩍거리는 제복을 입고…… 조용하게 살 수만 있다면……. **인생**이여, 그대는 얼마나 아름다운가. **인생**이여……. 얼마나 아름답단 말인가……. 세상에, 이렇게 어여쁠 수가.'

나는 천천히 미소 지으면서 기쁨을 느꼈다. 나는 두 손가락을 V 자 모양으로 만들어 파르르 떨리는 뺨을 부드럽게 쓰다듬었다. 저 아래, 에스메랄다 거리에서 시끄럽게 울려 퍼지는 자동차 경적은 꺽꺽하게 쉰 목소리로 기쁜 소식을 알려주는 것 같았다.

잠시 후, 나는 어깨에 머리를 기대고 눈을 감은 채 생각에 잠겼다.

'어떤 화가가 잠든 하인의 초상화를 그려줄까? 도둑놈이나 다름없는 주인의 소굴에 불을 지르고, 미소 지으며 잠든 하인을 말이야.'

잠시 뒤, 승리감에 약간 도취해 있던 나는 천천히 제정신이 들기 시작했다. 그러더니 아무 이유도 없이 돌연 진지해졌다. 사람들 앞에서 과시하기 좋을 정도로 진지하고 심각한 모습으로 말이다. 나는 이처럼 우스꽝스러울 정도로 가부장적인 분위기를 풍기는 진지한 모습을 마음껏 비웃고 싶었다. 하지만 그런 진지한 모습은 가식에 지나지 않기 때문에 이 비좁은 방에서는 그런 **도덕적 의식이나 양심** 따위는 마음껏 조롱해야 마땅하다. 나는 속으로 생각했다.

'범죄자……. 당신은 개자식이고…… 방화범이야. 당신은 평생 무거운 후회의 짐을 지고 살아야 해. 당신은 경찰관과 판사와 악마 앞에 끌려가 심문을 받을 테지……. 당신은 피고석에 앉게 될 거야. 이건 농담이 아니니까 진지하게 들으라고. 당신은 진지해야 한다는 게 무슨 뜻인지 모를 거야……. 곧 감옥으로 끌려갈 테니까.'

내가 진지하고 심각해진다니……. 무언가 석연치 않았다. 왠지 빈 깡통처럼 공허한 느낌이 들었다. 아냐, 나는 그런 속임수를 진지하게 받아들일 수 없었다. 나는 이제 자유인이었다. 도대체 사회가 자유와 무슨 상관이 있단 말인가? 이젠 자유니까 내가 하고 싶은 건 뭐든 할 수 있었다고……. 내가 원하면 자살할 수도 있었지만…… 아무리 생각해도 그건 조금 어리석은 짓 같았다……. 그러니까 난…… 난 정말 진지하고 중요한 일을 할 필요가 있었다. 정말 놀라울 정도로 진지한 일을 말이다. 그건 바로 **삶**을 사랑하는 것이었다. 나는 속으로 되뇌었다.

'그래, **인생**이여, 그대는 얼마나 아름다운가. **인생**이여……. 그대는 아는가? 이 순간부터 나는 지구상에서 가장 아름다운 것들을 모두 찬양할 거야……. 물론이지……. 나는 푸르른 나무들도, 주위의 물건들도, 저 하늘도 사랑할 거고…… 그리고…… 있잖아. **인생**이여, 대답해줘. 나 정도면 똑똑한 아이가 아닐까? 전에도 나 같은 아이를 본 적 있어?'

잠시 후, 나는 곧장 잠에 곯아떨어졌다.

그다음 날 아침, 서점에 가장 먼저 들어간 사람은 가에타노 씨였다. 나는 그의 뒤를 따라 안으로 들어갔다. 모든 것이 예전 그대로였다. 서점 안은 습기가 차 눅눅했지만, 저 안쪽 책장의 가죽으로 된 책등에는 작은 창문으로 들어온 햇빛 한 점이 내려앉아 있었다.

나는 주방으로 향했다. 석탄은 이미 꺼져 있었고, **구역질 나**

는 하느님이 설거지하면서 생긴 물웅덩이에 젖어 여전히 축축한 상태였다.

그날은 내가 거기서 마지막으로 일한 날이 되었다.

제3장 미친 장난감

나는 설거지를 하고 문을 다 닫은 다음, 덧문도 열었지만 너무 추워서 다시 침대로 가서 등받이에 몸을 기댔다.

담 위로 비스듬히 햇볕이 내리쬐면서 벽돌이 붉게 물들었다.

어머니는 다른 방에서 바느질하고 있었고, 여동생은 수업을 준비하고 있었다. 나는 책을 읽기로 했다. 침대 등받이 옆의 의자 위에 책이 몇 권 놓여 있었다.

루이스 데 발의 《성모 마리아와 어머니》,• 바이아의 《전기공학》, 니체의 《안티크리스트》. 각각 1800쪽씩 총 네 권이나 되는 《성모 마리아와 어머니》는 다림질하는 이웃집 여자가

• 루이스 데 발(1867~1930)은 에스파냐 발렌시아 출생의 언론인, 극작가, 소설가다. 대중적인 취향으로 인기를 끌었던 그의 작품은 당시 프랑스어, 포르투갈어, 이탈리아어로 번역되기도 했다.

내게 빌려준 것이다.

나는 침대에 편하게 앉은 채 심드렁하게 《성모 마리아와 어머니》를 바라보았다. 그런데 오늘은 왠지 그렇게 두꺼운 장편 통속소설을 읽을 기분이 들지 않았다. 그래서 단호하게 《전기공학》을 집어 들고 회전자기장 이론을 공부하기 시작했다.

나는 만족스러운 듯이 고개를 끄덕이며 천천히 책을 읽었다. 다상교류에 관한 복잡한 설명을 모두 익힌 다음 생각했다.

'여러 가지 아름다움을 보고 즐거워할 수 있다는 것은 보편 지능을 가지고 있다는 표시지.' 그러자 페란티•와 지멘스 할스케••라는 이름이 화음을 이루듯이 내 귀에 울려 퍼졌다.

나는 생각했다.

'언젠가 나도 기술 공학자들이 모인 학회에 나가 강연하게 될지도 몰라. "네, 여러분……. 태양이 만들어내는 전자기 전류는 이용할 수도 있고, 응축할 수도 있습니다." 이런, 멍청하기는! 그건 먼저 응축한 다음에야 이용할 수 있는 거라고! 빌어먹을, 태양에서 나온 전자기 전류를 어떻게 응축할 수 있었던 걸까?'

나는 전기의 마법사인 테슬라•••가 태양광 응축기의 아이

• 1885년부터 100년 넘게 운영된 영국의 전기공학 및 장비 기업이다.

•• 1847년 지멘스와 할스케가 공동 창업한 전기공학 회사로, 나중에 지멘스로 통합되었다.

디어를 생각해냈다는 것을 일간지의 과학 지면을 통해 알았다.

나는 그렇게 해 질 녘까지 이런저런 생각에 잠겨 있었다. 그러던 어느 순간, 옆방에서 어머니의 친구인 레베카 나이다트 부인의 목소리가 들려왔다.

"어머나! 요즘 어떻게 지내세요, **프라우**•••• **드로드만**? 어라, 공주님도 있네. 잘 지내니?"

나는 고개를 들고 책에서 눈을 떼며 귀를 기울였다.

레베카 부인은 유대교 신자였다. 몸집이 작아서 그런지 마음이 너그럽지 못하고 옹졸했다. 걸음걸이는 물개 같았고, 매 같은 눈을 번뜩이며 사람을 빤히 쳐다보는 버릇이 있었다……. 내게 몇 번 못된 짓을 한 뒤부터 나는 부인을 무척이나 싫어했다.

"실비오는 없어요? 그 아이한테 할 말이 있는데." 나는 곧 그 방으로 건너갔다.

"안녕하세요! 어떻게 지내세요, **프라우**? 별일 없으시죠?"

"너 기계에 관해서도 아니?"

"그럼요……. 조금 알아요. 엄마, 리칼도니에게서 온 편지 안 보여드렸어요?"

••• 니콜라 테슬라(1856~1943)는 크로아티아 태생의 물리학자이자 전기공학자로, 나중에 미국으로 이주했다.

•••• 독일어로 '부인'을 뜻한다.

사실 리칼도니는 내가 틈날 때 생각해낸 몇 가지 엉뚱한 기계장치 이야기를 전해 듣고 축하 편지를 보내주었다.

레베카 부인이 말했다.

"물론이지. 그거라면 벌써 봤지. 자, 이거 받아." 부인은 내게 신문지를 건네주더니 손톱 밑에 때가 새까맣게 낀 손가락으로 광고를 가리키며 말했다.

"남편이 너한테 가서 이걸 보여주라고 하더라고. 한번 읽어봐."

부인은 주먹을 허리에 대고 가슴을 내 쪽으로 내밀었다. 레베카 부인은 듬성듬성 빠진 깃털이 처량하게 늘어진 검은색 모자를 쓰고 있었다. 부인의 검은 눈동자가 깔보는 듯이 내 얼굴을 살펴보고 있었다. 그러곤 이따금 허리춤에 대고 있던 손을 들어 올려 손가락으로 굽은 콧등을 긁곤 했다.

나는 신문에 난 공고를 읽었다.

> 항공 정비사 실습생 모집. 궁금한 점이 있으면 팔로마르 데 카세로스에 있는 항공 군사학교에 문의하시오.

"그래, 라 파테르날행 기차를 타고, 승무원에게 라 파테르날에서 내린다고 미리 일러줘. 거기서 88번 버스를 타고 학교 정문 앞에서 내리면 돼."

"그래? 그것참 잘됐네. 실비오, 오늘 당장 가보는 게 어떻겠니?" 어머니는 기대에 찬 미소를 지으며 말했다. "그리고 이왕이면 파란색 넥타이를 매는 게 좋겠어. 이런 일이 있을 줄 알았는지 깨끗하게 다려놓았단다. 그리고 안감의 해진 곳도 다 기워놓았어."

나는 단숨에 방으로 들어갔다. 나는 양복을 찾아 입으면서 유대인 부인이 남편하고 다툰 이야기를 하소연하듯 늘어놓는 것을 들었다.

"어떻게 그럴 수가 있죠, **프라우 드로드만**? 남편이 술에 잔뜩 취해 온 거예요. 술에 떡이 됐더라고요. 막시미토는 집에 없었어요. 페인트칠 작업하는 걸 보러 킬메스에 갔거든요. 부엌에 있다 밖으로 나와보니까 남편이 내게 주먹을 들이밀면서 이러는 거예요.

'먹을 것 좀 내와, 어서……. 그리고 그 잘난 당신 아들놈은 왜 일하러 오지 않은 거지?' 무슨 놈의 팔자가 이 모양이죠, **프라우**. 무슨 놈의 팔자가 이따위냐고요. 그래서 부엌으로 가서 가스 불을 살짝 켰죠. 생각해보니까 막시미토가 오면 한바탕 난리가 날 것 같더라고요. 그러니까 겁이 덜컥 나는 거예요, **프라우**. 그래서 소간과 버터에 튀긴 달걀을 담은 프라이팬을 통째로 갖다주었죠. 남편은 올리브유를 싫어하거든요. 그러고 나니까 아, 부인도 그 장면을 봤어야 하는데. 남편이 눈을 둥그렇게 뜨고 코를 찡그리면서 말하더군요.

'개 같은 년, 이거 다 상했잖아.' 그럴 리가요. 달걀은 신선

했다고요. 무슨 놈의 팔자가 이 모양인지. **프라우, 무슨 놈의 팔자가!** 달걀하고 버터 모두 멀쩡했다고요. 난 겁이 나서 문 쪽으로 달아났죠. 그랬더니 남편이 자리에서 벌떡 일어나 접시를 집어 바닥에 내동댕이치지 뭐예요. 무슨 놈의 인생이 이 모양인지. 근사한 수프 접시도, 뭔지 기억나요, **프라우**? 심지어 그 근사한 수프 접시도 박살 나고 말았어요. 너무 무서워서 난 얼른 자리를 피했죠. 남편이 날 쫓아오는데, 분을 이기지 못해 주먹으로 자기 가슴을 쿵쿵 치더라니까요……. 정말이지 소름이 끼쳐 죽는 줄 알았다고요! 그러더니 **프라우**, 내게 욕설을 퍼부어대지 뭐예요. 살다 살다 그런 욕을 듣기는 처음이에요. '돼지 같은 년! 네 피로 손을 씻고야 말 테다!'"

나이다트 부인이 깊은 한숨을 내쉬는 소리가 들렸다.

저 부인이 남편한테 당하는 이야기는 언제 들어도 재미있었다. 넥타이를 매면서 앵무새 같은 코에 백발이 성성한 거구의 폴란드인 남편이 레베카 부인을 쫓아다니며 고래고래 소리를 지르는 모습을 상상하자 나도 모르게 빙그레 웃음이 나왔다.

호시아스 나이다트 씨는 소비에스키 시대의 아타만•에 비

• 소비에스키는 16세기부터 17세기까지 폴란드를 다스렸던 왕조를, 아타만은 원래 카자흐족 군대의 최고 지도자, 즉 대장을 의미한다. 여기서 "소비에스키 시대의 아타만"은 1629년부터 1696년까지 폴란드를 통치했던 소비에스키 왕조의 얀 3세를 가리킨다.

해 훨씬 더 너그럽고 아량이 넓은 유대인이었다. 한마디로 좀 이상한 사람이었다. 그는 유대인이라면 치를 떨었다. 황당하기 짝이 없는 그의 반유대주의 감정은 엄청나게 음란한 언어로 나타나곤 했다. 물론 특정 개인이라기보다 집단을 향한 증오심에서 비롯된 것이었다.

친구 몇몇이 나쁜 마음을 먹고 몇 번이나 그에게 사기를 쳤지만, 정작 나이다트 씨는 이런 사실을 믿으려 하지 않았다. 그래서 그의 집에 가면 언제나(레베카 부인으로서는 정말 환장할 노릇이었지만) 이곳저곳을 떠돌아다니다 결국 이곳으로 흘러들어온 추레한 차림의 뚱뚱한 독일인 이민자들을 만날 수 있었다. 그들은 식탁에 앉아 소금에 절인 양배추와 소시지를 배 터질 듯 먹고, 무표정한 파란 눈을 이리저리 굴리며 너털웃음을 호탕하게 터뜨리곤 했다.

유대인 남편은 그들을 안전하게 보호해주었을 뿐만 아니라 페인트공이자 석수 조합원으로서 자신의 인맥을 총동원해 일자리까지 알아봐주었다. 그들 중 몇몇은 그의 돈을 훔치기도 했다. 자신이 수리하던 집에서 사다리, 합판, 페인트 통을 들고 야반도주한 파렴치한도 있었다.

언젠가 한번은 자기가 보살펴주던 어느 야경꾼이 그런 식으로 종적을 감춘 것을 알았을 때, 나이다트 씨가 분노를 삭이지 못하고 온 동네가 다 떠나갈 정도로 소리를 질러댔다고 한다. 분노에 휩싸인 토르처럼 보였지만…… 다행히 큰 사고를 저지르지는 않았다.

반면 그의 아내는 인색하고 탐욕스러운 유대인의 전형이었다.

여동생이 어렸을 때, 언젠가 그 집에 놀러 갔던 것이 기억난다. 내 동생은 잘 익은 자두가 주렁주렁 열린 아름드리나무를 볼 때마다 천진스럽게 놀란 입을 다물지 못했고, 자두를 먹어보고 싶어 했다. 그래서 쭈뼛거리며 눈치를 보다가 부인에게 하나만 먹어봐도 되는지 물었다.

그러자 레베카 부인은 이렇게 대답했다.

"아가야…… 자두가 그렇게 먹고 싶으면, 시장에 가서 원하는 만큼 사서 먹으렴."

"나이다트 부인, 차 좀 드세요."

유대인 부인은 넋두리를 계속 이어갔다.

"그러더니 내게 고래고래 소리를 지르지 뭐예요. 아마 이웃 사람들이 다 들었을 거예요, **프라우**. 나한테 그악스럽게 악담을 퍼붓더라고요. '추잡한 유대인 백정의 딸년아, 제 아들만 끼고도는 돼지 같은 유대인 년아.' 자기는 유대인이 아닌 것처럼 말이죠. 누가 들었더라면, 막시미토가 친아들이 아닌 줄 알았을 거라고요."

실제로 나이다트 부인과 멍청한 아들 막시미토는 나이다트 씨를 속여 돈을 우려내기 위해 작당한 적이 있다. 그 돈은 엉뚱한 물건을 사는 데 다 써버렸지만 말이다. 물론 나이다트 씨도 그런 사실을 이미 알고 있었고, 아내에게 울화통이 터져 죽을 지경이라는 말만 했다고 한다.

이들 부부 사이에 불화와 싸움이 잦은 원인은 대부분 막시미토였다. 막시미토는 스물여덟 살 먹은 건달로, 자신이 유대인이라는 것과 페인트공이라는 사실을 부끄럽게 여겼다.

자기가 잡역부라는 것을 숨기려고 언제나 양복 차림에 안경을 끼고 다녔고, 밤마다 글리세린을 손에 바르고 잤다.

나는 그 녀석이 저지른 못된 짓에 대해 몇 가지 흥미로운 사실을 알고 있었다.

언젠가 막시미토는 어느 여관 주인이 아버지에게 빚진 돈을 몰래 받아냈다. 당시 스무 살이던 그 녀석은 자신에게 음악적 재능이 있다고 믿고 금박을 입힌 비싼 하프를 사는 데 그 돈을 다 써버리고 말았다. 하지만 엄마가 추궁하자 복권이 당첨되어 몇 페소를 벌었다고 거짓말했다. 옆에 있던 나이다트 씨는 아무 말도 하지 않았지만, 아무래도 믿기지 않았던지 계속 곁눈질로 하프를 흘끔거렸다. 죄를 지은 모자는 에덴의 동산에서 여호와가 지켜보고 있던 아담과 이브처럼 벌벌 떨었다.

며칠이 지나자 막시미토는 하프를 연주했고, 유대인 부인은 아들의 모습을 보고 흐뭇해했다. 이런 일은 아주 흔하게 일어났다. 레베카 부인은 막시미토가 하프에 뛰어난 재능을 가졌다고 친구를 만날 때마다 자랑했다. 그러면 사람들은 주방 한구석에 놓인 하프를 보고 고개를 끄덕이곤 했다.

호시아스는 마음이 너그럽고 타인에게 선심을 잘 쓰는 사람이었지만, 가끔 용의주도할 때가 있었다. 그는 배짱이 두둑한 막시미토가 어떻게 그 하프를 갖게 되었는지 곧 알아차렸다.

놀라울 정도로 힘이 센 나이다트 씨는 저간의 사정을 모두 파악하고, 〈시편〉에 나오듯이 말은 적게 하고 모든 걸 행동으로 보여주기로 했다.

그날은 토요일이었지만, 호시아스 씨는 모세의 율법 따위는 조금도 개의치 않았다. 그는 일단 맛보기로 아내의 엉덩이를 두 번 걷어차더니 막시미토의 멱살을 잡고 두드려 팬 다음, 대문으로 끌고 나갔다. 그러곤 셔츠만 걸친 채 주방 창문으로 고개를 내밀고 이를 재미나게 구경하던 이웃 사람들을 향해 하프를 냅다 던져버렸다.

원래 인생이란 그렇게 지지고 볶고 살아야 제맛이다. 그래서 동네 사람들은 그 유대인에 대해 이렇게 말하곤 했다.

"아! 나이다트 씨는…… 참 좋은 사람이에요."

나는 옷을 차려입고 밖으로 나섰다.

"자, 그럼 전 갈게요. 안녕히 계세요, **프라우.** 아저씨하고 막시미토에게 안부를 좀 전해주세요."

"고맙다는 인사는 드려야지?" 어머니가 끼어들며 말했다.

"아까 고맙다고 말씀드렸어요."

탐욕스러운 눈빛으로 버터를 바른 빵을 바라보던 유대인

여인은 그제야 고개를 들어 내 손을 잡고 가볍게 흔들어주었다. 낙방한 내 모습을 보고 싶어 하는 마음이 그녀의 눈빛에 드러났다.

해 질 무렵이 다 돼서야 나는 팔로마르에 도착했다.

내가 길을 물어보자 역의 초록색 신호등 아래 짐 꾸러미를 깔고 앉아 담배를 피우던 노인은 귀찮다는 듯 나를 쳐다보지도 않은 채 손끝으로 어둠 사이로 난 길을 가리켰다.

원래 성격이 무덤덤한 사람인 듯싶었다. 과묵한 사람에게 성가시게 굴고 싶지는 않았다. 괜히 붙들고 이야기해봐야 아무 소용 없을 것 같아서 나는 노인에게 고맙다는 인사를 남기고 곧장 길을 떠났다.

그런데 바로 그 순간, 노인이 큰 소리로 나를 불렀다.

"이보게, 젊은이. 혹시 10센타보 정도 있나?"

나는 못 들은 척하고 그냥 가버리려고 했다. 하지만 재빨리 마음을 바꾸었다. '내가 저 노인에게 적선을 베푼다면, 하느님이 나를 어여삐 여겨 일이 잘 풀리게 도와주실지도 몰라. 정말로 하느님이 계신다면 말이지.' 아무런 고민이 없었던 것은 아니었지만, 아무튼 나는 노인에게 다가가 동전 한 닢을 건네주었다.

그러자 남루한 차림의 노인은 돌연 태도를 바꾸어 친절하게 길을 알려주었다. 노인은 짐 꾸러미에서 벌떡 일어나더니 떨리는 손으로 짙은 어둠 속을 가리켰다.

"잘 봐, 꼬마야……. 여기서 곧장 가도록 해. 그렇지. 똑바로. 그러다 왼쪽으로 구부러지면 장교 클럽이 나올 거야."

나는 노인이 알려준 대로 걸어갔다.

바람이 불자 유칼립투스의 마른 이파리들이 흔들리면서 떨어질 듯 말 듯 간닥거렸다. 그리고 바람에 나무줄기와 허공에 매달린 전깃줄이 흔들거리면서 윙윙거리는 소리가 났다.

나는 울타리에 쳐진 철조망을 만지며 진흙탕 길을 걸어갔다. 땅이 질퍽거리고 미끄러웠지만, 최대한 빨리 걸어가 노인이 장교 클럽이라고 알려준 건물 앞에 도착했다.

나는 아직 확실한 결정을 내리지 못한 채 걸음을 멈추었다. 초인종을 누를까? 철책 뒤 정문에는 경계 근무 중인 병사가 하나도 없었다.

나는 세 계단을 올라갔다. 그러곤 용감하게(그 순간에는 그렇게 생각했다) 나무로 된 좁은 복도로 들어갔다. 안을 보니 건물 전체가 나무로 만들어져 있었다. 복도를 따라 걷던 나는 한복판에 테이블이 놓여 있는 길쭉한 방 앞에서 걸음을 멈추었다.

테이블 주변으로 장교 세 명이 있었다. 한 명은 찬장 옆 소파에 누워 있었고, 다른 한 명은 테이블에 팔꿈치를 대고 앉아 있었다. 나머지 한 명은 의자 등받이를 벽에 기댄 채 두 발을 허공에 들고 있었다. 그들은 서로 다른 빛깔의 병 다섯 개를 앞에 두고 잡담을 쑥덕거리고 있었다.

"무슨 일로 오셨죠?"

"신문에 난 모집 공고를 보고 왔습니다."

"이미 자리가 다 찼는데요."

나는 한 치의 흔들림도 없이 차분하게 되받아쳤다. 내 경험상 불운을 겪다보면 차분하고 침착해지기 마련이다.

"저런! 안타깝군요. 사실 전 발명가거든요. 여기만큼 나한테 어울리는 곳도 없을 텐데."

"뭘 발명했죠? 아무튼 들어와서 자리에 앉으세요." 대위가 소파에서 일어나며 말했다.

나는 차분하게 대답했다.

"자동 유성(流星) 신호 장치하고, 불러주는 내용을 인쇄체로 써주는 타자기 같은 것들이에요. 물리학자 리칼도니가 제게 보낸 축하 편지도 여기 가지고 왔어요."

장교 세 명은 지루하던 차에 호기심이 생기는지 눈빛을 번쩍거리며 내 말에 관심을 보였다.

"그렇게 서 있지만 말고 어서 앉아요." 머리 꼭대기부터 발끝까지 샅샅이 살펴보던 중위 중 한 명이 나서며 말했다. "당신의 유명한 발명품에 관해 자세히 설명해보세요. 아까 뭐라고 했죠?"

"자동 유성 신호 장치입니다, 장교님."

나는 팔을 테이블 위에 올리고 선이 굵은 얼굴과 궁금한 듯 반짝거리는 눈동자를 찬찬히 뜯어보았다. 다른 사람들보다 높은 곳에 서서 지휘하는 것이 몸에 밴 듯 위압적인 인상을 풍기는 세 얼굴은 궁금해하면서도 비웃는 듯한 표정으로 나를 관찰하고 있었다. 무슨 말을 꺼내려던 바로 그 순간, 나는 여태껏 가장 재미있게 읽은 소설의 주인공들을 떠올렸다. 그러자 로캉볼의 모습, 고무 챙 모자를 쓴 채 입술을 비틀며 불량배처럼 미소 짓는 로캉볼의 얼굴이 눈앞을 스치고 지나갔다. 마치 그가 용기를 내 영웅적으로 행동하라고 나를 다그치는 것 같았다.

마음이 가라앉으면서 이제 어떤 실수도 저지르지 않으리라는 확신이 들자 나는 천천히 입을 열었다.

"장교님들도 잘 아시겠지만, 셀레늄•은 빛에 노출되면 전도체가 됩니다. 반면 어두운 곳에서는 절연체가 되고요. 자동 유성 신호 장치는 그 원리를 이용해 셀레늄 전지를 전자석에 연결하기만 하면 완성됩니다. 셀레늄 십자선•• 위로 유성이 지나가면 신호가 발생하는데, 그건 오목 렌즈를 통해 유성의 빛이 모이면서 셀레늄이 전도체로 변하기 때문이에요."

"알았습니다. 그럼 자동 타자기는요?"

"이론적으로 설명하자면 다음과 같습니다. 전화에서는 소

● 산소족원소의 하나로, 광전지와 정류기, 합금 재료 등에 사용된다.

●● 현미경이나 망원경에서 경통의 방향과 물체의 위치를 나란히 하기 위하여 사용하는 기구로, 십자 모양을 투명한 유리판 위에 새기거나 단단한 물질로 만들어서 경통에 부착한다.

리 신호가 전자기파로 바뀌죠.

탄젠트 검류계•를 이용해서 각각의 모음과 자음에 의해 발생하는 전류를 측정한다면, 마그네틱 키보드를 만드는 데 필요한 암페어횟수를 계산해낼 수 있어요. 결론적으로 각각의 소리가 만들어내는 전류에 반응하면서 작동하는 원리죠."

중위가 인상을 찌푸리자 미간의 주름이 더 깊어졌다.

"나쁘진 않군요. 하지만 당신은 그렇게 미세한 전기적 변화에 반응하는 전자석을 만드는 것이 현실적으로 얼마나 어려운지 고려해야 합니다. 더구나 이 세상에 음색이 무수히 많이 존재한다는 걸 고려하지 않더라도 잔류자기의 문제가 남아 있고요. 그리고 또 다른 문제는, 내가 보기에는 이게 더 심각한 것 같은데, 아무튼 어떻게 각각의 전류가 그에 해당하는 전자석으로 공급될 수 있느냐 하는 겁니다. 지금 리칼도니의 편지를 가지고 있습니까?"

중위는 몸을 숙이고 편지를 읽었다. 그는 그 편지를 다른 장교에게 건네주며 말했다.

"알고 있었죠? 리칼도니도 방금 내가 제기한 문제를 언급하고 있네요. 하지만 당신의 아이디어는 원칙적으로는 매우 흥미롭습니다. 나는 리칼도니를 잘 알아요. 나를 가르친 교수

• 전류 또는 전압의 크기나 유무를 측정하는 계측기로, 전류가 흐르면 코일 내부에 자체 자기장이 형성되어 자침이 회전하는 원리다.

였으니까요. 아주 대단한 학자죠."

"맞아요. 땅딸막하고 뚱뚱하죠. 살이 상당히 많이 쪘어요."

"베르무트● 한잔하시겠습니까?" 대위가 웃으면서 내게 권했다.

"감사합니다만, 사양할게요. 전 술을 안 마시거든요."

"기계공학에 대해서는 얼마나 알고 있죠?"

"조금요. 운동학…… 역학…… 증기기관과 연소 기관, 원유 엔진도 알고 있어요. 게다가 화학과 폭발물도 연구했어요. 아주 흥미롭더군요."

"맞아요. 그럼 폭발물에 관해서 얼마나 알고 있죠?"

"궁금하시면 제게 물어보세요." 나는 웃으면서 대답했다.

"좋아요. 어디 보자……. 기폭제는 어떤 게 있죠?"

마치 면접시험을 보는 듯한 분위기였다. 나는 평소 갈고닦은 실력을 발휘하며 대답했다.

"컨딜 대위의 《폭발물 사전》●●에 따르면, 풀민산염은 수소풀민산이라고 불리는 가상의 산(酸)으로 이루어진 금속염입니다. 그리고 그것은 단염(單鹽)일 수도 있고, 복염(複鹽)일 수도 있어요."

● 알코올성 음료로, 와인에 베르무트 초 등의 향료를 우려서 만든다.

●● 존 폰슨비 컨딜(1843~1896)의 《폭발물 사전》은 1889년 런던의 채텀 출판사에서 출간되었다.

"좋아요. 그럼 복염에는 어떤 것이 있는지 말해보세요."

"구리염을 들 수 있죠. 그건 단염인 풀민산수은을 물과 구리와 함께 끓이면 나타나는 녹색 결정 물질이에요."

"와! 이 친구, 정말 아는 게 많군요. 지금 몇 살이죠?"

"열여섯 살입니다, 장교님."

"열여섯 살이라고요?"

"대위님, 들으셨어요? 앞날이 기대되는 젊은이라고요. 마르케스 대위님께 말씀드려보는 게 어떻겠습니까? 저런 친구를 놓친다면 두고두고 후회할 겁니다."

"두말하면 잔소리지." 공병단 마크를 단 장교가 내게 다가왔다.

"그런데 당신은 그런 것들을 다 어디서 배운 거죠?"

"사방에서 배운 셈이죠, 장교님. 가령 길을 가다가 어느 공장에서 내가 모르는 기계를 볼 때가 있어요. 그럼 당장 걸음을 멈추고 내가 보고 있는 기계의 여러 부분을 연구하면서 혼잣말로 중얼거리죠. 이건 이렇게 이렇게 작동하겠군. 그러니까 이건 이런 용도로 사용되는 게 틀림없어. 이런 식으로요. 나름대로 추론하고 나면, 곧장 공장 안으로 들어가 물어봐요. 그러면 내 생각이 대부분 맞아떨어지더라고요. 정말이에요. 틀리는 경우가 거의 없었으니까요. 그리고 집에 꽤 근사한 서재를 꾸며놓아서 기계공학을 공부하지 않으면 문학을 연구하죠."

"뭐라고요?" 대위가 내 말을 끊었다. "문학도 공부한다고요?"

"네, 대위님. 집에 보들레르와 도스토옙스키, 바로하• 같은 최고의 작가들이 쓴 작품을 가지고 있거든요."

"이봐요, 바로하라는 사람은 아나키스트 아닙니까?"

"아니에요, 대위님. 전 아나키스트가 아니에요. 그렇지만 전 책을 읽고 연구하기를 좋아해요."

"당신 아버지의 생각은 어떻죠?"

"아버지는 제가 어렸을 때 스스로 목숨을 끊으셨어요."

순간 방 안이 찬물을 끼얹은 듯 조용해졌다. 세 명의 장교는 나를 흘끔 보더니 당황한 표정으로 서로를 쳐다보았다.

밖에서는 바람이 윙윙하는 소리를 내며 불고 있었다. 잔뜩 긴장한 탓인지 내 미간에 깊은 주름이 잡혔다.

대위가 자리에서 일어나자 나도 일어섰다.

"이봐요, 친구. 축하해요. 내일 다시 오도록 해요. 오늘 저녁에 마르케스 대위를 만나서 당신에 관해 의논해보도록 하겠습니다. 여기 들어올 충분한 자격을 갖춘 젊은이가 한 명 있다고 말이죠. 지금 아르헨티나 군대에는 당신 같은 젊은이가 필요합니다. 끊임없이 연구하려는 청년들 말이에요."

• 바로하 이 네시(1872~1956)는 에스파냐 98세대 작가 중 한 명으로, 염세적이면서도 아나키즘적인 작품 세계로 잘 알려져 있다.

"감사합니다, 대위님."

"내일 와서 나를 만나고 싶으면 연락 줘요. 당신이라면 만사 제쳐놓고 나갈 테니까요. 보시 대위를 찾으면 될 겁니다."

갑자기 너무 큰 기쁨과 행복을 누리자 오히려 마음이 무거워졌다. 나는 그들에게 작별 인사를 하고 밖으로 나섰다.

나는 어둠을 가로질러 철조망 울타리를 폴짝 뛰어넘었다. 힘이 솟구치면서 온몸이 부르르 떨렸다.

내 인생의 위대한 운명을 성취해야 한다는 확신이 그 어느 때보다 더 강하게 들었다. 나는 에디슨처럼 위대한 발명가나 나폴레옹처럼 훌륭한 장군이 될 수 있을 것이다. 그리고 보들레르처럼 천재적인 시인이나 로캉볼처럼 악마가 될 수도 있다.

나는 더없이 행복했다. 사람들로부터 찬사를 받고, 들뜬 상태로 며칠 밤을 보냈다. 그러자 기쁨과 흥분에 휩싸인 나머지 심장이 터져버릴 것만 같았다. 나는 젊음의 상징과 비슷한 기쁨과 행복의 등에 업힌 채 세상의 길을 가로질러 가는 것 같았다.

당시 총 이백 명의 지원자 중에서 서른 명의 항공 정비사 훈련생을 뽑았던 걸로 기억한다.

그날은 아침부터 날씨가 우중충했다. 거친 들판이 저 멀리까지 펼쳐져 있었다. 잿빛과 초록빛이 뒤섞인 채 단조롭게 이어진 들판에서 이름 모를 고통이 배어 나왔다.

우리는 어느 하사와 함께 굳게 닫힌 격납고 옆을 지나 막사에 들어가 작업복으로 갈아입었다.

밖에는 가랑비가 흩뿌리고 있었다. 하지만 그때 나타난 병장은 우리를 데리고 매점 뒤에 있는 망아지 목장으로 가서 훈련을 시켰다.

어렵지는 않았다. 나는 지휘자의 구령에 맞추어 움직이면서 무심히 펼쳐진 들판이 내 안에 들어오도록 했다. 최면에 걸리기라도 한 듯 몸이 전혀 힘들거나 고통스럽지 않았다.

나는 생각했다.

'그녀가 지금 내 모습을 본다면, 무슨 생각을 할까?'

달빛이 환하게 비친 벽에 어른거리는 그림자처럼 그녀의 모습이 부드럽게 눈앞을 스치고 지나갔다. 오래전 해 질 무렵, 거무스름한 포플러 옆에서 애원하는 표정으로 꼼짝하지 않고 서 있던 그 아이의 모습이 떠올랐다.

"야, 신병! 시킨 대로 움직여보라고!" 병장이 내게 소리를 질렀다.

배식 시간이 되자 우리는 진흙을 철버덕 튀기면서 음식 냄새가 코를 찌르는 솥으로 다가갔다. 일렬로 늘어선 솥 아래에서 초록빛을 띤 장작이 연기를 내며 타고 있었다. 우리는 서로를 밀치며 조리병 앞에 양철 배식판을 내밀었다.

조리병이 커다란 국자를 시커먼 돼지죽 속에 넣고, 다른 솥에 자루 포크를 집어넣자 우리는 게걸스럽게 먹어치울 준비를 하고 한쪽에 섰다.

식사하는 동안, 가에타노 씨와 사나운 부인의 모습이 떠올랐다. 그렇게 많은 시간이 흐르지는 않았지만, 말이 없는 나의 과거와 벌벌 떨고 있는 나의 현재 사이에는 엄청난 거리가 존재하는 것같이 느껴졌다.

나는 생각했다.

'모든 게 바뀐 지금, 너무 커서 헐렁한 군복 속에 들어가 있는 나는 누구인가?'

나는 막사 옆에 앉아 간간이 흩뿌리는 비를 쳐다보았다. 무릎 위에 식판을 올려놓은 채 둥글게 구부러진 수평선에서 눈을 뗄 수 없었다. 수평선은 군데군데 산산이 조각난 채 어수선해 보였지만, 또 어떤 곳은 금속 띠처럼 매끄러웠다. 또 다른 곳은 너무 심하게 요동치고 있어 하늘 높은 곳의 추위가 뼛속까지 파고드는 듯했다.

몇몇 훈련생은 막사 계단에 모여 앉아 웃고 떠들었고, 다른 이들은 말의 물통에 몸을 구부린 채 발을 씻고 있었다.

나는 생각했다.

'인생이라는 게 다 그렇지 뭐. 이미 벌어진 일을 놓고 언제나 투덜거리며 불평을 늘어놓는다니까.' 빗방울이 천천히 떨어지고 있었다. 인생이란 원래 그런 법이다. 이왕 시작한 이상 본격적으로 따져보고 싶은 마음에 나는 아예 식판을 바닥에 내려놓고 골똘히 생각에 잠겼다.

언제쯤 밑바닥 인생에서 벗어나게 될까? 어떤 일이든 하겠다고 덤벼드는 꼬마에서 벗어나 어엿한 신사가 될 수 있을까?

그 순간 중위가 지나가자 나는 일어나서 차렷 자세를 취했다……. 잠시 후, 나는 한구석에 털썩 주저앉았다. 고통이 가슴을 후벼 파는 것 같았다.

혹시 미래에도 사나운 몰골을 하고 있는 건 아닐까? 시커멓게 때가 낀 칼라에 군데군데 기운 셔츠, 불그스레한 빛깔의 양복에 우스꽝스러울 정도로 큼지막한 구두. 너무 많이 걸어 다녀서, 먹고살려고 일자리를 구한다고 집집이 찾아다니느라 너무 많이 걸어서 발에 물집이 생기고 굳은살이 박이면 그런 신발을 신을 수밖에 없으리라.

그러자 내 영혼이 부르르 떨렸다. 어떻게 해야 할까? 보란 듯이 성공하려면, 돈을, 그것도 엄청나게 많은 돈을 벌려면 어떻게 해야 할까? 길거리를 아무리 돌아다녀봐도 만 페소가 든 지갑을 발견할 리 없을 것이다. 그럼 어떻게 하면 좋단 말인가? 내가 정말로 사람을 죽일 수 있을까? 하다못해 내가 죽여서 재산을 상속받을 수 있는 부유한 친척이라도 있을까? 글쎄…… 당장은 확실하게 대답할 자신이 없었다. 하지만 사람들 대부분이 으레 참고 견디는 궁핍한 삶에 굴복할 생각은 없다. 나는 모든 것을 체념하고 가난을 운명으로 받아들이지 않으리라는 것을 잘 알고 있다.

갑자기 유명한 인물이 되겠다는 열망이 세계 어디를 가든 나를 따라오리라고 강하게 확신하게 되자 나는 생각했다.

'당장 근사한 양복이나 돈, 그 밖에 뭐든 없더라도 전혀 상관없어.' 나는 부끄러운 듯이 나 자신에게 고백했다. '내가 원하는 것은 딱 한 가지, 다른 사람들로부터 존경받고, 다른 사람들에게 칭찬받는 것뿐이야. 설령 내가 망나니 같은 놈이 된다 한들 그게 뭐 그리 대수겠어! 그런 것 따위는 아무래도 상관없다고……. 하지만 지금처럼 시시하고 변변찮은 인생은…… 죽으면 사람들의 뇌리에서 금세 잊히기 마련이지. 내가 견딜 수 없는 건 바로 그거야. 아! 내 발명품이 어서 성공을 거둘 수만 있다면 좋으련만! 그렇지만 나도 언젠가 죽겠지. 그래도 기차는 여느 때와 마찬가지로 달릴 거고, 사람들은 평소처럼 극장에 갈 테지. 내가 죽어 땅속에 묻혀 있을 텐데, 영원히 죽어 있을 텐데도 말이야.'

그 순간 나도 모르게 전율이 일면서 팔의 털이 곤두섰다. 구름이 커다란 배처럼 떠다니는 지평선을 마주한 채 영원한 죽음에 대한 확신이 들자 공포로 온몸이 와들와들 떨렸다. 나는 서둘러 식판을 들고 물통으로 갔다.

오, 영원히 죽지 않는 방법을 찾을 수만 있다면, 아니 500년만이라도 살 수 있다면 얼마나 좋을까!

기초 군사훈련을 지휘하던 병장이 나를 불렀다.

"드로드만, 마르케스 대위님이 보자고 하신다."

"네, 알겠습니다, 병장님."

훈련하는 동안, 나는 하사를 통해 마르케스 대위에게 면담을 신청해두었다. 내가 생각해낸 참호 박격포에 대해 대위를 만나 조언을 구할 생각이었다. 그 대포를 이용하면 폭약이 든 **유산탄**보다 훨씬 더 뛰어난 살상력을 가진 포탄을 쏠 수 있었다.

내 능력과 소질을 잘 알고 있던 마르케스 대위는 언제나 내 말을 귀담아들어주었다. 내가 칠판에 그림을 그려가며 설명하는 동안, 그는 안경 뒤의 눈에 미소를 지으며 나를 쳐다보았다. 호기심과 비웃음, 온정이 뒤섞인 미소였다.

나는 물통 옆에 식기를 놓고, 재빨리 장교 회관으로 향했다.

나는 그의 방으로 갔다. 벽 옆에는 야전침대와 책장이 놓여 있었다. 책장에는 각종 잡지와 군사학 책이 꽂혀 있었다. 칠판은 벽에 못으로 고정되어 있었고, 분필 상자가 비스듬히 달려 있었다.

대위가 내게 말했다.

"좋아요. 그럼 참호 대포가 어떤 건지 한번 들어볼까요. 우선 거기에 그려보도록 해요."

나는 분필을 들고 그림을 그렸다.

나는 설명을 시작했다.

"대위님도 잘 아시겠지만, 대구경 대포는 무게와 크기에 결점이 있습니다."

"그렇죠. 그래서……."

"그래서 저는 다음과 같은 대포를 생각해봤습니다. 우선 구경이 큰 포탄은 정중앙에 구멍이 나 있게 됩니다. 그런 다음 포신이라는 관 속에 포탄을 넣는 대신 쇠막대를 중앙의 구멍으로 집어넣으면 손가락에 반지를 낀 듯한 모양새가 되는 것이죠. 그리고 작약이 폭발하는 약실로 밀어 넣으면 장전이 되는 겁니다. 제가 설계한 시스템은 대포의 무게를 늘리지 않고도 포탄의 구경과 작약의 양을 엄청나게 늘릴 수 있다는 장점이 있습니다."

"무슨 말인지 알겠어요……. 아주 좋아요……. 하지만 당신이 명심해야 할 게 하나 있습니다. 포신의 두께와 직경, 길이는 발사체의 구경과 무게, 작약의 품질에 맞추어 계산된다는 거죠. 다시 말해 작약이 점화되면 발사체는 가스의 압력에 의해 포신 속에서 앞으로 나가게 됩니다. 그러다 발사체가 포구에 이르면 작약으로부터 최대의 추진력을 얻게 되지요.

그런데 당신의 발명품은 이와는 정반대의 원리로 작동하고 있어요. 먼저 폭발이 일어나서 발사체가 쇠막대를 따라 움직입니다. 그렇게 되면 가스는 발사체를 계속 추진하는 대신 공중에서 소실되고 말 겁니다. 정상적으로 작동하려면 폭발이 일 초 동안 지속되어야 하는데, 당신은 오히려 이를 10분의 1초, 아니 1000분의 1초로 줄여놓았어요. 그 반대여야 합니다. 발사체의 직경이 커질수록 균일성은 줄어들고, 저항력은 더 커지게 됩니다. 당신이 지금과 전혀 다른 탄도학을 발견하지 못한다면 말이죠. 그런데 그건 아주 힘든 일입니다."

그는 말을 마무리하며 이렇게 덧붙였다.

"당신이 뭐든 되고 싶다면, 공부해야 합니다. 그것도 아주 많이요."

나는 생각했지만, 감히 입 밖에 낼 엄두가 나지 않았다.

'먹고살기 위해 어떤 일이든 배워야 하는 처지인데, 어떻게 공부하란 말이죠?'

대위가 하던 말을 계속했다.

"우선 수학부터 철저히 공부하도록 해요. 당신에게 부족한 점이 있다면, 그건 기초예요. 그리고 사고하는 훈련도 해야 할 겁니다. 중요하지 않아 보여도 실용적인 것들을 연구하는 데 훈련된 사고를 적용해봐요. 그러다보면 당신의 아이디어로 큰 성공을 거둘 수 있을 겁니다."

"정말 그렇게 생각하세요, 대위님?"

"물론이죠, 아스티에르. 당신은 뛰어난 잠재력을 가지고 있어요. 하지만 더 열심히 연구하세요. 당신은 무언가를 머릿속으로 그려본 것으로 다 끝났다고 생각할지도 모릅니다. 하지만 생각하는 것은 시작에 불과해요."

그리고 나는 그의 방에서 나왔다. 다소 우울하지만 모든 것을 진지하게 생각하고, 장교면서도 나의 용기를 북돋아줄 만큼 따뜻한 마음씨를 가진 저 남자가 몹시 고마웠다.

내가 항공 군사학교에 입교한 지 나흘째 되던 날 오후 2시였다.

나는 왈테르라는 빨간 머리 친구와 마테 차를 마시고 있었다. 왈테르는 독일 출신인 아버지가 아술•에 가지고 있는 농장에 대해 감동적일 만큼 열심히 이야기했다.

빨간 머리 소년은 입에 빵을 가득 물고 말했다.

"우리 집은 겨울마다 돼지를 세 마리씩 잡고 나머지는 시장에 내다 팔지. 무척 춥던 어느 날 오후였어. 집에 들어가서 빵 한 덩어리를 잘라 포드를 타고 드라이브하러 나갔어……."

"드로드만, 이리 와봐요." 하사가 내게 소리 질렀다.

하사는 막사 앞에 선 채 예사롭지 않은 눈빛으로 심각하게 나를 지켜보고 있었다.

"네, 하사님."

"사복으로 갈아입고 군복은 내게 반납하도록 하세요. 당신은 퇴교 조치 됐습니다."

나는 그를 유심히 쳐다보았다.

"퇴교라뇨?"

"그래요. 당신은 퇴교 처리 됐어요."

"하사님, 퇴교라뇨?" 나는 말할 때마다 온몸이 떨렸다.

하사는 불쌍하다는 눈빛으로 나를 바라보았다. 그는 예의

• 아르헨티나 부에노스아이레스 주 한복판에 있는 도시.

바른 시골 출신이었고, 며칠 전에 항공사 자격증을 땄다.

"하지만 전 아무 잘못도 저지르지 않았어요. 하사님도 잘 아시잖아요."

"물론 알고 있죠……. 그렇지만 마르케스 대위님이 명령을 내리셨는데…… 내가 뭘 어쩌겠어요."

"마르케스 대위님이라고요? 설마 그럴 리가……. 마르케스 대위님이 그런 명령을 내릴 리 없어요……. 뭔가 착오가 있었던 게 아닐까요?"

"그렇다니까요. 퇴교 처분서에 실비오 드로드만 아스티에르라고 나와 있더라고요……. 여기에 드로드만 아스티에르라는 사람은 당신 말고 없는 걸로 알고 있는데, 맞죠? 그러니까 당신이 맞아요. 한번 내려진 명령이니 돌이킬 방법은 없어요."

"그렇지만 이건 너무 가혹하고 부당한 처사라고요, 하사님."

하사는 미간을 찌푸리며 나직한 목소리로 내게 털어놓았다.

"내가 어떻게 하면 좋겠어요? 물론 내가 봐도 좀 심한…… 것 같아요. 아뇨, 난 잘 모르겠어요……. 아무래도 대위님이 어디서 추천받은 사람을 대신 앉히려는 것 같아요……. 사실 여부는 모르지만 그런 소문이 돌더라고요. 더구나 당신네는 아직 계약서에 서명하지 않았기 때문에 저들이 아무나 내치고 그 자리에 원하는 사람을 앉혀도 할 말이 없어요. 계약서에 서명만 했더라도 저러지는 못할 텐데 말이죠. 하지만 서명을 안 했으니 참는 수밖에 없어요."

나는 애원하듯 말했다.

"그럼 하사님은 아무것도 할 수 없단 말씀이세요?"

"오, 친구여, 내가 어떻게 하면 좋겠어요? 내가 뭘 하기를 바라죠? 내 처지도 당신과 다를 바가 없는데. 솔직히 말해 여기에서는 이런 일이 비일비재하게 벌어지고 있어요."

하사는 나를 보고 가슴 아파했다.

나는 그에게 고맙다고 인사하고, 눈물을 글썽이며 발걸음을 돌렸다.

"마르케스 대위의 명령이래."

"그럼 그 사람을 만나서 물어보면 되잖아. 왜, 만날 수 없대?"

"대위는 여기 없나봐."

"그럼 보시 대위는?"

"보시 대위도 없다더라고."

밖으로 나가자 겨울 햇볕이 유칼립투스 나무줄기를 불그스레하게 물들이면서 음산한 분위기를 자아내고 있었다.

나는 역으로 무거운 발걸음을 옮겼다.

바로 그때, 길가에 서 있는 학교장의 모습이 언뜻 눈에 띄었다.

그는 땅딸막한 체구에 빼은 살이 올라 통통했고, 농장의 일꾼처럼 벌그스름했다. 어깨 위에 걸친 망토가 바람에 나부꼈다. 그는 서류를 훑어보면서 자기를 빙 둘러싸고 있는 장교들의 질문에 간단히 대답하고 있었다.

누군가가 방금 벌어진 사건을 이야기한 모양이었다. 중령은 서류에서 눈을 떼더니 나를 찾느라 주위를 두리번거렸다. 나를 발견하자 그는 화난 목소리로 소리쳤다.

"이보시오. 마르케스 대위한테 다 들었습니다. 당신이 있어야 할 곳은 기술학교예요. 여긴 일 잘하는 멍청이들만 있으면 되지 당신처럼 똑똑한 사람은 필요치 않아요."

부에노스아이레스의 길거리를 힘없이 터덜터덜 걸어 내려가는 동안, 피맺힌 절규가 내 영혼 속에서 메아리쳤다.

'엄마가 이 사실을 아신다면!' 나도 모르는 사이에 힘없는 목소리로 말하는 엄마의 모습이 눈앞에 떠올랐다.

'실비오…… 넌 우리가 가엾지도 않은가보구나……. 그러니까 일을 안 하는 거지……. 아니, 아무것도 하고 싶지 않은 거잖아. 눈이 있으면 내 구두 좀 보거라. 릴라가 입은 옷을 한 번 보란 말이다. 모두 더덕더덕 기웠잖니. 도대체 무슨 생각으로 일을 안 하는 거니, 실비오?'

갑자기 관자놀이로 열이 오르면서 땀 냄새가 물씬 풍겼다. 슬픔, 깊고 애절한 슬픔으로 얼굴이 순간 흉측하게 일그러지는 듯했다.

나는 멍한 상태로 정처 없이 거리를 떠돌아다녔다. 그러다 가끔 분노가 치밀어 신경이 곤두설 때면, 악을 쓰며 소리를 지르고, 귀를 틀어막고 있는 이놈의 도시와 주먹을 휘두르며 싸우고 싶어졌다……. 그런데 그 순간 갑자기 내 안에 있는 모든 것이 부서지고 무너지면서 내가 아무짝에도 쓸모없는 쓰레기라고 귀에 대고 외쳐댔다.

'앞으로 난 어떻게 되는 걸까?'

바로 그 순간, 너무 큰 데다 물에 흠뻑 젖은 옷처럼 육신이 내 영혼을 무겁게 짓누르기 시작했다.

'난 어떻게 되는 거지?'

이 상태로 집에 가면, 엄마는 내게 아무 말도 하려 들지 않을 것이다. 체념한 듯 아무 말 없이 노란색 트렁크를 열어 요를 꺼내고 침대에 깨끗한 시트를 깔 것이다. 반면 릴라는 입을 굳게 다문 채 나무라는 듯한 눈초리로 나를 쏘아볼 것이다.

'실비오 오빠, 어떻게 된 거지?' 그러고는 아무 말도 하지 않겠지.

'앞으로 난 어떻게 되는 걸까?'

아! 넌 이런 더러운 삶이 얼마나 비참한지, 정육점에 가면 고양이 먹이로나 주는 간을 먹고, 램프의 기름을 아끼려고 빨리 자야 하는 이런 삶이 얼마나 처참한지 뼈저리게 알아야 해!

또다시 엄마의 얼굴이 눈앞에 떠올랐다. 고생을 너무 많이 해서 살이 늘어지고 주름이 깊게 파인 얼굴. 그리고 아무리 힘들어도 한마디 불평도 없이 자신의 운명에 순응하면서 창백한 얼굴로 교과서를 보던 여동생을 생각했다. 그러자 영혼이 두 손 사이로 떨어지는 듯한 느낌이 들었다. 나는 지나가던 행인들의 앞을 가로막고 그들의 소맷부리를 붙잡으며 말하고 싶었다. 군대에서 그렇게 쫓겨났단 말이에요. 단지 그런 이유로 말입니다. 무슨 말인지 알겠어요? 이번만큼은 원하던 일자리를 얻은 줄 알았다고요……. 엔진을 살펴보고, 비행기를 정비하고……. 그런데 저들은 나를 헌신짝처럼 내팽개쳤다고요……. 단지 그런 이유로 말입니다.

나는 속으로 생각했다.

'릴라, 아! 당신들은 그 아이가 누군지 모르죠. 릴라는 내 여동생이에요. 난 언젠가 둘이서 영화를 보러 가고, 지긋지긋한 간 대신 채소수프를 먹고, 일요일에 그 아이를 데리고 외출해서 팔레르모•로 갈 줄 알았죠. 하지만 이젠…….

이건 너무 부당하다고요. 여러분은 그렇게 생각하지 않아요? 이놈의 세상, 왜 이다지도 불공평하단 말입니까?

이제 난 아이가 아니에요. 열여섯 살이나 먹었으니까요. 그런데도 그들은 왜 나를 쫓아낸 걸까요? 난 두 사람 몫을 거뜬히 할 생각이었다고요. 그런데 지금은…… 집에 가면 엄마가 뭐라고 하실까요? 릴라는 나를 보고 뭐라고 할까요? 아, 여러분이 그 아이를 봤더라면! 아주 진지한 녀석이죠. 사범학교••에서 언제나 최우등의 성적을 받죠. 내가 돈을 벌기만

• 부에노스아이레스 북쪽에 있는 구역으로, 각종 문화시설과 유흥 시설, 공원과 경마장 등이 있어 많은 사람이 찾는 곳이다.

하면, 엄마와 릴라도 조금 더 나은 음식을 먹을 수 있을 텐데. 그런데 이제 난 어떻게 하면 되는 거죠?'

이미 어둠이 깔린 라바예 거리를 지나가던 중, 법무성 부근의 어느 건물 벽에 붙은 벽보가 눈에 띄었다.

가구 딸린 방, 1페소

나는 전구의 불빛이 희미하게 비치는 건물 현관으로 들어갔다. 그러곤 나무로 대충 만든 경비실에 요금을 냈다. 주인으로 보이는 뚱보 남자는 한겨울인데도 반소매 셔츠 차림을 하고 초록색으로 칠한 화분으로 가득 찬 안뜰로 나를 안내했다. 그러곤 손가락으로 하인을 가리키며 소리 질렀다.

"펠릭스, 이 손님 24호실로 모셔."

나는 위를 쳐다보았다. 안뜰은 커다란 입방체 모양의 건물 한복판에 있었다. 건물 안쪽은 방마다 창문(창문마다 커튼이 쳐져 있었다)이 달린 5층짜리 벽면으로 이루어져 있었다. 몇몇 창문을 통해서 불빛이 비치는 벽이 보였고, 다른 창문은 어두컴컴했다. 어디선가 여자들이 떠드는 소리와 숨죽인 웃음소

●● 교육 환경이 열악하던 아르헨티나에서 1857년부터 공공 교육을 강화하기 위해 교사 인력을 양성할 목적으로 세운 학교.

리, 냄비가 달그락거리는 소리가 들려왔다.

우리는 나선형 계단을 따라 올라갔다. 마마를 앓았는지 얼굴이 얽은 하인이 파란색 앞치마를 두르고 너덜너덜해진 깃털 빗자루로 바닥을 쓸면서 앞장서서 가고 있었다.

마침내 방 앞에 도착했다. 복도는 건물 현관과 마찬가지로 불빛이 희미해서 어두웠다.

하인은 방문을 열고 불을 켰다. 내가 말했다.

“내일 5시에 깨워줘요. 잊지 말고요.”

“알겠습니다. 그럼 편히 쉬세요.”

괴로워하고 슬퍼하느라, 그리고 걱정하느라 완전히 진이 빠진 탓에 나는 침대 위로 곧장 쓰러져버렸다.

방. 두 개의 낡은 철제 침대 위에 하얀 술이 달린 침대보가 덮여 있었다. 그리고 니스를 칠한 양철 세면대와 모조 마호가니 탁자도 있었다. 한구석에 놓인 옷장 거울에는 판자나 다름없는 문짝이 비치고 있었다.

하얀 벽 사이에 갇힌 공기 중에 코를 톡 쏘는 향수 냄새가 진동하고 있었다.

나는 벽으로 고개를 돌렸다. 이전에 이 방에 묵었던 누군가가 연필로 그려놓은 음란한 그림이 눈에 띄었다.

나는 생각했다.

‘내일 나는 유럽으로 떠날 거야. 어쩌면…….’ 지칠 대로 지쳐 있던 나는 베개로 얼굴을 가리고 곧장 잠에 곯아떨어졌다.

죽음보다 깊은 잠이었다. 어느 순간 어둠 속으로 환영이 스르르 나타났다.

검붉은 하늘 아래 아스팔트가 깔린 평지에 옅은 보랏빛 기름얼룩이 반짝거렸다. 그리고 가장 순수한 푸른빛을 띤 하늘이 저 높은 꼭대기에 걸려 있었다. 시멘트로 된 정육면체들이 이리저리 사방으로 흩어진 채 하늘 높이 솟아 있었다.

주사위처럼 자그마한 것들부터 마천루처럼 거대하고 널찍한 것들에 이르기까지 다양했다. 갑자기 무서울 정도로 가느다란 팔 하나가 지평선에서 하늘 꼭대기로 펼쳐지고 있었다. 팔은 빗자루처럼 노랗고 서로 붙어 있는 네모난 손가락은 쭉 뻗어 있었다.

나는 겁에 질려 뒷걸음질했다. 하지만 무시무시하게 가느다란 팔은 점점 더 길어지는데 나는 도망치려고 할수록 점점 더 작아졌다. 그러다 우연히 시멘트로 된 정육면체와 마주치자 그 뒤로 재빨리 몸을 숨겼다. 나는 모퉁이로 살짝 얼굴을 내밀어 밖을 엿보았다. 뻣뻣한 손가락이 달리고 빗자루처럼 가느다란 그 팔이 바로 거기, 내 머리 위로 나타나더니 금세 하늘 꼭대기에 닿았다.

지평선에서는 빛이 점점 사그라지다 결국 칼날처럼 가늘어졌다.

바로 거기서 그 얼굴이 서서히 모습을 드러냈다.

앞으로 불룩 튀어나온 이마와 짙은 눈썹이, 잠시 후에는 턱이 나타났다. 주름진 눈꺼풀 아래로 눈이, 분노에 불타는 눈동자가 보였다. 각막은 어마어마하게 큰 데다 동공은 둥그렇고 심하게 흔들리고 있었다. 그 얼굴은 나를 향해 쓸쓸한 윙크를 보냈다…….

"손님, 이보세요, 손님……."

나는 깜짝 놀라 자리에서 벌떡 일어났다.

"손님, 옷을 입고 주무셨네요."

나는 상대의 얼굴을 뚫어지게 쳐다보았다.

"네, 그렇군요."

소년은 몇 걸음 뒤로 물러섰다.

"오늘 밤 이 방을 둘이 같이 쓰기로 되어 있어서 깨워야 할 것 같았어요. 혹시 기분이 언짢으세요?"

"아뇨, 그럴 리 있겠어요?" 나는 눈을 비비고 일어나 침대 가장자리에 걸터앉았다. 그러곤 그를 찬찬히 뜯어보기 시작했다.

이마와 눈동자는 검은색 중산모자의 챙에 가려 잘 보이지 않았다. 그의 시선은 꾸며낸 것이었고, 벨벳처럼 빛나던 눈빛 또한 피부처럼 한 꺼풀 덮인 것에 지나지 않았다. 입술 옆, 턱 가까운 곳에 상처가 나 있었다. 두툼하고 새빨간 입술 끝이 살짝 올라가면서 하얀 얼굴에 미소가 피어올랐다. 너무 딱 달라붙은 외투를 입은 탓에 왜소한 몸매가 그대로 드러났다.

나는 그를 보며 퉁명스럽게 물었다.

"지금 몇 시죠?"

소년은 황급히 금시계를 보았다.

"11시 십오 분 전요."

나는 졸음을 이기지 못해 그 자리에서 엉거주춤한 자세로 앉아 있었다. 그러곤 실로 꿰맨 곳이 터져 그 틈으로 양말이 언뜻 보이는 낡고 칙칙한 반장화를 못마땅하게 바라보았다.

그사이 소년은 모자를 옷걸이에 걸고 피곤하다는 듯 가죽 장갑을 의자에 휙 던졌다. 나는 곁눈질로 그를 흘끔거렸지만, 녀석이 나를 관찰하고 있다는 것을 알아차리고는 곧장 시선을 돌렸다.

풀을 빳빳이 먹인 셔츠 칼라부터 크림색 각반이 달린 에나멜 부츠에 이르기까지 그의 옷차림은 어디 하나 흠잡을 데가 없었다. 누가 보더라도 부잣집 도련님 티가 났다.

그런데 이유는 알 수 없지만 갑자기 이런 생각이 들었다.

'발은 무지 더러울 거야.'

그가 거짓 미소를 흘리며 고개를 돌리자 머리카락 한 다발이 한쪽 뺨으로 흘러내리며 귓불을 덮었다. 소년은 여전히 곁눈질로 내 눈치를 살피며 부드러운 목소리로 말했다.

"피곤한 것 같네요. 그렇죠?"

"네, 조금 피곤하네요."

그가 외투를 벗는 순간, 부드러운 실크 안감에 주름이 지면서 반짝거렸고 검은 옷에서는 기름 냄새가 물씬 풍겼다. 갑자기 불안한 마음이 들면서 나는 그를 자세히 살펴보기 시작했다. 잠시 후, 나도 모르게 그에게 불쑥 질문을 던졌다.

"혹시 더러운 옷 입고 있어요?"

순간 깜짝 놀랐지만, 그는 내 물음에 담긴 속뜻을 정확히 알아차린 듯했다. 하지만 아무렇지 않다는 듯이 능청맞게 대답했다.

"곤히 자는데 깨워서 폐가 됐나요?"

"아뇨, 그깟 일로 무슨 폐가 되겠어요?"

"글쎄요. 그 정도의 일로도 폐를 주는 경우가 있어요. 기숙사에 있는 내 친구 하나는 갑자기 깨우면 간질 발작을 일으키거든요."

"너무 예민하군요."

"여자처럼 예민하다, 이 말이죠? 안 그런가요?"

"그러니까 당신 친구가 그 정도로 과민하다는 건가요? 그건 그렇고 친구, 내 부탁 하나만 들어줄래요? 이 안에 있으니까 숨이 막혀 죽을 것 같아요. 시원한 공기가 들어오게 그 문 좀 열어줘요. 이 방에서 더러운 옷인지 뭔지 고릿한 냄새가 난다고요."

그 말을 듣자마자 소년은 살짝 인상을 찌푸렸다……. 그는 문으로 걸어갔다. 하지만 문 앞에 이르기도 전에 그의 상의 주머니에서 엽서 크기만 한 종이가 와르르 쏟아졌다.

그것을 주우려고 그가 황급히 몸을 숙이는 순간, 나는 그에게 다가갔다. 나는 그때 봤다. 그건 여러 가지 체위로 성교하는 남녀의 사진이었다.

그 순간 소년의 얼굴이 흙빛으로 변했다. 그는 더듬거리며 간신히 말을 이었다.

"이게 어떻게 내 주머니에 들어 있는지 모르겠네요? 이건 내 친구 거라고요."

나는 아무 대답도 하지 않았다.

나는 그의 옆에 서서 사진 속 남녀를 뚫어져라 바라보았다. 그는 도대체 어찌 된 영문인지 모르겠다고 변명했다. 하지만 나는 그의 말을 무시했다. 나는 충격에 휩싸인 채 소름 끼치는 사진 한 장을 보고 있었다. 고무 챙이 달린 모자를 쓰고 배에 검은 고무 띠를 두른 천한 일꾼 앞에 한 여자가 엎드려 있었다.

나는 소년에게로 고개를 돌렸다.

그의 얼굴은 핏기 하나 없이 창백했고, 눈은 금방이라도 튀어나올 것처럼 휘둥그레져 있었다. 거무스름한 눈꺼풀에서 눈물 한 방울이 반짝거렸다. 그의 손이 힘없이 내 팔 위로 떨어졌다.

"나를 여기 있게 해줘. 제발 나를 내쫓지 말라고."

"그러니까 당신은…… 너는……."

그는 나를 끌고 침대 가장자리로 가더니 내 발아래 무릎을 꿇었다.

"그래, 맞아. 나야. 하지만 그냥 가끔 하는 거라고."

그는 내 무릎 위에 손을 얹었다.

"가끔 하는 거란 말이야."

소년은 나직하고 비통한 목소리로 말했다.

"그래, 맞아. 나라고……. 하지만 그냥 가끔 하는 거야." 그는 두려운 고통에 휩싸인 채 떨리는 목소리로 말했다. 잠시 후, 그는 내 손을 잡고 자기 목에 갖다 댔다. 내 손으로 턱을 잡아달라는 의미였다. 그는 흐느끼듯이 아주 나직한 목소리로 말했다.

"아! 내가 차라리 여자로 태어났더라면! 이놈의 인생은 왜 맨날 요 모양 요 꼴일까?"

모든 피가 한꺼번에 머리로 몰려드는 듯이 관자놀이가 불끈불끈 뛰었다.

그가 내게 물었다.

"이름이 뭐지?"

"실비오."

"있잖아, 실비오. 날 경멸하지 않아? 그런데 아니야……. 그런 표정이 아니라고……. 너 몇 살이지?"

나는 퉁명스럽게 대답했다.

"열여섯……. 그런데 너 지금 떨고 있니?"

"응……. 네가 원하면…… 자……."

나는 불쑥 그를 보았다. 그렇다. 그의 얼굴을…… 발갛게 상기된 얼굴, 입술에 미소가 번지고…… 눈도 미친 듯이 미소 짓고 있었다……. 갑자기 그의 옷이 미끄러지듯 흘러내리자 더러운 셔츠 끄트머리가 가터 위에서 나풀거렸다. 그 순간, 여성용 스타킹을 신고 있는 허벅지가 훤히 드러났다.

검은 쇠창살 옆에서 꼼짝도 않은 채 애원하는 표정으로 나를 바라보던 여자아이의 모습이 눈앞으로 천천히 지나갔다. 달빛에 하얗게 빛나는 벽 위로 그녀가 지나가는 듯한 착각마저 들었다. 그때 냉정한 생각이(지금 내게 무슨 일이 일어나고 있는지 그녀가 안다면 뭐라고 할까) 내 삶을 가로지르며 지나갔다.

그 순간만큼은 영원히 잊지 못할 것이다.

나는 몇 걸음 뒤로 물러나 시무룩하게 그를 바라보며 천천히 말했다.

"꺼져."

"뭐라고?"

나는 더 작은 목소리로 같은 말을 되풀이했다.

"꺼지라고."

"그렇지만……."

"여기서 당장 꺼지라고, 이 더러운 자식아. 도대체 어쩌다 인생이 이 모양 이 꼴이 된 거지? 네 인생이 말이야?"

"아니야…… 그러지 마……."

"더러운 놈……. 어쩌다 인생이 이 모양 이 꼴이 된 거냐고?" 그 순간 나는 중요한 모든 것, 내 마음속에 자리 잡고 있지만, 본능적으로 그 고통과 상처를 거부하는 값지고 고귀한 모든 것을 제대로 입 밖에 낼 수가 없었다.

소년은 뒷걸음질 쳤다. 그는 윗입술을 살짝 들어 올리며 송곳니를 드러내더니 곧장 침대 속으로 뛰어들었다. 내가 옷을 입은 채 이불 속으로 들어가는 동안, 그는 두 손을 베개 삼아 머리를 괴고 노래를 흥얼거리기 시작했다.

> 아로스 콘 레체
> 결혼하고 싶어라●

나는 곁눈질로 그를 관찰했다. 그러던 어느 순간, 분노가 깨끗이 사라지고 놀라울 정도로 마음이 차분해지자 나는 천천히 입을 뗐다.

"입 안 다물면 코를 부러뜨릴 거야."

"뭐라고?"

"들은 대로야. 코를 날려버릴 거라고."

나는 곧장 벽 쪽으로 돌아누웠다. 답답한 공기 속에서 엄청난 고뇌가 가슴을 무겁게 짓눌렀다. 그에 대한 나쁜 생각이 방 안의 무거운 침묵을 집요하게 가로지르는 듯한 느낌이 들

● 에스파냐의 전래 동요 〈아로스 콘 레체〉다. '아로스 콘 레체'는 밥에 우유와 설탕을 넣고 끓인 일종의 푸딩이다.

었다. 고개를 살짝 돌리자 삼각형을 이루며 뒤통수로 이어지는 그의 검은 머리카락과 하얗고 둥그스름하지만 밋밋한 목만 보였다.

그는 꼼짝도 하지 않았지만, 그에 대한 생각이 온통 내 머릿속을 맴돌고 있었다……. 내 머릿속에서 그가 본모습을 갖추어갔다. 점차 고뇌의 밑바닥으로 떨어지던 나는 멍한 상태로 뻣뻣하게 누워 있었다. 그사이 고뇌는 점차 체념과 순응으로 바뀌었다. 그러면서도 나는 이따금 곁눈질로 그를 흘끔거렸다.

갑자기 담요가 미끄러져 내려가면서 그의 어깨가 드러났다. 활처럼 둥글게 구부러진 셔츠 네크라인 위로 드러난 쇄골과 우윳빛 어깨…….

그때 갑자기 방으로 이어지는 복도에서 한 여인이 애원하듯 외치는 소리가 들렸다.

"안 돼요……. 안 된다고요…… 제발……." 몸이 벽에 부딪치는 둔탁한 소리가 나자 나의 영혼은 원초적인 공포로 새우처럼 꼬부라들었다. 잠시 안절부절 어쩔 줄 몰라 하던 나는 침대에서 박차고 일어나 문을 벌컥 열었지만, 바로 그 순간 맞은편 방문이 닫혔다.

나는 한동안 문틀에 기대서 있었다. 맞은편 방에서는 아무 소리도 나지 않았다. 나는 문을 그대로 열어놓은 채 몸을 돌렸다. 그러곤 소년에게 눈길 한번 주지 않고 불을 끈 뒤 자리에 누웠다…….

이제 내 마음속에서 강한 확신이 들었다. 나는 담배를 피워 물고 소년에게 말했다.

"이봐, 그런 더러운 짓을 누구한테 배운 거지?"

"너랑은 말하고 싶지 않아……. 넌 정말 못된 놈이야……."

그의 말을 듣고 나는 웃음을 터뜨렸다. 잠시 후, 나는 목소리를 가다듬고 진지하게 말했다.

"진지하게 물어보는 건데, 네가 얼마나 이상한 놈인지 알고 있니? 넌 정말 이상한 놈이라고! 가족들은 너에 대해서 뭐라고 하니? 그리고 여기서는? 참 넌 여기 들러붙어 사는 거야?"

"넌 정말 못된 놈이야."

"그리고 넌 성자고. 그렇지?"

"아냐, 하지만 나는 내 운명을 따라 살아갈 뿐이야……. 솔직히 말해 전에는 그렇지 않았으니까. 알겠지? 옛날에는 이렇지 않았다고……."

"그럼 누가 너를 그렇게 만든 거지?"

"가정교사 선생님이 그랬어. 우리 아빠는 돈이 아주 많았거든. 그래서 중등학교 4학년을 마친 뒤에 나를 국립대학교로 진학시키려고 내게 가정교사를 붙여주었어. 선생님은 아주 진지해 보이더라고. 안경을 쓰고, 턱수염을 기르고 있었지. 끝을 뾰족하게 다듬은 금색 수염이었어. 그리고 눈은 초록빛이 도는 파란색이었지. 내가 너한테 이런 이야기를 하는 건……."

"이유가 뭔데?"

"내가 예전에는 이렇지 않았다는 걸 알려주고……. 하지만 그 사람이 나를 이렇게 만들어버렸다고. 얼마 후, 그 사람이 가정교사를 그만둬서 나는 그 사람을 만나러 집으로 찾아갔어. 당시 나는 열네 살이었지. 선생님은 홍칼 거리에 있는 아파트에 살고 있었는데, 아주 똑똑한 사람이었어. 집에 어마어마하게 큰 서재가 있었는데, 네 벽면이 모두 책으로 가득 차 있더라고. 그 사람은 악마 같은 인간이기도 했지만, 나를 얼마나 사랑했는지 몰라! 내가 집으로 찾아갔을 때, 하인이 나를 그 사람의 침실 안으로 들여보내주더라……. 그 사람은 내게 그 많은 실크 드레스와 노리개를 사주었지. 그 사람 앞에서 나는 여장을 했어."

"그 선생, 이름이 뭐지?"

"그 사람 이름을 알아서 뭐 하려고? 그 사람은 국립대학교의 두 학과에서 가르치고 있었지만, 결국 목을 매 자살했지……."

"목을 맸다고?"

"응, 어느 카페 화장실에서 목을 맸어……. 와, 너 보기보다 멍청하구나! 하하하……. 내 말을 믿다니 말이야……. 다 거짓말이라고……. 그런데 내 러브 스토리 어때? 멋지지 않니?"

나는 짜증을 내며 말했다.

"이봐, 난 잘 거니까 말 걸지 마세요."

"치사하게 굴지 말고 내 말 좀 들어봐……. 넌 무슨 남자가 그렇게 변덕스럽니……. 넌 방금 내가 한 말을 믿지 않을 거야……. 하지만 내가 한 이야기는 100퍼센트 진실이라고……. 정말이야……. 그 선생님은 프로스페로라고 해."

"그럼 그 후로 줄곧 이렇게 살아온 거야?"

"그런 운명을 타고난 걸 난들 어쩌겠어?"

"난들 어쩌겠냐니, 지금 무슨 말을 하는 거야? 그럴 시간에 병원에 갈 수도 있었잖아? 신경병 전문가한테 말이야. 그건 그렇고 왜 이렇게 더러운 거지?"

"요즘 이게 유행이라니까. 일부러 더러운 옷을 입고 다니는 사람이 얼마나 많은데."

"아무리 봐도 넌 변태야."

"응, 맞아……. 난 완전히 맛이 갔어……. 근데 나더러 뭘 어쩌라는 거야? 이봐…… 가끔은 내 방에 있다가 밤이 되면, 정말이야, 거대한 파도가 나를 덮치는 것 같아……. 그럴 때면 가구 딸린 월세방 냄새가 코로 몰려온다고……. 환하게 켜진 불빛이 눈에 어른거리면 나도 어쩔 수가 없어……. 마치 바람에 떠밀리듯이 밖으로 나가지……. 그래서 가구 딸린 방의 주인들을 만나러 가는 거야."

"주인을, 뭐 하려고?"

"그런 이들을 찾아 나서는 건 당연히 슬픈 일이지. 우리 같은 여자들은 보통 두세 명의 주인 남자들과 약속을 한다고. 그럴싸해 보이는 남자아이가 방을 계약하면 주인들은 우리한테 전화로 알려주지."

오랫동안 침묵을 지키던 그는 더 나직하고 진지한 목소리로 말을 이어갔다. 그는 자신이 겪은 시련과 고통을 혼잣말하듯 중얼거렸다.

"난 왜 여자로 태어나지 않은 거지? 그랬더라면 이렇게 변태가 되는 대신…… 그래, 변태……. 우리 집안의 귀여운 딸이 되었을 텐데……. 그러면 좋은 남자와 결혼해서 그 남자를 보살펴주었겠지……. 그리고 그 남자를 정말 사랑했을 거고……. 하지만 현실은 정반대지……. 이렇게…… **잠자리**를 전전하다보면 불쾌한 일을 많이 겪기 마련이니까……. 하얀 모자와 에나멜 구두를 신은 놈팡이들이 어떻게 알아보고 쫓아온다고……. 심지어 스타킹까지 훔쳐 가거든. 아! 나를 영원히 사랑해줄 남자를 만날 수만 있다면 얼마나 좋을까."

"하지만 넌 제정신이 아니란 말이야! 아직도 그런 환상을 품고 사는 거야?"

"네가 뭘 안다고 나서는 거지? 내 친구 중에는 3년 전부터 방코 이포테카리오• 은행원과 같이 사는 애도 있단 말이

• 아르헨티나의 금융기관으로, 국민의 주택문제를 해결하기 위해 1886년에 설립됐다.

야……. 그 남자가 그 친구를 얼마나 사랑하는지 몰라……. 네가 뭘 안다고 지껄여? 내가 여자가 될 수만 있다면, 가진 돈을 다 바쳐도 아깝지 않을 거야……. 보기 안쓰러운 여자가 되겠지만……. 임신해도, 온종일 청소하고 빨래한다고 해도 아무 상관 없을 것 같아……. 남자가 나를 사랑하고…… 나를 위해 열심히 일해준다면 말이야…….”

나는 그의 말을 들으면서 어안이 벙벙해졌다.

저토록 끔찍하면서도 생소한 말을 아무렇지 않게 내뱉는…… 그리고 아주 조금의 사랑 외에는 아무것도 요구하지 않는 저 가엾은 인간은 대체 누구란 말인가?

나는 자리에서 일어나 그의 이마를 쓰다듬어주려고 했다.

“내 몸에 손대지 마.” 그가 소리쳤다. “내 몸에 손대지 말란 말이야. 가슴이 찢어지려고 한다고. 어서 물러가.”

나는 침대에 다시 누워 꼼짝도 하지 않았다. 자칫 무슨 소리를 냈다가는 그가 깜짝 놀라서 발작을 일으킬까봐 두려웠기 때문이다.

시간은 더디게 흘러갔다. 그사이 그 좁은 공간 속에서 이상한 경험과 누적된 피로로 산만해졌던 나의 의식은 우리 종 특유의 소리 없는 고통과 슬픔을 조금씩 모아가고 있었다.

하지만 아직도 그의 목소리가 귓전에 맴도는 것 같았다……. 그리고 사방이 캄캄했지만 일그러진 그의 얼굴에서 고통스럽고 슬픈 표정이 언뜻 떠올랐다. 열이 나 입 안이 바싹 말랐지만, 그는 어둠을 향해 소리 질렀다.

"난 **임신**해도, 온종일 청소하고 빨래한다고 해도 아무 상관 없어……. 그 사람이 나를 사랑하고, 나를 위해 열심히 일해 준다면."

임신한다니! 입에서 그런 말이 어찌 그렇게 쉽게 나올 수 있단 말인가!

'임신한다니!'

정말 그런 일이 일어난다면, 안 그래도 왜소한 그의 몸은 볼 수 없을 만큼 처참하게 변해버릴 것이다. 하지만 그토록 깊은 사랑에 취한 나머지 **그녀**는 사람들 사이를 걸어가면서도 그들의 얼굴을 알아보지 못한 채 오로지 자신이 기꺼이 복종한 그 사람의 얼굴만 쳐다볼 것이다.

아, 인간의 고통과 슬픔이란! 우리는 슬픈 말을 얼마나 많이 가슴속에 묻고 살아가는가!

어디선가 문이 쾅 닫히는 소리 때문에 잠에서 깼다. 나는 황급히 램프에 불을 붙였다. 맞은편 침대에 있던 소년은 사라지고 없었다. 그의 침대는 자고 일어난 흔적도 없이 말끔하게 정리되어 있었다.

그런데 5페소짜리 지폐 두 장이 탁자 한쪽 모서리에 놓여 있었다. 나는 재빨리 돈을 집었다. 거울에 비친 내 얼굴은 창백하기 이를 데 없었다. 더구나 눈에는 핏발이 서 있고, 헝클어진 머리카락 몇 올이 이마 위로 흘러내려 있었다.

복도에서 누군가에게 숨죽여 애원하는 목소리가 들렸다.

"제발 좀 서둘러……. 저들에게 발각되면……."

그때 전기종 소리가 또렷하게 울렸다.

나는 안뜰이 내다보이는 창문을 열었다. 창문으로 습기를 머금은 바람이 휙 몰아치자 몸이 부르르 떨렸다. 아직 깜깜한 밤이었지만, 저 아래 안뜰에는 하인 두 명이 환하게 불이 켜진 문 주변으로 바쁘게 움직이고 있었다.

나는 밖으로 나갔다.

거리로 내려가자 무기력한 상태가 감쪽같이 사라졌다. 나는 밀크 바에 들어가 커피 한 잔을 마셨다. 바 안의 테이블은 신문팔이들과 마부들이 다 차지하고 있었다. 유치한 전원 풍경의 벽지를 바른 벽에 걸린 시계가 5시를 쳤다.

저 사람들도 모두 가정이 있겠지. 그 순간 여동생의 얼굴이 눈앞을 스치고 지나가면서 나는 절망에 휩싸인 채 거리로 뛰쳐나갔다.

삶의 고통이, 바라보기도 떠올리기도 싫은 모습들이 또다시 내 마음속으로 밀려들기 시작했다. 나는 이를 부드득 갈면서 어둠에 싸인 골목길을 지나 철제 셔터가 내려져 있거나 널빤지로 앞을 막아놓은 상점들이 즐비한 거리를 따라 걸었다.

저 상점 문 안에는 돈이 있겠지. 주인들은 화려한 침실에서 달콤한 잠에 빠져 있을 거야. 그런데 내 꼴은 이게 뭐람. 이 시간에 개처럼 도시를 떠돌아다니고 있잖아.

나는 증오심에 몸을 부르르 떨면서 담배에 불을 붙였다. 그러곤 건물 입구에 짐짝처럼 웅크리고 잠들어 있는 사람에게 꺼지지 않은 성냥을 휙 던졌다. 누더기 사이에서 작은 불꽃이 가물거렸다. 그 순간, 갑자기 가엾은 그 사람이 그림자처럼 스르르 일어났다. 나는 솥뚜껑 같은 그의 주먹을 피해 재빨리 달아났다.

나는 파세오 데 훌리오 대로•에 있는 중고품 가게에 들러 리볼버 한 정을 사서 실탄 다섯 발을 장전하고, 전차에 올라타 부두로 향했다.

나는 유럽에 가고픈 꿈을 실현하기 위해 대서양 횡단 여객선에 걸쳐놓은 줄사다리를 타고 올라갔다. 그러곤 승무원이 눈에 띄면 즉시 달려가 어떤 일이든 할 테니까 배를 태워달라고 사정했다. 나는 통로를 지나 짐이 가득 차 있고 벽에 육분의(六分儀)••가 걸려 있는 어느 좁은 선실로 들어갔다. 거기에서 제복을 입은 남자들과 몇 마디 말을 주고받았다. 하지만 그들은 이내 몸을 휙 돌렸다. 그들은 내가 뭘 바라는지 제대로 알아듣지도 못한 채 기분 나쁜 표정을 지으며 나를 쫓

• 부에노스아이레스 동쪽에 있는 간선도로로, 현재는 레안드로 N. 알렘 대로라고 불린다.

•• 두 점 사이의 거리와 각도를 정밀하게 측정하는 광학기계.

아냈다.

다시 줄사다리 위에 서자 하늘과 맞닿은 바다와 아득히 먼 곳에 떠 있는 작은 배 몇 척의 돛이 보였다.

나는 쉴 새 없이 짐을 끄는 소리와 끽끽거리며 움직이는 크레인 소리, 호루라기와 무거운 짐을 하역하는 짐꾼들의 고함에 얼이 빠진 듯 멍한 상태로 걸어갔다.

왠지 집에서 아득하게 멀리 떨어진 곳에 있는 느낌이 들었다. 설령 지금 마음을 돌린다고 해도 집으로 돌아갈 수 없을 만큼 먼 것 같았다.

나는 걸음을 멈추고 바지선 선원에게 여차여차한 사정을 이야기했지만, 그들은 나를 보고 비웃거나 가끔 연기가 자욱한 주방에서 고개를 내밀어 대답했다. 표정이 얼마나 험상궂던지 나는 겁이 덜컥 나서 대답도 듣기 전에 서둘러 자리를 피했다. 나는 기름이 둥둥 떠다니는 보랏빛 바닷물에 눈길을 고정한 채 부두 가장자리를 따라 걸었다. 바닷물은 목구멍 깊은 곳에서 나오는 듯 꺽꺽거리는 소리를 내며 화강암 부두를 핥고 있었다. 피곤해서 몸을 가누기도 어려웠다. 비스듬히 기울어진 커다란 굴뚝, 굵은 밧줄에 묶인 사슬이 풀리면서 부두 노동자들이 고함지르는 소리, 하늘 높이 외롭게 솟은 가느다란 마스트. 배의 둥근 창문에 어른거리는 얼굴과 윈치•로 내 머리 위에 대롱대롱 매달린 무거운 철근을 보자 정신이 사나웠다. 이처럼 온갖 종류의 목소리와 호루라기 소리, 부딪치는 소리가 한데 뒤섞이면서 모든 것이 부산하게 움직이고 있었지만, 내 삶 앞에서는 한없이 작고 초라해 보일 뿐이었다. 그래서 나는 어떤 희망도 새롭게 가질 엄두가 더는 나지 않았다.

날카로운 금속성 소리가 해안의 대기를 뒤흔들고 있었다.

나는 창고의 높은 벽에 의해 그림자가 짙게 드리워진 거리를 지나 햇빛이 눈부시게 내리쬐는 곳으로 나왔다. 가는 도중 가끔 인파에 이리저리 떠밀렸다. 크고 작은 배들의 화려한 깃발이 바람에 휘날렸고, 저 아래 검은 벽과 어느 대서양 횡단 여객선의 붉은색 선체 사이에서 인부들이 쉴 새 없이 망치질하고 있었다. 이처럼 어마어마한 권력과 부, 산더미처럼 쌓인 상품과 허공에 매달린 채 발버둥질하는 짐승들을 보자 나는 고뇌와 슬픔의 채찍으로 두들겨 맞는 것 같았다.

결국 나는 피할 수 없는 결론에 이르게 되었다.

'다 소용없어. 스스로 목숨을 끊는 수밖에 달리 도리가 없다고.'

나는 이렇게 되리라는 것을 어느 정도 예상하고 있었다.

예전에 어느 자살한 사람의 장례식에 갔을 때, 주문처럼 이어지던 애도의 흐느낌을 들으며 극적인 분위기에 흠뻑 매료된 적이 있었다. 그때는 정말이지 무슨 마법에 걸린 것만 같

● 밧줄이나 쇠사슬로 무거운 물건을 들어 올리거나 내리는 기계로 기중기, 케이블카, 엘리베이터 등에 널리 사용된다.

왔다.

나는 평소에도 아름다운 여인들이 흐느끼며 애도하던 관 속의 시신들이 부러웠다. 하지만 관 주변에 둘러앉아 몸을 구부린 채 통곡하는 모습을 보자 남성의 상징인 내 성기가 처참할 정도로 오그라들었다.

그땐 차라리 죽은 사람의 화려한 침대로 들어가고 싶은 기분이 들었다. 나도 그들처럼 아름다운 꽃으로 뒤덮이고 촛불의 은은한 불빛을 받아 근사하게 보이고 싶었다. 그리고 상복을 입은 젊은 아가씨들이 내 눈과 이마에 뜨거운 눈물을 떨구어주기를 바랐다.

이런 생각이 든 것이 처음은 아니었다. 하지만 그 순간 내 마음속에 이런 확신이 들었다.

'난 죽지 않을 거야……. 그렇지만 난 자살해야 해.' 내가 무슨 반응을 일으키기도 전에 너무 황당해서 얼토당토않은 그 생각은 나의 의지를 다 집어삼키고 말았다.

'난 죽지 않을 거야. 절대로……. 아냐…… 난 죽을 수 없어……. 그렇지만 난 자살해야 해.'

그 사건 이후로 내 삶의 모든 행동을 지배해온 이런 얼토당토않은 확신은 도대체 어디서 비롯된 것일까?

내 마음은 그다지 중요하지 않은 모든 느낌과 기분에서 완전히 벗어났다. 나는 이제 심장의 고동과 평온하기 그지없는 내면세계를 바라보는 맑은 눈빛일 뿐이었다.

'난 죽지 않겠지만 자살해야 해.'

나는 함석으로 지은 창고로 다가갔다. 그리 멀리 떨어지지 않은 곳에는 일꾼 한 무리가 트럭에서 짐을 내리고 있었다. 그리고 그곳의 포석 도로는 옥수수처럼 노란 카펫을 깔아놓은 것 같았다.

나는 생각했다.

'여기가 좋겠군.' 나는 주머니에서 리볼버를 꺼내는 순간 직감했다. '내 얼굴이 처참하게 으깨질 테니까 관자놀이 대신 심장을 쏴야 해.'

확고한 신념에 따라 팔이 저절로 움직이는 것 같았다.

나는 나 자신에게 물었다.

"심장은 어디쯤에 있지?"

몸속에서 둔탁한 소리가 울리면서 심장의 위치를 알려주었다.

나는 리볼버의 탄창을 확인했다. 모두 다섯 발이 장전되어 있었다. 그러곤 총구를 상의에 갖다 댔다.

순간적으로 정신이 아찔해지면서 다리가 후들거려 간신히 창고 벽에 몸을 기댔다.

나는 옥수수처럼 노란 바닥에 눈길을 고정한 채 천천히 방아쇠를 당기며 생각했다.

'난 죽지 않을 거야.' 그 순간, 공이치기가 앞으로 튀어 나갔다……. 하지만 공이치기가 튀어 나가고 격발이 이루어지는 그 짧은 순간에 내 영혼이 어둠의 공간으로 퍼져나가는 듯한 느낌이 들었다.

나는 맥없이 땅으로 쓰러졌다.

내 방 침대에서 깨어났을 땐, 햇빛이 하얀 벽을 비추며 창밖에서는 보이지 않는 커튼 트리밍•을 밝게 수놓고 있었다.

어머니는 내 침대에 걸터앉아 있었다.

어머니는 내 위로 머리를 숙이고 있었다. 눈가는 촉촉이 젖었고, 움푹 들어간 볼은 세파에 찌들어 주름진 대리석에서 파낸 것 같았다.

어머니의 목소리가 가늘게 떨렸다.

"왜 그런 짓을 한 거니? 아, 왜 나한테 다 털어놓지 않았어? 실비오, 왜 그런 몹쓸 짓을 저지른 거야?"

나는 어머니를 쳐다보았다. 측은한 마음과 죄책감으로 얼룩져 참담하게 일그러진 표정이 어머니의 얼굴에 떠올랐다.

"왜 집으로 오지 않았니? 난 네게 아무 말도 하지 않았을 거야. 실비오, 이게 네 운명인가보구나. 만약 권총이 정말 발사되었더라면, 나는 어떻게 됐을까? 그리고 넌 지금 얼굴이 싸늘하게 굳은 채 여기 누워 있었겠지……. 아! 실비오, 실비

• 여러 가지 디테일을 이용해 의복과 커튼에 장식이나 장식선을 만들어 붙이는 것으로 자수, 브레이드, 레이스 등을 이용한다.

오!" 그러자 엄마의 벌게진 아랫눈꺼풀을 타고 굵은 눈물이 흘러내렸다.

내 영혼 속에서 날이 저무는 것 같았다. 제복을 입은 남자들이 나를 빙 둘러싸고 팔을 흔드는 모습이 어슴푸레 기억 속에서 되살아나자 나는 경찰서에서 잠이 깬 줄로만 알았다. 나는 속으로 안도의 한숨을 내쉬며 엄마의 무릎에 머리를 기댔다.

제4장 가룻 유다

몬티는 활동적이면서도 품위가 넘치는 사람이었다. 그리고 풍운의 검객처럼 욱하는 성질을 지녔지만, 가난한 시골 양반처럼 비쩍 마른 사내였다. 눈빛은 모든 것을 꿰뚫어 볼 것처럼 날카로웠지만, 비단처럼 고운 검은색의 콧수염에 덮인 가는 입술을 실룩거리며 짓는 냉소와 묘하게 어울렸다. 화가 나면, 광대뼈가 벌게지면서 입술은 물론 움푹 들어간 턱까지 파르르 떨렸다.

그가 운영하는 지물포는 유대인 모피상에게서 세를 얻은 방 세 개로 이루어져 있었다. 그리고 언제나 꼬질꼬질한 빨간 머리 꼬마들이 바글거리는 복도를 사이에 두고 악취를 풍기는 유대인의 창고와 나뉘어 있었다.

첫 번째 방은 사무실 겸 고급 종이 전시장 같은 역할을 했다. 그 방의 유리창은 리바다비아 대로로 나 있어서 앞을 지나가던 행인들이 보도에 일렬로 늘어서서 소나무 원목 진열장 속에 있는 다양한 종이를 구경할 수 있었다. 담홍색, 초록색, 파란색, 빨간색 종이 묶음과 대리석 무늬가 있고 질긴 내수지• 두루마리, 박엽지••와 흔히 버터 종이로 불리는 황산지••• 묶음, 여러 가지 색깔의 꽃 그림 상표가 붙은 통, 꽃 그림과 화분 모양의 워터마크가 희미하게 인쇄된 거친 표면의 종이 다발 등이 그 안에 진열되어 있었다.

푸르스름한 벽에 걸린 나폴리만의 풍경화는 에나멜로 칠한 듯 푸른빛으로 반짝거리는 고요한 바다와 하얀 사각형들(하얀 집들이다)이 군데군데 흩어져 있는 어두운 해안을 보여주고 있었다.

기분이 좋을 때면 몬티는 이 방에서 낭랑하고 아름다운 목소리로 노래를 부르곤 했다.

그는 언제나 감정을 담아 노래를 불렀기 때문에 듣기 좋았다. 특히나 고향에서 보낸 꿈같은 순간들과 정든 장소를 떠올리며 노래를 불러서 듣는 사람들에게 가슴 뭉클한 감동을 안겨주었다.

● 수분이나 습기를 견딜 수 있도록 가공한 종이로, 기름종이, 파라핀지, 아스팔트지 등이 있다.

●● 얇게 뜬 양지(洋紙)의 하나로, 사전이나 담배 용지 등에 사용된다.

●●● 황산 용액으로 처리한 종이로, 물과 기름에 젖지 않아 약이나 약품의 포장재로 사용된다.

판매 대리인으로 나를 고용한 몬티는 품질 및 가격별로 분류한 종이 샘플을 내게 보여주면서 말했다.

"좋았어. 멋지게 시작해보자고. 종이 1킬로그램당 수수료는 3센타보야."

처음에는 얼마나 힘들었는지 모른다!

처음 일주일 동안은 매일 여섯 시간씩 걸어 다녔지만 늘 빈손으로 돌아왔던 걸로 기억한다. 나 자신도 도저히 믿어지지 않았다. 총 45레구아•를 걸었지만 1킬로그램의 종이도 팔지 못했다. 나는 자포자기의 심정에 빠진 채 청과물 가게와 잡화점, 창고를 불쑥 찾아다니는가 하면, 시장을 이리저리 돌아다니기도 하고, 정육점과 약국 앞을 서성거리기도 했지만 헛수고였다.

매우 예의 바르고 정중하게 나를 내보낸 사람들도 있었지만 다음 주에 오라는 사람도 있었고, '오랫동안 나와 거래하는 영업 사원이 있다'면서 완곡하게 거절하는 이들도 있었다. 그리고 애당초 나를 만나주려 하지도 않는 사람들이 있는가 하면, 종이가 너무 비싸다고 트집 잡는 이들, 종이의 품질이 별로라는 사람들, 또 품질이 너무 좋다는 이상한 이들도 있었다.

아침 일찍부터 돌아다니다 정오쯤 몬티의 사무실에 도착하면, 나는 잔뜩 쌓여 있는 종이 묶음 위에 털썩 주저앉곤 했다.

• 과거에 사용된 거리 단위로, 1레구아는 대략 5572미터 정도다.

너무 피곤하고 낙담한 나머지 넋이 빠진 사람처럼 말없이 가만히 앉아 있기만 했다.

몬티의 지물포에는 나 말고 마리오라는 열여섯 살짜리 아이도 있었다. 키만 장대같이 커서 기다란 팔다리만 눈에 띄는 그 농땡이꾼은 매일 허탕만 치고 돌아오는 나를 늘 비웃곤 했다.

마리오라는 놈은 얼마나 뻔뻔스러운지! 녀석은 작은 머리를 꼭대기에 얹어놓은 전신주 같아 보였는데, 그나마 머리 위에는 곱슬머리가 숲을 이루고 있었다. 그는 빨간 가죽 가방을 팔에 낀 채 긴 다리로 성큼성큼 걸어 다녔다. 사무실에 도착하면 언제나 가방을 한구석에 내팽개치고 둥그스름한 중산모자를 벗었다. 그런데 그 모자가 얼마나 기름때에 찌들었던지 마차의 차축에 기름칠을 하고도 남을 정도였다. 그는 온갖 술수를 다 동원해서 종이를 팔아먹으면서도 늘 즐겁고 행복하게 지냈다.

그는 더러운 장부를 훑어보며 자기가 받아 온 주문품의 목록을 큰 소리로 읽곤 했다. 그러고 나면 빨간 목젖이 보이고 뻐드렁니 두 줄이 다 드러날 정도로 입을 크게 벌리고 웃었다.

너무 웃어서 배가 아픈 척하려고 두 손으로 배를 잡기도 했다.

그럴 때면 몬티는 책상 위에 걸터앉은 채 묘한 미소를 지으며 우리를 바라보았다. 그러곤 손으로 이마를 짚더니 걱정을 떨치려는 듯 눈을 쓱쓱 비빈 다음 우리에게 말했다.

"이봐요, 너무 낙담할 것 없어요. 발명가가 될 사람이다보니 종이 파는 요령을 모르는 것뿐이니까요." 그가 말을 계속했다. "일단은 꾸준하게 노력해야 해요. 모든 장사가 다 그렇잖아요. 당신을 어느 정도 알 때까지 사람들은 당신과 거래하지 않으려고 할 겁니다. 그리고 가게로 찾아가면 아무것도 필요 없다고 잘라 말할 거예요. 하지만 신경 쓰지 말고 계속 찾아가야 해요. 그러다 언젠가 서로 낯이 익으면 주인도 물건을 사게 될 테니까요. 그리고 당연한 얘기지만, 언제나 **상냥**하게 대하도록 해요." 그러곤 갑자기 화제를 바꾸었다. "오늘 오후에 커피 한잔하러 오세요. 잠깐 이야기나 나누게요."

어느 날 밤, 나는 로하스 거리에 있는 약국으로 들어갔다. 천연두를 앓아 얼굴이 얽은 데다 성미가 몹시 까다로운 약사는 내가 건네준 샘플을 찬찬히 살펴보더니 마침내 입을 열었다. 그때 그의 모습은 내 눈에 하늘에서 내려온 천사처럼 보였다.

"박엽지 세트로 5킬로그램하고 특수 아트지 20킬로그램, 겉봉에 '붕산', '하소(煆燒)된 마그네시아',• '주석영',•• '로그

• 탄산마그네슘, 질산마그네슘 따위를 공기 속에서 태워서 만드는 흰색의 가루로, 의약품이나 내화 시멘트의 원료로 사용된다.

•• 백색 결정체인 주석산수소칼륨으로, 베이킹파우더의 주성분이자 전기도금용으로 사용된다.

우드• 비누'라고 인쇄된 봉투를 각각 5000개씩, 모두 2만 개를 만들어서 보내주세요. 종이는 반드시 월요일 아침까지 여기로 배달되어야 합니다."

나는 기쁨에 겨워 덩실덩실 춤이라도 추고 싶은 심정이었다. 나는 재빨리 수첩에 주문 내용을 적고 천사 같은 약사에게 고개 숙여 깍듯이 인사한 다음 인파 속으로 합류했다. 내가 처음 올린 실적이었다. 수수료로 15페소나 번 셈이었다.

나는 여세를 몰아 카바이토 시장••으로 들어갔다. 나는 여기 갈 때마다 카롤리나 인베르니치오•••의 소설에 나오는 시장이 떠오르곤 했다. 전에도 여러 차례 찾아갔던 소같이 생긴 얼굴에 뚱뚱한 소시지 판매상이 칼로 돼지비계를 썰면서 내게 고함쳤다.

"이보쇼, 포장용 특수 커트지 200킬로그램 보내주쇼. 그런데 무슨 일이 있어도 내일 아침 일찍 여기 31호로 갖다줘요."

1킬로그램당 가격을 1센타보씩 깎아주긴 했어도 4페소나 벌었다.

• 콩과의 상록 소교목으로, 어두운 자주색의 심재는 염료용으로 사용된다.

•• 부에노스아이레스의 한복판 카바이토 구에 있는 시장으로, 현재는 프로그레소 시장이라고 불린다.

••• 카롤리나 인베르니치오(1851~1916)는 이탈리아의 대중소설가로, 19세기 말 유럽뿐 아니라 라틴 아메리카, 특히 아르헨티나에서 커다란 인기를 누렸다.

이 모든 일이 꿈만 같았다. 한없는 기쁨에 들떠 마음이 하늘 높이 날아갈 것만 같았다……. 그리고 지금 나의 상태를 황홀한 기분에 휩싸인 단눈치오• 소설의 주인공들(몬티는 그들이 너무 아름답고 호화로운 모습으로 등장한다고 비난하곤 했다)과 비교하면서 나는 생각했다.

'몬티는 멍청이야.'

그 순간, 누군가 갑자기 내 팔을 붙잡았다. 나는 소스라치게 놀라서 몸을 획 돌렸다. 눈앞에 루시오가 서 있었다. **한밤의 신사들 클럽**의 일원이던 그 유명한 루시오 말이다.

우리는 너무 반가웠던 나머지 열렬한 포옹을 나누었다. 위험천만했던 그날 밤 후로 다시는 루시오를 본 적이 없었다. 그런 루시오가 미소 띤 얼굴로 변함없이 사방을 두리번거리면서 내 앞에 서 있었다. 자세히 보니 옷차림이 예전보다 훨씬 더 근사해진 듯했다. 고급 양복에 반짝거리는 구두는 물론이고 손가락에는 가짜 금반지가, 넥타이핀에서는 파란 보석이 빛나고 있었다.

못 본 사이에 키도 많이 큰 모양이었다. 아무튼 그는 멋쟁이처럼 구는 건장한 건달로 변해 있었다. 말쑥하게 차려입기는 했지만 여전히 허풍쟁이 건달 티를 벗지 못했다. 그나마

• 가브리엘레 단눈치오(1863~1938)는 이탈리아의 시인, 소설가, 극작가로, 삶의 기쁨과 향락, 관능적인 아름다움을 활기찬 어조로 노래한 작품을 썼다.

눈썹까지 푹 눌러쓴 펠트 모자 덕분에 조금은 나아 보였다. 그는 호박 빨부리로 담배를 피우며 친구를 잘 다룰 줄 아는 사람답게 인사를 나눈 뒤 그 부근의 맥줏집에 가서 **보크**•나 한잔하자고 했다.

우리는 자리를 잡고 맥주를 주문했다. 루시오는 맥주를 단숨에 들이켜더니 걸걸한 목소리로 말했다.

"그래, 넌 무슨 일 하니?"

"그러는 너는? 못 본 사이에 멋쟁이가 됐는데. 영화 주인공 같아."

그는 입꼬리를 비틀어 올리며 미소를 지었다.

"나는…… 나는 새로운 생활에 이미 익숙해졌어."

"그럼 일이 잘 풀린 모양이네……. 형편이 많이 좋아진 모양이야……. 그런 너와 비교하면 난 별 볼 일 없는 삼류 인생이지, 뭐. 지물포에서…… 종이나 팔고 있으니 말이야."

"아! 그래? 그런데 어느 가게의 종이를 팔고 있니?"

"응, 플로레스에 사는 몬티라는 사람의 가게야."

"그럼 돈을 많이 벌어?"

"많이 벌기는. 그냥 먹고살 만큼 버는 거지."

"그러니까 마음잡고 새 생활을 시작한 거니?"

"물론이지."

• 독한 독일산 맥주.

"나도 일하고 있어."

"네가 일을 하다니!"

"그럼, 일하고 있지. 그런데 내가 무슨 일을 하는지 아니?"

"아니, 모르겠는데."

"나, 경찰 수사관이야."

"네가…… 경찰 수사관이라고? 네가!"

"응, 왜 그렇게 놀라?"

"아니, 아무것도 아니야. 그러니까 네가 수사관이 되었다는 거지?"

"왜, 이상하니?"

"아니…… 그럴 리가 있나……. 하긴 항상 그런 데 흥미가 있었으니까……. 꼬맹이일 때부터 말이야……."

"**라눈**…… 근데 이봐, 실비오. 사람은 누구나 새롭게 스스로를 변화시켜나갈 줄 알아야 해. 그게 삶이잖아. 다윈이 말하는 **생존을 위한 투쟁**……."

"너 그사이 엄청나게 유식해졌구나! 그런데 그게 대체 무슨 소리야?"

"나는 그게 무슨 뜻인지 잘 알아. 그건 아나키스트들이 쓰는 용어거든. 그러니까 너도 새롭게 태어나서 열심히 일하는 거지. 그래서 만사가 잘 풀리는 거고."

"바스크 남자•가 입버릇처럼 말했듯이 하나씩 고쳐나가면 돼. 그래서 난 종이를 팔고 있는 거야."

"그럼 완전히 새사람이 된 거야?"

"그런 것 같아."

"좋았어. 웨이터, 여기 반 잔 더……. 아니지, 미안해요. 반 잔 두 개 더 갖다줘요."

"그런데 경찰 일은 어때?"

"그런 건 묻지 마, 실비오. 직업상의 비밀이니까. 오랜만에 만났는데 재미난 이야기나 하자고. 참 너 엔리케 기억나니?"

"엔리케 이르수베타?"

"그래, 이르수베타에 대해서 내가 아는 건 그때 모두 뿔뿔이 흩어지고 난 다음…… 기억나니?"

"내가 그걸 어떻게 잊을 수 있겠어?"

"아무튼 우리가 헤어지고 난 뒤 그레누이예트가 드디어 개네 가족을 집에서 쫓아냈고, 그래서 비야 델 파르케로 이사했다는 소식을 들었어. 하지만 엔리케를 만나지는 못했지."

"맞아. 엔리케는 아술에 있는 자동차 대리점에 일하러 나갔잖아."

"그럼 지금 어디 있는지 아니?"

"당연히 아술에 있겠지. 싱겁기는!"

"아냐, 갠 지금 아술에 없어. 교도소에 있다고."

● 원래는 에스파냐 북부 바스크 출신을 말하지만, 여기서는 에스파냐 이민자를 의미하는 것으로 보인다.

"교도소에 있다고?"

"내가 여기 앉아 있는 게 분명한 것처럼 걘 지금 교도소에 갇혀 있어."

"무슨 짓을 했는데?"

"무슨 짓을 하긴……. 아무 짓도 안 했어. 단지 **생존을 위한 투쟁**……. 그러니까 살기 위해서 싸웠을 뿐이지. 이 말은 폭발물 만들기를 좋아하던 어느 에스파냐 제빵사한테서 배운 거야. 너 지금도 폭발물을 만드니? 화내지는 마. 너도 옛날에 다이너마이트에 관심이 많았잖아. 그래서 물어본 것뿐이야……."

꼬치꼬치 캐묻자 나는 짜증이 나서 루시오를 빤히 쳐다보았다.

"나를 잡아서 감옥에 처넣으려고?"

"이봐, 지금 무슨 소리를 하는 거야? 우리 사이에 농담도 못 하니?"

"네가 자꾸 나한테서 뭔가를 알아내려고 하는 것 같아서 하는 말이야."

"젠장…… 살다 살다 별 이상한 놈을 다 보겠네. 완전히 새 사람이 되었다면서?"

"좋아. 그럼 엔리케에 대해서 하던 말이나 계속해봐."

"내가 다 말해줄게. 그건 우리 사이에서 전설적인 사건으로 불리고 있어. 정말 엄청난 일이었어.

엔리케가 취직한 곳이 쉐보레 대리점이었는지, 아니면 뷰익• 대리점이었는지 기억나지 않지만, 거기서 신임을 듬뿍 받았지……. 하긴, 사람들을 말로 구워삶는 데는 녀석을 따라갈 자가 없었으니까. 녀석은 사무직이었는데, 정확히 어떻게 된 일인지는 모르겠지만, 수표책에서 한 장을 훔쳤다는 거야. 거기 5953페소의 금액을 적어서 수표를 위조했다고 하더군. 원, 세상에. 어떻게 그런 일이!

녀석이 오전에 그 수표를 현금으로 바꾸려고 은행에 가려는데, 갑자기 대리점 사장이 부르더니 2100페소를 주면서 입금하라고 하더래. 그것도 녀석이 가려던 그 은행에 말이지. 그런데 이 정신 나간 놈이 돈을 주머니에 챙겨 넣고 대리점 주차장으로 가서 차를 타고 은행에 가 아무렇지도 않게 직원 앞에 수표를 내밀었는데, 놀라운 건 은행이 수표를 현금으로 바꿔주더라는 거야."

"결국 수표를 바꿔줬구나!"

"도저히 믿기지 않아. 대체 어떻게 위조했기에 은행원조차 속아 넘어갔는지! 하긴, 그 녀석은 그런 일에 재주가 있었지. 우리 어렸을 적에 그 자식이 니카라과 국기 위조한 것 기억나니?"

"그럼, 녀석은 어렸을 때부터 싹이 보였지……. 그건 그렇

• 미국 제너럴 모터스사의 고급 자동차 브랜드다.

고, 계속해봐."

"응, 아무튼 은행에서 현금으로 바꿔주었지……. 하지만 지금 생각해보면 엔리케도 무지 초조했을 거야. 녀석은 차를 타고 나가 시장에서 두 블록 떨어진 교차로에서 1인승 마차를 들이박았어. 다행히 한쪽 팔만 부러졌지만, 조금만 더 가운데로 갔더라면 마차 축에 가슴이 찔릴 뻔했나봐. 그 직후, 녀석은 정신을 잃고 쓰러졌어. 인근 병원으로 옮겼는데, 대리점 사장이 우연히 그 소식을 듣고 한걸음에 쫓아왔더래. 병원에 도착하자마자 사장은 의사에게 엔리케의 옷을 내놓으라고 했대. 옷에 현금이나 예금 전표가 있었을 테니까 말이야……. 그런데 그 순간, 사장이라는 자가 얼마나 놀랐을지 상상해봐……. 주머니에서 예금 전표가 아니라 8053페소가 나왔거든. 엔리케의 의식이 돌아오자마자 사장은 그 많은 돈이 대체 어디서 난 건지 따져 물었대. 당연히 엔리케는 뭐라고 대답해야 할지 몰라 머뭇머뭇했겠지. 그들이 은행으로 찾아간 다음에 모든 사실이 밝혀진 거야."

"엄청나구나."

"도저히 믿기지 않아. 나도 거기서 발간되는 일간지《엘 시우다다노》의 기사를 보고 안 거야."

"그러면 지금도 갇혀 있는 거야?"

"철창신세를 지고 있지. 녀석이 늘 말하던 대로……. 그런데 몇 년 형이나 받았는지 모르겠어. 아직 법적으로는 미성년

자인 데다 가족이 영향력 있는 인물을 좀 알고 있다니까 유리하겠지."

"그런데 이상하게도 엔리케 그 녀석의 앞날이 밝을 것 같단 말이야."

"샘나는구먼. 그 자식을 괜히 위조꾼이라고 부른 게 아니라니까."

잠시 후, 우리는 아무 말도 하지 않고 있었다. 그사이 나는 엔리케를 떠올렸다. 꼭두각시 인형이 가득 차 있던 골방에 녀석과 같이 있는 듯한 느낌이 들었다. 창문으로 햇살이 들이비치면서 빨간 벽을 배경으로 비쩍 마르고 콧대가 세 보이지만 풋풋한 엔리케의 모습이 실루엣으로 나타났다.

루시오가 걸걸한 목소리로 말했다.

"이봐, 친구. 모든 게 **생존을 위한 투쟁**이라고. 세상의 변화에 맞춰 스스로를 바꿔나가는 이들이 있는가 하면, 그러지 못하고 낙오하는 이들도 있지……. 이제 가봐야겠어. 근무 교대할 시간이라서……. 나를 만나고 싶으면 이 주소로 오면 돼." 루시오는 내게 명함을 건넸다.

한참 동안 작별 인사를 나눈 뒤 나는 가로등이 켜진 거리에 홀로 남아 있었다. 루시오의 걸걸한 목소리가 아직도 내 귓전을 울리는 것 같았다.

'이봐, 친구. 모든 게 **생존을 위한 투쟁**이라고……. 세상의 변화에 맞춰 스스로를 바꿔나가는 이들이 있는가 하면, 그러

지 못하고 낙오하는 이들도 있지……. 우리네 인생이라는 게 다 그렇잖아!'

이제 나는 피로조차도 꺾을 수 없을 만큼 자신감 넘치고 노련한 영업 사원처럼 차분하고 여유 있는 모습으로 가게 주인들에게 접근할 수 있었다. 이미 상당한 **영업 실적**을 올린 터라 고만고만한 고객이라면 어느 정도 확보할 수 있을 듯했다. 실제로 짧은 시간에 시장의 노점상들, 피크르산•이나 이런저런 화학물질에 관해 이야기를 나누었던 약사들, 책방 주인들과 돈벌이는 안 되지만 흥정에는 도가 튼 두세 명의 잡화점 주인이 내 고객 명단에 올랐다.

시간을 허비하지 않으려고 나는 카바이토, 플로레스, 벨레스 사르스피엘드, 비야 크레스포 지역을 일주일에 한 번씩 돌아다닐 수 있도록 소구역으로 나누었다.

나는 아침 일찍 일어나 미리 정해진 구역을 향해 빠른 걸음으로 걸어갔다. 그 시절을 돌이켜볼 때마다 작고 하얀 집들로 이루어진 지평선 위로 환하게 밝아오던 넓은 하늘과 붉은 벽돌로 된 공장 건물, 공동묘지의 하얀 돔을 둘러싼 채 동네 끝자락을 아름답게 수놓는 풀밭과 삼나무, 수풀이 눈앞에 생생

• 페놀에 황산을 작용시켜 얻은 물질을 다시 진한 질산과 반응시켜 만든 누런색 고체로, 급한 열이나 충격에 폭발한다.

히 떠올랐다.

햇볕이 잘 들지만 초라하고 더러운 변두리 거리 양편으로 납작한 집들이 늘어서 있고, 대문 앞마다 쓰레기통이 놓여 있었다. 배가 불룩 나오고 머리도 빗지 않아 지저분해 보이는 여인네들은 문간에 서서 잡담을 나누거나 자기 아이들과 강아지들을 큰 소리로 부르곤 했다. 이처럼 나는 아치 모양의 청명한 하늘 아래에서 하루하루 살아가던 그 시절의 기억을, 생기 넘치고 즐거우면서 아름다운 추억을 아직도 소중히 간직하고 있다.

내 눈은 드넓은 하늘에 펼쳐진 무한하고 황홀할 만큼 고요한 세계를 열심히 빨아들이곤 했다.

희망과 꿈으로 타오르는 불꽃이 내 영혼을 감싸주면, 마음속에서 천진스러운 감흥이 일어 이루 말로 다 표현할 수 없을 만큼 행복에 겨웠다.

이처럼 하늘의 푸르른 궁륭에 점점 더 매료될수록 내가 장사를 하는 곳은 더 천박하고 비열해 보였다. 기억이 떠오른다…….

변두리에 있던 그 가게들과 정육점들이!

어두운 공간 속으로 한 줄기의 햇빛이 비치면서 양철 계산대 옆으로 갈고리와 밧줄에 매달린 짐승들의 검붉은 몸뚱이들이 언뜻 보였다. 바닥은 톱밥으로 뒤덮였고, 돼지기름 냄새가 공기 중을 떠돌았다. 노란 돼지비계 위에는 파리 떼가 새

까맣게 모여들었는데, 정육점 주인은 무덤덤한 표정으로 뼈를 자르거나 칼등으로 갈비를 다지고 있었다……. 그리고 밖에는…… 밖에는 조용하고 아름다운 아침 하늘이 내다보였다. 그 푸르름으로부터 한없이 감미로운 봄의 기운이 방울방울 떨어져 내리는 것 같았다.

내가 길을 가면서 신경 쓰던 것은 허공, 그러니까 파란 테두리의 하늘빛 도자기처럼 밝게 빛나면서도 꼭대기에 이르면 깊은 심연, 고요하기 이를 데 없는 저 먼바다처럼 보이는 하늘밖에 없었다. 그곳을 쳐다보노라면 작은 섬들, 항구, 푸른 숲으로 둘러싸인 대리석 도시, 세이렌이 부르는 노래 사이로 미끄러지듯이 움직이며 격렬한 기쁨의 도시를 향해 떠나는 형형색색의 돛대가 달린 배들이 눈앞에 생생하게 떠오르는 듯했다.

나는 그렇게 격렬하면서도 상쾌한 기쁨에 몸을 떨며 돌아다녔다.

마치 밤 축제의 요란한 소리가 귓전을 때리는 것 같았다. 폭죽이 터지면서 초록빛 별들이 폭포를 이루며 밤하늘에서 쏟아져 내렸고, 여신들이 두꺼비의 플루트 연주를 들으며 웃는 동안 지상의 배불뚝이 정령들과 원숭이들은 저글링을 하고 있었다.

이처럼 떠들썩한 소리가 귓전을 울리고, 즐거운 정경이 눈앞에 어른거리는 가운데 걷다보면 아무리 먼 길이라도 금세 도착한 기분이 들었다.

나는 시장에 들어가 **노점상들**과 이야기를 나누고 물건을 더 팔거나 받은 물건이 마음에 들지 않는 고객들과 언쟁을 벌이기도 했다. 그들은 계산대 아래에서 자르고 남은 종잇조각을 보여주면서 말하곤 했다. 얼핏 봐서는 그걸로 파티에서 던지는 종이테이프를 만들 수도 있을 것 같았다.

"당신 같으면 이런 종잇조각으로 뭘 할 것 같아요?"

그럴 때면 나는 이렇게 대꾸했다.

"아, 그 **자투리 종이**는 너무 작아서 그림도 못 그리겠네요. 하긴, 이 세상에는 별의별 사람이 다 있으니까 모르죠. 그걸로 뭘 할지."

내가 아무리 그럴싸하게 둘러대도 시장 상인들은 쉽게 넘어가지 않았다. 그들은 동료 상인들을 불러 증인으로 내세우고는, 이제부터 나한테서 종이를 1킬로그램도 사지 않겠노라고 다짐하곤 했다.

그러면 나도 가만히 있지 않고, 화난 척하면서 상스러운 말을 몇 마디 내뱉었다. 그러곤 계산대 뒤로 당당히 들어가 종이 꾸러미를 뒤지다 조금만 잘 살펴봤더라면 고기 포장지로 쓰고도 남았을 만한 종이 몇 장을 빼냈다.

"이건요? 이런 종이는 왜 안 보여준 거죠? 설마 제 손으로 이런 종이를 일일이 골라내라는 건가요? 저 종이가 그렇게 마음에 안 들면 특수 커트지를 사면 되잖아요?"

정육점 주인들과 생선 행상들, 거칠고 허세가 심해 싸움을 좋아하는 구경꾼들과의 말다툼은 늘 그런 식이었다.

봄날 오전에 전차가 지나다니고, 상점들의 차양으로 장식된 거리를 **거니는 것**도 좋아했다. 안이 어두컴컴한 대형 잡화점과 선반에 버터 덩어리가 수북이 쌓여 있어 시골 농장처럼 생기 넘치는 분위기를 풍기는 치즈 가게, 울긋불긋한 유리 진열장이 비치되어 있고 부인들이 계산대 옆에 앉아 가벼운 직물 몇 필을 구경하는 가게의 정경도 보기 흥겨웠다. 그리고 철물점에서 풍기는 페인트 냄새와 만물상의 기름 냄새는 내 감각 속에서 뒤섞여 황홀한 기분이 들 정도로 향긋한 냄새로, 또 앞으로 내가 이야기하게 될 세계적인 수준의 파티에서나 맡을 수 있는 향기로 느껴졌다.

눈부시게 찬란한 10월의 아침, 나는 신처럼 세상 만물을 아우르면서 더 강해진 느낌이 들곤 했다.

그러다 피곤해지면 밀크 바에 들어가 시원한 음료를 마시며 쉬었다. 실내에 드리운 그늘과 독특한 장식을 보고 있으면, 형언할 수 없는 알람브라 궁전•과 저 먼 안달루시아의 정원 딸린 별장이 눈앞에 떠오르는 것만 같았다. 이와 더불어 산맥 끝자락에 이어진 가파른 땅과 깊은 골짜기에 은빛 띠를

• 에스파냐 남부 안달루시아의 그라나다에 위치한 성으로, '붉은 궁전'이라는 뜻이다. 에스파냐가 이슬람 지배 아래 있던 13~14세기에 지어졌다.

이루며 흘러가는 개울이 아른거렸다. 기타 반주에 맞춰 노래를 부르는 여인의 목소리가 귓전을 울리고, 안달루시아 출신의 늙은 구두 수선공이 기억 속에 아련히 떠오르면서 말했다.

"호세, 그는 장미꽃보다 더 곱게 생겼지."

사랑, 동정심, 삶과 책, 그리고 세상에 대해 고마운 마음이 고개를 쳐들면서 우울하던 내 영혼에 활기가 돌기 시작했다.

내 안에 도사리고 있는 것은 내가 아니라 신이었다. 산과 숲, 그리고 하늘과 기억의 조각으로 만들어진 신.

종이를 충분히 팔고 나면 나는 사무실로 발걸음을 돌렸다. 걸어서 가기에는 꽤 먼 거리였지만, 터무니없는 생각, 가령 누군가로부터 7000만 페소를 상속받았다든가 하는 식의 공상에 잠겨 가다보면 사무실에 도착할 때까지 조금도 피곤한 줄 몰랐다. 하지만 사무실로 들어서는 나를 향해 몬티가 불같이 화를 낼 때면 허황된 망상이 순식간에 사라져버렸다.

"레메디오스 거리의 정육점 주인이 커트지를 반품했어."

"왜죠?"

"그걸 내가 어떻게 알아! 아무튼 마음에 안 든다더군."

"벼락 맞을 놈 같으니."

끈으로 다시 묶인 채 어두운 안뜰에 내팽개쳐진 더러운 종이 꾸러미를 보자 말로 표현할 수 없는 좌절감이 밀려왔다. 더구나 정육점 주인이 더러운 손으로 마구 만진 탓에 군데군데 피와 기름의 얼룩이 남아 있었고, 모서리에는 진흙이 잔뜩 묻어 있었다.

문제는 이런 식의 반품이 너무 잦다는 점이었다.

차후에 이런 사건이 재발하지 않도록 나는 구매자에게 미리 확실하게 다짐을 받아두었다.

"보세요. 이 커트지는 종이를 모양에 맞게 자르고 남은 자투리예요. 필요하시면 특수 커트지를 보내드릴 테니까 말씀하세요. 그건 1킬로그램당 8센타보로 조금 비싸지만, 버리는 것 없이 전부 사용하실 수 있어요."

"난 괜찮으니까 싼 걸로 보내줘요." 정육점 주인들은 대개 이렇게 말하곤 했다.

하지만 막상 종이를 배달하면, 그들은 1킬로그램당 몇 센타보라도 깎아달라고 우기기 일쑤인 데다 원하는 대로 가격을 깎아주지 않으면 찢어진 종이를 반품하겠다고 으름장을 놓곤 했다. 사실 그런 종이를 2킬로그램 내지 3킬로그램만 반품해도 수수료가 다 날아가버리기 때문에 나로서는 손해가 막심했다. 더 나아가 그들이 아예 돈을 주지 않을 때면 그 피해가 모두 내게 돌아왔다…….

그리고 몬티와 내가 너무 억울하고 화나서 울지 않으려고 그냥 웃고 넘겼던 어처구니없는 사건도 종종 있었다.

가령 우리 고객 중에는 일방적으로 정한 날짜와 시간에 자기 집으로 종이를 배달해달라고 요구하는 돼지고기 정육점 주인이 있었는데, 이는 사실상 불가능한 일이었다. 그리고 법

률이 정한 절차에 따라 작성된 영수증을 건네주지 않으면, 배달 마부에게 욕설을 퍼부으면서 물건을 반품하는 사람도 있었다. 물론 고객에게 영수증을 반드시 발급해줄 필요는 없었다. 또 배달된 종이를 일주일간 써보고 난 뒤에야 대금을 지급하는 이도 있었다.

시리아나 레바논 출신 장사치들이 어떤지에 관해서는 더 왈가왈부 말기로 하자.

내가 시장에 가서 알 모타미드의 안부를 묻자 그들은 내 말을 못 알아들은 척하거나 어깨를 으쓱한 뒤 고개를 돌리고는 어느 뻔뻔스러운 친척 여자의 고양이에게 주려고 허파를 썰었다.

그러고 나서 그들에게 물건을 팔려고 오전 내내 시달리다가 흥정이 끝나면 25킬로그램짜리 종이 꾸러미 하나를 처음 들어보는 변두리 동네(엄청나게 먼 곳에 있었다)까지 보내야만 했다. 단돈 75센타보를 벌려고 말이다.

해가 질 무렵, 더러운 얼굴에 과묵한 마부는 지친 말을 이끌고 돌아왔다. 마차에는 가지고 갔던 종이 꾸러미가 그대로 남아 있었다. 마부가 말했다.

"이건 배달하지 못했구먼요." 마부는 언짢은 표정으로 짐 꾸러미를 바닥에 내던졌다. "정육점 주인은 도살장에 갔다고 하더라고요. 그런데 그의 아내가 나오더니 자기는 모르는 일이라면서 안 받겠다고 그러지 뭡니까요. 그리고 다른 짐은 주소가 잘못된 모양이에요. 가보니까 샌들 공장이 있더라고요. 오가는 사람들을 붙잡고 물어봤지만, 이 거리에 대해 아는 사람이 아무도 없지 뭡니까요."

그런 일이 생길 때마다 우리는 반드시 지켜야 할 절차와 약속 따위를 깡그리 무시해버리는 망할 놈들에 대해 악담과 욕설을 퍼붓곤 했다.

마리오와 내가 같은 사람으로부터 주문받을 때도 종종 있었다. 그래서 주문품을 보내면, 더 싼 가격을 부른 제삼자로부터 물건을 구매했다면서 인수를 거부하기도 했다. 또 어떤 이들은 아무것도 주문한 적이 없다고 뻔뻔스럽게 발뺌하기도 했다. 마땅한 이유가 없으면 없는 핑곗거리라도 만들어낼 놈들이었다.

이러다보니 일주일에 70페소나 번 줄 알았지만 실제로 받은 돈은 25페소에서 30페소에 불과했다.

아, 쓰레기만도 못한 인간들! 망할 놈의 장사꾼들, 가게 주인들, 약사들! 얼마나 쪼잔하고 까다로운지 맨날 이것저것 알려달라고 귀찮게 굴지 않나, 그놈의 무료 샘플을 내놓으라고 성화를 부리지 않나!

마그네시아나 붕산 같은 글자가 인쇄된 봉투 천 장 정도만 팔려고 해도 그들에게 자주 찾아가서 얼굴도장을 찍는 수밖에 없었다. 그렇게 해도 그들은 미리 샘플과 여러 종류의 인쇄체를 보여달라고 요구하면서 결국 이렇게 말하기 일쑤였다.

"한번 검토해볼 테니까 다음 주에 들러봐요."

나는 그간의 경험을 토대로 시장 상인들(창백한 얼굴에 모자를 쓰고 계산대 뒤에서 강철처럼 차가운 눈빛으로 사람을 쏘아보는 이들)의 심리와 계통발생에 관해 글을 쓸 수 있겠다고 여러 번 생각했다.

아무튼 그들에게 물건을 보여주는 것만으로는 충분치 않았으니까!

어떤 물건이든 팔려면, 재치 있으면서도 교묘한 말투가 몸에 배어 있어야 한다. 우선 단어를 잘 선택하고 말하고자 하는 내용을 미리 잘 다듬어서 평소에 제대로 생각해본 적이 없는 이야기를 나누면서도 상대를 세심하게 구슬려야 한다. 그리고 하찮아 보이는 일에도 열의를 보일 뿐만 아니라 상대의 심정을 헤아려 슬픈 표정을 지어 점수를 따고 전혀 끌리지 않는 일에도 적극적으로 관심을 보여야 한다. 융통성을 발휘해 상황에 따라 다양한 태도를 보여주고, 즐거운 분위기를 이끌어나갈 줄 알아야 한다. 아무리 변변찮은 것이라도 진심으로 고마워하고, 아무리 무례한 말을 들어도 당황하거나 싫은 내색을 보여서는 안 된다. 언짢고 씁쓸해하는 표정을 짓고 짜증을 부리며 무례하게 대꾸하고 싶어도 이왕 고생할 바에는 잘 참으면서 힘든 시간을 견딜 줄 알아야 한다. 몇 센타보라도 벌기 위해서는 그 어떤 고통이라도 참고 이겨낼 수 있어야 한다. **그게 인생이니까.**

이런 일을 하는 사람이 세상에 단 한 명만 있다면 얼마나 좋을까……. 하지만 우리와 거래하면 어떤 점이 이득인지 끈질기게 설득하는 바로 그곳에 똑같은 제품을 들고 와 조금씩 다른 조건을 제시하는(그렇게 하는 것이 상인들에게는 훨씬 유리하다) 영업 사원들이 수도 없이 드나들고 있다는 점을 알아야 한다.

한 사람이 서로 이익을 나누기 위해 많은 사람 중에서 단 한 명을 고르는 이유를 어떻게 설명하면 좋을까?

한 개인과 상인 사이에 물질적이면서도 정신적인 관계, 즉 경제적, 정치적, 종교적, 심지어는 사회적 견해를 바탕으로 한 무의식적이거나 날조된 관계가 형성되어 있기 때문이라고 해도 과언은 아닐 듯하다. 그래서 설령 바늘 한 상자를 팔 때도(급하게 팔아야 하는 상황을 제외하면) 뉴턴의 이항방정식을 풀 때보다 훨씬 더 많은 난관에 부딪치게 되는 것이다.

그렇지만 그게 다라면 얼마나 좋을까!

그뿐 아니라 자기감정을 잘 다스릴 줄 알아야 프티부르주아들의 거만하고 뻔뻔스러운 작태를 견뎌낼 수 있다.

장사꾼들은 일반적으로 하층계급 출신으로 어리석으면서도 교활한 인간들이다. 그들은 고통스러운 희생을 통해, 그리고 법의 허점을 이용한 절도와 사취(詐取), 아무도 눈치채지 못하거나 일부러 눈감아주는 부정과 위조를 통해 부를 축적했다.

늘 크고 작은 규모의 자본을 다루는 데다 신용 대출을 받아 귀족인 양 행세하는 이런 망나니들은 거짓말하는 습관이 몸에 배어 있다. 그 때문에 목에 힘을 주고 다니면서 군대에서처럼 부하 직원들을 함부로 대하고 막말을 퍼붓는 데 익숙하다. 그러니 거래를 트기 위해 자기들을 만나러 오는 낯선 사람들한테는 오죽하겠는가.

아! 사무실의 감시창 뒤에서 그날그날의 수입을 냉혹하게 기록하는 돈 많은 저 사기꾼들의 횡포를 생각하면 지금도 얼마나 마음 아프고 치가 떨리는 줄 모른다. 그리고 그들의 주둥이에서 튀어나온 상스럽고 비열한 말을 들을 때마다 순간적으로 살인 충동이 일면서 온몸에 경련이 일어난다. 사무실로 찾아가면, 그들은 꼭 이런 식으로 말한다.

"이봐요, 당장 꺼지라고요. 우린 대기업 제품만 사니까."

아무리 속이 끓어올라도 우리는 꾹 참고 미소 지으며 인사를 건넨다……. **그게 인생이니까.**

어쩌다 영업이 일찍 끝나면 밖에 조금 더 있다가 들어가고 싶은 날도 있었다. 그럴 때면 마차 관리인과 잡담이나 나눌 겸 플로레스 시장•에 가곤 했다.

거기도 여느 시장이나 다를 바가 없었다.

• 부에노스아이레스 아베야네다 거리에 있는 전통 시장.

하얗게 회칠한 집들이 양편으로 늘어서 있고, 태양의 바다가 넘실거리는 거리를 따라 걷다보면, 어느 순간 시장이 불쑥 모습을 드러냈다.

시큼한 채소 냄새가 바람을 타고 실려 오면, 양철 계산대에 시원한 그늘을 드리워주는 노점상들의 차양이 도로 한복판을 따라(보도와 평행하게) 늘어서 있었다.

지금도 그 장면이 눈앞에 생생히 떠오른다.

노점상들은 두 줄로 길게 이어져 있다.

한 줄은 정육점과 돼지고기 판매상, 달걀 장수와 치즈 장수들로 이루어져 있고, 다른 줄에는 채소 장수들이 모여 있었다. 과일과 채소 바구니 옆에 수염을 덥수룩하게 기른 셔츠 바람의 남자들과 각양각색의 외침과 다양한 빛깔이 화려하게 어우러져 만들어내는 행렬은 저 먼 곳까지 길게 펼쳐졌다.

그 줄은 생선 장수들의 노점으로 시작된다. 그들 앞에 펼쳐 놓은 황토색 바구니는 불그스레한 새우, 파란 고등어, 초콜릿 빛깔의 조개, 창백한 납빛의 바다 고둥, 아연처럼 하얀 대구로 가득 차 있다.

그 사이를 어슬렁거리며 돌아다니는 개들은 버려진 내장이 눈에 띄면 잽싸게 낚아채 달아난다. 그리고 가슴까지 오는 앞치마를 두르고 털이 북슬북슬 난 팔을 드러낸 노점상들은 손님이 고른 생선의 꼬리를 잡고 도마 위에 놓는다. 그러곤 단칼에 배를 가른 뒤 손가락을 등뼈까지 밀어 넣어 내장을 모두 꺼내고 단숨에 두 동강 낸다.

더 안쪽에서 소 내장을 파는 여인네들은 양철 계산대 위에서 내장을 씻거나 벌건 빛깔의 커다란 간을 갈고리에 건다.

어떤 노점상의 단조로운 고함이 열 번이나 되풀이되고 있다.

"손님들, 신선한 고등어가 왔어요……. 신선해요."

또 다른 상인이 외치는 소리도 들린다.

"자, 보세요……. 여기 좋은 물건이 한가득 있어요. 어서 와서 보세요."

붉은빛의 톱밥으로 덮인 얼음 조각들이 궤짝에 담긴 생선 등에서 천천히 녹고 있다.

나는 첫 번째 노점에 들어가서 물었다.

"**절름발이**는 어디 있죠?"

두 손을 허리에 짚은 상인들은(숨을 쉴 때마다 더러운 앞치마가 달싹거리고 있었다) 코맹맹이 소리로, 혹은 카랑카랑한 소리로 고함을 질렀다.

"**절름발이**, 이리 와봐, **절름발이.**"

평소 그를 아끼고 귀여워하던 터라 상인들은 그의 별명을 부르며 너털웃음을 터뜨렸다. **절름발이**는 멀리서 나를 알아보았지만, 인기를 만끽하기 위해 약간 다리를 절면서 일부러 천천히 걸어왔다. 그런데 평소 알고 지내던 하녀가 어느 노점 앞에 있는 것을 본 그는 채찍 끝으로 모자챙을 살짝 들어 올렸다.

그는 그녀 앞에 멈추더니 이야기를 나누었다. 그는 이야기하는 내내 뻐드렁니를 내보이며 특유의 짓궂은 미소를 지었다. 그러더니 자기에게 음란한 손짓을 하는 정육점 급사 녀석들에게 얼굴을 살짝 돌려 윙크하면서 다시 걸음을 옮기기 시작했다.

"**절름발이**…… 이봐, **절름발이**……. **이리 와보라니까**." 다른 쪽에서도 그를 부르는 소리가 났다. 그러자 그 놈팡이는 우리 쪽으로 각진 얼굴을 돌리며 좀 기다리라고 하더니 노점 앞에 몰려 있는 여자들을 팔꿈치로 밀치며 나아갔다. 그중에서 그를 아는 여자는 아무도 없었다. 탐욕스럽고 인상이 고약한 할머니들과 성격이 까탈스럽고 인색한 젊은 여자들, 얼굴이 창백하지만 무척이나 거만한 여자애들은 각지고 햇볕에 벌겋게 익은 녀석의 두꺼운 낯짝을 의심스러운 눈초리로, 불쾌한 내색을 감추지 못한 채 노려보았다.

그는 바글바글하게 모여 있는 여자들의 엉덩이를 슬쩍 만지는 걸 좋아하는 놈팡이였다.

"**절름발이**…… 어서 와보라고, **절름발이**."

이처럼 **절름발이**는 가는 곳마다 인기를 누렸다. 더구나 역사적 인물들이 다 그렇듯이 녀석은 여자친구를 사귀고, 이웃집 여인과 인사 나누기를 좋아했다. 그리고 저질스러운 장사치들과 뚱뚱한 시장 여자들 사이에서나 들을 법한 음담패설과 걸쭉한 너스레가 오가는 분위기를 특히 즐겼다.

상스럽고 추접스러운 말을 할 때마다 불그스레한 얼굴이 돼지기름이라도 바른 것처럼 반짝반짝 빛이 났다. 내장 파는 여자들과 채소 노점상들과 달걀 장수들은 망나니 녀석이 시도 때도 없이 내뱉는 육두문자를 듣고 그렇게 좋아할 수가 없었다.

녀석이 눈에 띄기만 하면 그들은 당장 오라고 성화를 부렸다.

"**절름발이**…… 이리 와보라니까, **절름발이.**" 우람한 체격의 정육점 주인들과 나폴리 출신의 건장한 자식들은 물론이고 수염을 덥수룩하게 길러 꾀죄죄한 몰골로 보따리 장사를 하면서 간신히 하루하루 먹고사는 사람들, 마르거나 뚱뚱하고 마음이 비뚤어지거나 교활한 천덕꾸러기들, 생선과 과일을 파는 행상들, 고기를 파는 이들과 버터 장수들, 돈에 환장한 어중이떠중이들은 **절름발이**의 상스럽고 추접스러운 입담과 **절름발이**의 넉살 좋은 말재주에 모두 넋을 잃었다. 거들먹거릴 뿐만 아니라 버릇없고 능글맞은 **절름발이**는 자기가 시장의 마스코트라도 되는 양 채소 줄기와 양배추, 오렌지 껍질이 여기저기 흩어진 통로를 따라 어깨와 엉덩이를 흔들고 외설적인 노래를 입으로 흥얼거리면서 걸어갔다.

그리고 공짜로 하룻밤을 즐기는 것도 아주 근사하지

그는 보잘것없는 건달에 지나지 않았지만, 여러 재능을 두루 갖춘 녀석이었다. 그는 말에서 떨어져 한쪽 다리가 비틀린 그날부터 마차를 관리하는 훌륭한 직업에 종사해왔다. 늘 똑같은 제복, 그러니까 초록색 플란넬 바지와 투우사 옷처럼 보이는 상의를 입었다.

검은색 옷깃 위로 맨살이 드러난 목에는 빨간색 스카프를 둘렀고, 기름때로 찌든 챙 넓은 모자를 눌러쓴 덕분에 이마에 짙은 그림자가 드리웠다. 그는 부츠 대신 분홍빛 아라베스크 무늬가 들어간 보랏빛 캔버스 천 샌들을 신고 다녔다.

그는 장난삼아 서로 사납게 물어뜯는 말들을 진정시키기 위해 채찍을 든 채(잠시도 손에서 채찍을 놓지 않았다) 한 줄로 늘어선 마차를 한쪽 끝에서 다른 쪽 끝까지 절뚝거리며 살폈다.

절름발이는 마차를 관리하는 것 말고도 도둑질을 했고, 취미 삼아 **뚜쟁이** 노릇을 하는가 하면 상습적으로 노름을 즐기기도 했다. 실제로 녀석은 정이 많고 성격이 사근사근해서 남을 잘 도와주지만, 때에 따라서는 비열한 짓도 서슴지 않는 망나니였다.

그는 기수가 되려고 훈련받았다고 말했다. 하지만 자기를 질투하던 동료들이 심사 당일에 말을 놀라게 해 낙마하는 바람에 한쪽 다리를 못 쓰게 되었다고 했다. 내 생각에 녀석은 마구간에서 말똥 치우는 일 말고는 해본 적이 없을 것 같았다.

그렇지만 그는 어느 복자가 성인 열전에 나오는 성인들을 아는 것보다 말의 이름과 특성에 대해 더 많이 알고 있었다. 그의 기억력은 혈통 있는 말들의 《고타 연감》•이나 다를 바 없었다. 그가 분초를 다투는 경마 기록에 대해 떠들어대면, 천문학자의 이야기를 듣고 있는 듯한 착각마저 들었다. 그리고 그가 자기 이야기를 털어놓을 때, 또 자기처럼 훌륭한 기수를 잃은 것은 나라의 비극이라고 말할 때면 그와 부둥켜안고 울고 싶었다.

'세상에 저런 놈팡이 같은 놈이 다 있다니!'

내가 그를 만나러 마구간으로 찾아가면, 그는 여자들과 이야기하다 말고 나와서 내 팔을 붙잡으며 이렇게 운을 떼곤 했다.

"담배 한 개비만 줘봐……." 우리는 죽 늘어서 있는 마차를 따라 걷다가 덮개가 가장 좋은 마차에 올라타 오랫동안 대화를 나누었다.

그가 말했다.

"이봐, 터키인 살로몬의 물건을 슬쩍 했어. 그자가 깜박 잊고 마차에 양 다리를 놓고 갔더라고. 그래서 **꼬마**(내 후배)를 불러 당장 방으로 가져오라고 했지."

그의 말이 계속되었다.

• 유럽의 왕실 및 귀족, 고위 정치 지도자와 외교관 등 명사들을 나라별로 기록한 연감.

“며칠 전에는 어떤 할망구가 오더니 물건을 실어달라고 하지 뭐야. 그래서 뭔데 저러나 싶어서 보니까 달랑 짐 꾸러미 하나더라고……. 그때 내 수중에는 땡전 한 푼 없었어. 완전 알거지였다고……. ‘1페소만 주세요.’ 나는 그렇게 말하고 생선 장수의 마차를 골랐지. 얼마나 달렸는지, 돌아와보니까 9시 15분밖에 안 됐더라고. 그런데 그 늙은 말이 어찌나 땀을 많이 흘리던지 겁이 덜컥 나는 거야. 그래서 말을 묶고 털을 잘 말려주었지. 그 에스파냐 놈이 오늘하고 어제 마차가 잘 있는지 보려고 몇 번이나 여기 찾아온 걸 보면 무언가 이상한 낌새를 눈치챈 게 틀림없어. 다음번에 그런 일이 있으면 소 내장 파는 여자의 마차를 쓰는 게 좋을 것 같아.” 내가 빙긋 미소를 짓자 그는 덧붙여 말했다.

“이봐, 어떻게든 먹고살아야 하잖아. 한번 생각해봐. 방값으로 10페소 나가지, 또 일요일에는 **수 마헤스타드, 바스키토, 라 아도라다**•에게 돈을 두 배로 걸지……. 그런데 수 마헤스타드, 그놈 때문에 돈을 모두 날려버렸다니까.” 그런데 바로 그때, 그는 저 끝 쪽에서 마차 뒤로 몰래 돌아다니는 부랑자 두 놈을 발견하고는 고래고래 소리를 질렀다.

“야! 이 개자식들아! 너희들 거기서 뭐 하는 거야?” 그는 채찍을 휘둘러대면서 그쪽으로 달려갔다. 그는 마구를 조심스

• 모두 경마에 출전한 말로 보인다.

럽게 살펴본 뒤 투덜거리며 돌아왔다. "저런 놈들이 뒤판이나 고삐 같은 것을 훔쳐 가면 난 망하는 거라고."

비가 내리는 날이면 나는 그와 함께 오전 시간을 보내곤 했다.

마차의 덮개 아래에서 **절름발이**는 뛰어난 손재주로 가방과 상자를 가지고 멋진 안락의자를 뚝딱 만들어냈다. 그를 찾을 때는 아치 모양의 덮개 아래에서 담배 연기가 솔솔 피어오르는 곳으로 가기만 하면 됐다. 심심해지면 **절름발이**는 채찍 손잡이를 기타처럼 잡고, 눈을 반쯤 감은 채 담배를 있는 힘껏 빤 다음 때로는 분노가 끓어오르는 듯 떨리는 목소리로, 또 어떨 때는 욕정에 사로잡힌 나머지 고통스러운 목소리로 노래를 부르곤 했다.

> 나에겐 방이 하나 더 있다네, **뚜쟁이**여
> 거기서는 언제나 더 일찍 11시를 친다네
> 그래서 나는 그녀에게 그 방을 얻어준 거지
> 그래서 나는 그녀에게 그 방을 얻어준 거지
> 그녀 홀로 사랑의 쾌락을 만끽하도록

모자를 귀까지 눌러쓰고 셔츠 단추를 풀어 헤쳐 햇볕에 그을린 가슴을 훤히 드러낸 채 코로 담배 연기를 내뿜는 **절름발이**의 모습은 영락없는 도둑놈이었다. 그는 나를 볼 때마다 이렇게 묻곤 했다.

“이봐, **금발.** 내가 **도둑놈**처럼 생기지는 않았지?”

그러지 않으면 그는 길게 담배 연기를 내뿜으며 나직한 목소리로 카바이토에서 보낸 어린 시절과 빈민가의 이야기를 들려주곤 했다.

주로 대낮에 벌어진 강도와 약탈 사건에 관한 이야기였다. 그런 이야기를 할 때면, 언제나 **마늘 대가리, 잉글랜드 놈,** 아레발로 형제의 이름이 등장했다.

절름발이는 울적한 표정으로 말했다.

“그럼 기억나고말고! 난 그때 코흘리개 꼬마였어. 당시 나는 매일 멘데스 데 안데스 거리와 베야 비스타 거리가 만나는 곳으로 가서 어떤 에스파냐 사람이 운영하던 식료품점 유리창에 기대서 있었지. 그런데 그곳 주인아저씨는 좀 **모자란 사람**이었어. 그의 아내는 기회만 생기면 외간 남자들이랑 놀아났고, 그렇게 해서 두 딸이 태어난 거야. 그럼, 기억나고말고! 그놈들은 늘 거기 모여 햇볕을 쬐면서 빈둥거리거나 지나가는 사람들에게 괜한 시비나 걸면서 노닥거렸지. 심심하던 차에 촌놈이 지나가면, 가만히 내버려두지 않았어.

‘누가 돼지 다리 처먹었어?’

‘그거야 당연히 밀짚모자• 쓴 놈이지.’

• 가난한 시골 사람을 뜻한다.

그들 중 하나가 소리 지르면, 옆에 있던 이가 이런 식으로 맞장구를 쳐주었지. 하여간 멍청하기 짝이 없는 인간들이라니까. 화난다고 그런 놈들한테 뭐라고 하면, 몽둥이로 냅다 후려칠 거라고. 그래, 기억나. 새벽 1시쯤이었을 거야. 터키 놈 하나가 오고 있었지. 그때 난 바 맞은편에 있는 프랑스인의 철공소에 늙은 말과 함께 있었어. 정말 눈 깜짝할 사이의 일이었지. 터키 촌놈의 모자가 거리 한가운데로 날아가버리자 놈은 곧장 권총을 뽑아서 쏘려고 하더군. 그때 **잉글랜드 놈**이 녀석을 한주먹에 때려눕혔지. 아레발로는 놈이 들고 있던 바구니를 **낚아채고, 마늘 대가리**는 잽싸게 그의 지갑을 훔쳤어. **짭새**가 들이닥쳤을 때, 거기에는 밀짚모자와 코가 깨진 채 울고 있는 터키 놈만 있었지."

그들 중에서 가장 성격이 포악한 놈은 아레발로였다. 그는 키가 크고 호리호리한 몸에 피부가 까무잡잡했고, 애꾸눈이었다. 게다가 여러 여자를 거느리고 살았다. 그가 가장 마지막으로 낚아챈 여자는 어느 병장의 여자였다. 그 때문에 그는 이미 지명수배자 명단에 올라 있었다. 그러던 어느 날 밤, 그는 어느 허름한 카페(그 사건 후 이 카페는 산 에두아르도 거리로 자리를 옮겼다)에서 다른 매춘 알선 업자들과 함께 경찰에 **일망타진**되고 말았다. 경찰은 그의 몸을 수색했지만, 어떠한 무기도 발견하지 못했다. 어느 경사가 그에게 쇠고랑을 채워 끌고 갔다. 차가 아직 어둠에 싸인 보고타 거리에 도착하기 직전, 아래발로는 얇은 종이에 싸서 셔츠 속 가슴께에 숨겨놓은 잭나이프를 꺼내 경사의 심장을 찔렀다. 얼마나 깊게 찔렀는지 경사의 가슴에는 잭나이프의 손잡이만 남아 있었다. 경사는 그 자리에서 꼬꾸라졌다. 그는 곧장 달아나 다림질을 하며 근근이 살아가던 여동생의 집에 숨었지만, 바로 다음 날 **체포**되고 말았다. 들리는 말에 따르면 그는 경찰에 끌려가 **경찰봉**으로 너무 많이 두들겨 맞아 결국 폐결핵에 걸려 세상을 떠났다고 한다.

아무튼 **절름발이**의 이야기는 늘 이런 식이었다. 단조롭고 어두울 뿐만 아니라 피비린내가 진동할 정도로 잔혹했다. 간혹 시장 문을 닫을 시간이 되기도 전에 이야기가 끝나면, **절름발이**는 언제나 자기랑 같이 가자고 했다.

"이봐, **금발.** 우리 찌꺼기라도 받으러 가볼까나?"

"그러지, 뭐."

절름발이는 가방을 어깨에 멘 채 노점과 가게를 돌아다녔다. 그가 상인들과 노점상들에게 일일이 부탁하지 않아도 그들은 그를 보자마자 먼저 소리쳤다.

"이봐, **절름발이.** 이거 받게나." 그는 상인들이 던져주는 돼지비계나 살점이 붙은 뼈다귀를 받았다. 채소 장수들은 양배추를 주는 경우가 많았지만, 다 떨어지면 감자나 양파를 주었고, 달걀 장수 아주머니들은 버터를, 내장 파는 아저씨들은 팔고 남은 소간 조각을 던져주었다. 그러면 신이 난 **절름발이**

는 모자를 한쪽으로 기울어지게 눌러쓰고 채찍을 어깨에 걸친 채 가방을 들고, 왕이라도 된 것처럼 으스대며 상인들 앞을 지나가곤 했다. 가장 인색하고 가장 못돼먹은 장사꾼들도 꾹 참고 그에게 팔고 남은 물건을 주었다. 안 그랬다가는 녀석한테 어떤 식으로든 해코지를 당하리라는 것을 알고 있기 때문이었다.

이처럼 일과를 마치고 나면 그는 이렇게 말했다.

"자, 가서 나랑 같이 밥이나 먹자."

"아냐, 집에서 식구들이 기다리고 있어."

"무슨 소리야! 괜히 애처럼 징징거리지 마. 여기서 감자튀김을 곁들인 비프스테이크를 해서 먹자고. 우선 배때기를 채우고 나면, 그다음에는 와인이 있어. 조금만 마셔도 취하는 산후안•산 와인이야. 그것도 한 항아리나 샀다고. 쓰지 않고 놓아둔 돈은 어차피 **노름으로 날려버리기** 일쑤니까."

나는 **절름발이**가 왜 같이 점심을 먹자고 떼를 쓰는지 잘 알고 있었다. 자기가 발명한 물건에 대해 내 의견을 구하고 싶었던 것이다. 녀석은 워낙 게을러서 빈둥거렸지만, 분명 발명가의 재능이 있었다. 언젠가 **절름발이**는 어린 시절 **말들의 다리 사이에서** 자랐다고 내게 털어놓았다. 그리고 그는 시에스타 시간에도 자기가 발명한 기계장치를 조립하고 완성하느

● 아르헨티나 서부에 있는 자치주로, 와인 생산지로 유명하다.

라 애를 썼다고 했다. 그건 오로지 다른 이에게서 돈을 긁어내기 위해서였다. 언젠가 내가 경이로운 전기도금 기술에 관해 설명한 적이 있었는데, 그때 넋을 잃고 내 말을 듣던 녀석의 모습이 지금도 눈에 선하다. **절름발이**는 내 말을 듣고 며칠 동안이나 나를 졸졸 쫓아다니며 자기랑 같이 위조지폐 공장을 세우자고 설득했다. 도대체 돈을 어디서 구할 거냐고 묻자 그는 이렇게 대답했다.

"내 주변에 돈깨나 만지는 사람이 있어. 괜찮다면 내가 소개해줄 테니까 만나서 함께 의논해보자. 그건 그렇고…… 갈 거야, 안 갈 거야?"

"가자."

절름발이는 갑자기 날카로운 눈빛으로 주변을 두리번거리더니 찢어지는 목소리로 고함을 질렀다.

"야, **꼬마**야!"

꼬마는 자기 또래의 아이들과 싸우다가 그의 목소리를 듣고 쏜살같이 달려왔다.

얼굴을 봐서는 열 살도 채 되지 않은 듯했고, 키도 120센티미터가 안 될 만큼 작았다. 하지만 그 어린 나이에 가족도 집도 없이 떠돌이로 살면서 홀로 험한 세파를 헤쳐나간 탓인지 몽골족처럼 광대뼈가 툭 불거진 얼굴에는 벌써 깊은 주름이 파여 있었다.

녀석의 코는 납작했고, 입술은 두툼했다. 더구나 머리숱이 너무 많아서 곱슬곱슬한 더벅머리에 덮인 귀는 보이지도 않았다. 이처럼 꾀죄죄한 몰골의 인디오 꼬마 녀석은 발목까지 내려온 바지와 바스크인이 운영하는 우유 가게 배달부들의 검은색 작업복을 걸치고 있었다.

절름발이는 녀석에게 강압적으로 명령했다.

"이거 받아."

꼬마는 가방을 받아 어깨 뒤로 넘기고 잽싸게 어디론가 갔다.

꼬마는 **절름발이**의 하인이자 요리사, 심부름꾼이자 조수였다. **절름발이**는 길거리에서 개를 주워 오듯 녀석을 데리고 왔다. **꼬마**가 하인 노릇을 하는 대가로 녀석을 입혀주고 먹여주었다. **꼬마**는 주인에게 가장 충직한 하인이었다.

"있잖아." **절름발이**가 내게 말했다. "며칠 전에 어떤 여자가 어느 노점에서 지갑을 열다가 5페소를 떨어뜨린 거야. 그랬더니 **꼬마** 저놈이 발로 슬쩍 돈을 감추고, 조금 있다가 잽싸게 집더라니까. 집에 돌아갔는데, 석탄이 **한 덩어리**도 남아 있지 않더라고. '혹시 외상으로 줄지도 모르니까 한번 가봐.' 내가 말했지. '그럴 필요 없어요.' 저 미친놈이 말을 마치기가 무섭게 주머니에서 5페소를 꺼내더라고."

"저런! 나쁘지 않은데."

"저 녀석이 그다음으로 손을 댄 건 **강도질**이야. 그것 말고 **꼬마**가 뭘 하는지 알아?"

"말해봐."

"한번 맞혀보라니까! 어느 날 오후에 저놈이 나가는 걸 봤어."

"어디 갔는데?" 나는 궁금증을 참지 못하고 물었다.

"교회로 가더라고."

"교회에 가다니, 그게 뭔 소리야?"

"**그렇다니까.** 녀석이 그러는데, 성당 입구 벽에 붙어 있는 헌금함 투입구에 1페소짜리 지폐의 끄트머리가 살짝 삐져나와 있더라는 거야. 안에 돈이 가득 들어차서 그 지폐가 들어가다 만 거지. 녀석은 핀으로 그 돈을 끄집어낸 거야. 그런데 녀석은 거기서 그치지 않고, 핀을 낚싯바늘처럼 구부려 헌금함 안에 있던 돈을 모조리 낚아챘다고 하더라고. 상상이나 할 수 있겠어?"

절름발이는 말을 마치고 웃었다. 저 어린 **꼬마**가 혼자서 그런 낚싯바늘을 만들다니 나는 도무지 믿기지 않았다. 하지만 그 능력을 잘만 살리면 훌륭한 어부가 될 것 같았다. 나는 **절름발이**에게 아무 말도 하지 않았다. 대신 그의 등을 두드리며 외쳤다.

"아, **절름발이, 절름발이!**"

그러자 **절름발이**는 입술을 비틀어 이를 드러내며 웃었다.

밤이 되면 가끔 이런 생각이 든다. 연민, 누가 우리를 불쌍히 여기겠는가.

이 세상에서 우리를 가엾게 여길 사람이 누가 있겠는가. 우리처럼 불행한 사람들에게는 그 앞에 엎드릴 신도, 우리의 비참한 삶을 안타깝게 여겨 눈물짓는 하느님도 없다.

도대체 누구 앞에 엎드려 하소연한단 말인가? 그리고 내가 지금까지 걸어온 고난의 가시밭길에 대해서, 뜨거운 오후마다 불쑥 일어나는, 아직도 내 마음속에 들끓고 있는 이 고통과 절망에 대해서 누구한테 속 시원히 털어놓을 수 있단 말인가?

우리는 얼마나 왜소하고 나약한 존재란 말인가. 드넓은 대지마저 우리를 품에 안으려 하지 않았다. 우리는 무기력하게 무너진 채 처참한 꼴로 여기 있다.

우리는 왜 우리의 하느님에 대해 아무것도 모르는 걸까?

오! 하느님이 어느 날 저녁에 나타나 우리의 관자놀이에 손을 댄 채 조용히 우리를 품어주신다면 얼마나 좋을까!

그렇게만 된다면 우리가 뭘 더 바랄 수 있겠는가? 우리는 그분의 환한 미소를 눈동자에 담고, 눈썹에 눈물이 그렁그렁 맺힌 채 걸어가기 시작하리라.

어느 목요일 오후 2시, 여동생은 어떤 사람이 문 앞에서 나를 기다리고 있다고 알려주었다.

밖으로 나갔더니 놀랍게도 평소보다 더 말쑥하게 차려입은 **절름발이**가 보였다. 웬일인지 그는 늘 두르고 다니던 빨간색

스카프 대신 단정한 천 칼라를 달고 분홍빛 꽃무늬 샌들 대신 반짝거리는 구두를 신고 있었다.

"너로구나. 근데 여기까지 웬일이야?"

"**금발,** 지금 안 바빠?"

"응, 괜찮아. 무슨 일인데?"

"그럼 같이 나가자. 할 이야기가 좀 있어서."

"그러지, 뭐. 잠깐만 기다려." 나는 재빨리 안으로 들어가 상의에 칼라를 단 다음 모자를 집어 들고나왔다. 마음이 영 찜찜했지만, **절름발이** 녀석이 이렇게 불쑥 찾아온 속셈을 모르는 이상 긴장의 끈을 놓지 않기로 마음먹었다.

거리로 나가 그의 얼굴을 힐끔 쳐다보고는 내게 전할 중요한 말이 있다는 것을 알아차렸다. 슬금슬금 곁눈질해가면서 내 눈치를 살피다가도 이내 딴 데로 시선을 돌리는 걸 보면, 무슨 꿍꿍이가 있는 것이 분명했다. 궁금해서 견딜 수 없었지만, 꾹 참고 이렇게 묻기만 했다.

"그래서?"

"너, 시장에 안 나온 지 며칠 됐잖아." 그가 입을 열었다.

"그래…… 그사이 좀 바빴거든……. 넌 어때?"

그러자 **절름발이**는 고개를 돌려 나를 쳐다보았다. 그늘이 드리워진 거리를 따라 걸어가는 동안 그는 날씨와 기온에 대해, 그러고 나서 가난과 일상의 노동으로 인해 겪는 좌절과 혼란에 대해 말하기 시작했다. 그리고 지난주에는 고삐 한 짝을 훔쳤다고 털어놓기도 했다. 그런데 이야깃거리가 다 떨어지자 그는 보도 한복판에 멈춰 서더니 갑자기 내 팔을 붙잡고 거칠게 쏘아붙였다.

"이봐, **금발.** 널 믿어도 되는 거니, 아니니? 솔직하게 이야기해봐."

"그런 걸 물으려고 여기까지 끌고 온 거야?"

"어서 대답이나 해봐. 그래, 안 그래?"

"이봐, **절름발이.** 그러는 너는, 날 믿니?"

"응…… 난 널 믿어……. 근데 너랑 툭 터놓고 이야기해도 되는 거야?"

"물론이지."

"이봐, 그럼 일단 저기 들어가서 뭐라도 좀 마시자." **절름발이**는 식료품점의 음료 판매대로 가더니 접시 닦이에게 맥주 한 병을 시켰다. 우리는 어두컴컴한 구석 자리에 앉아 맥주를 마셨다. 잠시 후, **절름발이**가 무거운 짐을 내려놓은 사람처럼 한숨을 내쉬며 말했다.

"**금발,** 네 의견을 듣고 싶어. 넌 **과학을 잘 아는 놈**이니까 하는 말이야. 그런데 있잖아……. 부탁인데, **금발.**"

나는 그의 말을 가로막았다.

"이봐, **절름발이.** 잠깐만. 네가 지금 무슨 말을 하려는지 모르겠지만, 이미 말했다시피 난 어떤 비밀이든 지킬 거라고. 아무것도 묻거나 말하지 않을 테니까 걱정하지 마."

그제야 **절름발이**는 의자 위에 모자를 올려놓았다. 그는 여전히 생각에 잠겨 있었지만, 매처럼 생긴 옆모습을 슬쩍 훔쳐보았더니 아직 이야기를 할까 말까 망설이는지 턱 위의 근육이 가볍게 실룩거리고 있었다. 그의 눈 속에서 분노의 불길이 이글거렸다. 그는 한동안 나를 빤히 쳐다보더니 천천히 입을 열었다.

"정말 어마어마한 계획이야, **금발.** 못해도 만 페소 정도는 건질 거라고."

나는 그를 차갑게 쏘아보았다. 우리에게 엄청난 이득을 안겨다줄 비밀이 무엇인지 알아냈을 때, 오히려 내 눈빛은 언제나 그렇듯 차갑게 가라앉았다. 나는 그에게 자신감을 불어넣으려고 일부러 허세를 부렸다.

"무슨 일을 하려는지 잘 모르겠지만, 그 정도라면 그렇게 큰돈도 아니야."

내 말을 듣자 **절름발이**의 입이 천천히 벌어졌다.

"네가 보기에는 큰-돈-이- 아닌- 모양이구나. 하지만 못해도 만 페소라니까, **금발……**. 최소한 말이야."

"우린 둘이잖아." 나도 물러서지 않았다.

"셋이지." 그가 맞받아쳤다.

"그렇다면 더 문제네."

"하지만 세 번째는 내 여자야." 그는 그 이상 자세한 설명을 하지 않고, 주머니에서 열쇠를 꺼내 테이블 위에 올려놓았다.

작고 납작한 열쇠였다. 나는 열쇠를 만지지 않고 그대로 내버려두었다.

나는 온 정신을 집중한 채 그의 눈을 바라보았다. 그는 마치 기쁨에 들떠 정신이 나간 사람처럼 미소 짓다가도, 순간적으로 안색이 창백해지기도 했다. 그는 맥주 두 잔을 연거푸 마시고 손등으로 입술을 쓱 닦았다. 그러곤 평소와는 다른 목소리로 말했다.

"인생은 참 아름다워!"

"그래, **절름발이.** 인생은 아름다운 거야. 암, 아름답고말고. 넓게 펼쳐진 들판을 떠올려봐. 지구 반대편에 있는 도시들을 상상해보라고. 그리고 우리 뒤를 졸졸 따라다닐 여자애들도. 우린 돈 많은 주인 나리가 돼서 바다 건너 도시로 갈 거라고."

"**금발,** 너 춤출 줄 아니?"

"아니, 난 춤 못 춰."

"사람들이 그러는데, 바다 건너 이국땅에서 탱고를 잘 추면 갑부 여인이랑 결혼한다더라고……. 난 거기로 갈 거야, **금발.** 무슨 일이 있어도 거기로 갈 거라고."

"돈은?"

그는 나를 뚫어지게 바라보았다. 잠시 후, 표정이 밝아지면서 매처럼 날카로운 인상을 풍기는 그의 얼굴도 인자한 미소와 함께 환하게 펴졌다.

"**금발,** 너는 내가 일을 어떻게 **해치우는지** 알면 놀라 자빠질 거야. 이 열쇠 보여? 이건 금고 열쇠야." 그는 주머니를 뒤적거리더니 더 큰 열쇠를 하나 꺼냈다. 그는 하던 말을 계속했다.

"이건 그 금고가 있는 방의 열쇠야. 난 이걸 하룻밤 만에 뚝딱 만들었어, **금발.** 줄로 밀어서 말이야. 깜둥이처럼 뚝딱 **해치웠지.**"

"그 여자가 저 열쇠들을 갖다준 거야?"

"응, 첫 번째 열쇠는 한 달 전쯤에 만들었고, 이건 그저께 만든 거야. 그러고 나서 너를 만나려고 시장에서 기다렸는데, 사람이 나타나야 말이지."

"그래서?"

"나를 도와줄 거야? 둘이서 반으로 나누자고. 모두 만 페소나 된다니까, **금발.** 어제 금고에 돈을 넣었다나봐."

"네가 그걸 어떻게 알아?"

"어저께 그자가 은행에 갔다가 뭉칫돈을 들고 오더래. 그녀가 자기 눈으로 직접 봤는데, 모두 붉은색 지폐였다는 거야."

"나한테 절반을 준다고?"

"물론이지. 절반씩 나눠 갖자고. 어때, 할 생각 있어?"

나는 갑자기 의욕에 불탄 표정을 지으며 자리에서 벌떡 일어났다.

"축하해, **절름발이.** 정말이지 기막힌 생각이야."

"정말 그런 것 같아, **금발?**"

"어떤 대도라도 감히 이런 계획을 세우지는 못했을 거야.

쇠막대로 자물쇠를 부술 필요도 없지, 억지로 문을 뜯을 필요도 없지, 한 방에 깨끗하게 해결할 수 있으니 말이야."

"그렇지, 응?"

"이 친구야, 그렇게 하면 말끔하게 해결할 수 있어. 그 여자는 우리가 숨겨주면 될 테고."

"그럴 필요 없어. 이미 지하실이 딸린 방 하나를 얻어놓았으니까. 처음 며칠 동안은 그녀를 거기 **가둬두면** 될 것 같아. 그리고 시간이 좀 지나면, 남자 옷을 입혀서 북쪽 지방으로 데려갈 생각이야."

"이제 나갈까, **절름발이?**"

"그래, 나가자……."

길 양쪽으로 울창하게 자란 플라타너스가 뜨거운 햇빛을 가려주었다. **절름발이**는 여전히 생각에 잠긴 채 담배 연기를 내뿜고 있었다.

"그 집 주인이 누구지?" 내가 물었다.

"엔지니어라고 하더군."

"아! 엔지니어라고?"

"응, 그건 그렇고. 어서 말해봐, **금발.** 할 생각이 있는 거야?"

"물론이지……. 암, 하고말고……. 종이만 팔러 돌아다니는 것도 이제 질렸어. 매일 똑같은 생활이 반복될 뿐이야. 녹초가 될 때까지 매일 일만 하잖아. 이봐, **절름발이.** 이렇게 사는 게 과연 무슨 의미가 있을까? 결국 우리는 먹기 위해서 일하고, 일하기 위해 먹을 뿐이라고. 즐거운 일도 **없고,** 파티나 축제에 갈 생각은 꿈도 **못 꿔.** 그저 매일 똑같은 일을 반복할 뿐이잖아, **절름발이.** 이제 이런 생활도 **지긋지긋해.**"

"그래, **금발.** 네 말이 맞아……. 그러니까 한번 해볼 거야?"

"응."

"기왕 말이 나왔으니 시간 끌지 말고 당장 오늘 밤에 쳐들어가자고."

"그렇게나 빨리?"

"그럼, 그 남자는 매일 밤 외출한대. 클럽에 간다나봐."

"결혼은 했다니?"

"아니, 독신이래."

"여기서 멀어?"

"아니, 나스카 거리 바로 앞 블록, 그러니까 보고타 거리에 있어. 괜찮으면 집이나 보러 가자."

"높은 건물이니?"

"아냐, 단층이야. 맞은편에는 정원이 있어. 그리고 모든 문은 현관으로 이어져 있고, 집 바로 앞에는 띠 모양의 땅이 이어져 있지."

"그럼 여자는?"

"하녀야."

"요리는 누가 하지?"

"요리하는 여자가 따로 있어."

"그렇다면 돈이 꽤 많은 모양이군."

"집부터 보라니까! 집 안에 없는 가구가 없다고!"

"오늘 밤 몇 시에 갈 거니?"

"11시에."

"그 시간에는 여자 혼자 있는 거야?"

"그렇지. 요리하는 여자는 자기 일이 끝나면 곧장 집으로 가버리거든."

"그래도 괜찮을까?"

"그렇다니까. 가로등은 반 블록 떨어진 곳에 있어. 그리고 그녀가 대문을 살짝 열어둘 테니까 안으로 들어가는 즉시 서재로 가서 **돈**을 꺼낸 다음 곧바로 떠나면 돼. 그녀를 숨겨줘야 하니까 같이 데리고 나갈 거야."

"그런데 **짭새들**이 수상하게 여기지 않을까?"

"**짭새들**이라……. **짭새들**이야 우선 전과 기록이 있는 자들을 **잡아들이겠지.** 난 마차 관리인으로 일하고 있으니까 당장 용의 선상에 오르지는 않겠지. 그리고 장갑을 끼고 들어갈 거야."

"내가 충고 하나 해줄까?"

"이왕이면 하나 말고 두 가지."

"알았어. 그럼 내 말 잘 들어. 첫 번째로 오늘은 절대 그 주변을 얼쩡거리면 안 돼. 자칫 이웃 주민이 우리를 눈여겨봤다가 경찰에 신고할 수도 있으니까. 그러면 우리는 **골**로 가는 거야. 게다가 네가 그 집의 내부를 잘 알고 있다면, 굳이 무리해서 갈 이유가 없잖아. 안 그래? 두 번째, 그 엔지니어는 보통 몇 시에 나가지?"

"9시 반에. 하지만 우리가 그의 동태를 살필 수도 있어."

"사실 금고를 여는 것은 십 분이면 충분해."

"그 정도도 안 걸려. 이미 열쇠로 시험 삼아 열어봤으니까."

"잘했어. 아주 철두철미하군……. 그렇다면 11시에 들어가도 되겠어."

"좋아."

"어디서 만날까?"

"어디든 괜찮아."

"그건 안 돼. 이런 일을 할 때는 신중에 신중을 기해야 한다고. 10시 반에 **라스 오르키데아스**에 가 있을 테니까 거기로 와. 다만 들어와서 내가 보이더라도 절대로 알은체하면 안 돼. 시치미 뚝 떼고 다른 테이블에 앉으라고. 조금 기다리다 11시에 나가는 거야. 네가 먼저 나가면, 나도 따라 나갈게. 그리고 네가 먼저 집에 들어가면, 나도 뒤따라 들어갈 거야. 또 일을 마치고 나갈 때도 따로따로 가야 해. 알았지?"

"그렇게 하면 의심을 피할 수 있겠군. 정말 좋은 생각이야……. 너, 혹시 리볼버 있어?"

"아니."

갑자기 그의 손에서 총이 번쩍거렸다. 피할 겨를도 없이 그는 내 주머니에 총을 집어넣었다.

"하나 더 있으니까 그건 네가 갖고 있어."

"뭐 하러 이런 것까지 가져가려고."

"만약의 사태에 대비해야지. 무슨 일이 벌어질지 모르니까."

"그럼 넌 사람을 죽일 수 있을 것 같아?"

"난…… 별걸 다 묻네. 물론이지!"

"이봐!"

간혹 사람들이 곁을 지나갈 때마다 우리는 입을 다물어야 했다. 푸른 하늘에서 햇빛을 타고 내려온 기쁨이 죄 많은 내 영혼 속으로 스며들면서 슬픔으로 변했다. 나는 내친김에 아까부터 마음 한구석에 맴돌던 꺼림칙한 질문을 토해내고 말았다.

"그런데 오늘 밤에 우리가 간다는 걸 그 여자가 어떻게 알지?"

"나중에 전화로 사인을 보낼 거야."

"그렇다면 그 엔지니어라는 사람은 낮 시간에는 집에 없는 거야?"

"그렇지. 괜찮으면 지금 그녀에게 전화할게."

"어디서?"

"저기 있는 약국에서."

절름발이는 아스피린 몇 알을 사러 거기 들어갔다가 금세 나왔다. 그사이 그녀와 신호를 주고받았다고 했다.

그의 말을 액면 그대로 믿고 따라가기에는 뭔가 꺼림칙한 데가 있었다. 나는 솔직한 속내를 털어놓으며 물었다.

"넌 나를 믿고 이 일을 하려는 거잖아. 그렇지?"

"물론이지, **금발.**"

"이유가 뭐지?"

"그냥."

"그렇다면 모든 준비는 끝났어."

"그렇군."

"장갑은 가지고 있어?"

"그럼."

"난 손에 양말을 낄 거야. 장갑을 낀 거나 마찬가지일 테니까."

잠시 후, 우리는 입을 다물었다.

우리는 오후 내내 생각에 잠긴 채 발길 가는 대로 걸었다. 하지만 저마다 다른 생각에 사로잡혀 시종 아무 말도 하지 않았다.

그때 우리가 불• 경기장에 들어갔던 기억이 난다.

거기서 우리는 함께 한잔했다. 하지만 술 취한 사람의 눈에 보이는 세상처럼 인생이 우리 주변을 빙글빙글 돌았다.

그러자 오랜 세월 마음속 깊은 곳에서 잠들어 있던 형상들이, 구름 모양을 한 형상들이 하나둘 떠오르기 시작했다. 구

● 쇠공을 굴려 경기하는 프랑스의 놀이.

름 사이로 비치는 강한 햇살 때문에 바늘로 찌르는 것처럼 눈이 아팠다. 엄청난 피로와 함께 졸음이 몰려오면서 온몸의 감각이 마비되었고, 나는 이따금 두서없이 입에서 나오는 대로 아무 말이나 지껄였다.

절름발이는 멍하니 내 말을 듣고 있었다.

그 순간, 갑자기 떠오른 묘한 생각이 내 머릿속에서 두 갈래로 갈라졌다. 나는 그 생각이 따뜻한 몸속으로 내려가는 것을 느꼈다. 그것은 차가운 물줄기처럼 흘러가다 내 심장에 닿았다.

'만약 저놈을 경찰에 밀고해버리면 어떻게 될까?'

혹시라도 내가 무슨 생각을 하는지 들킬까봐 나는 화들짝 놀라며 **절름발이**를 돌아보았다. 다행히 그는 나무 그늘에서 졸린 눈을 한 채 쇠공이 여기저기 흩어져 있는 경기장을 보고 있었다.

거기에는 그늘이 짙게 드리워져 있어 잔인하고 비열한 생각을 떠올리기에 안성맞춤이었다.

널찍한 나스카 거리는 길게 이어지다 저 먼 곳에서 모습을 감추었다. 타르로 칠해놓은 어느 고층 건물의 벽 바로 옆에 초록색 페인트를 칠한 양조장의 나무 창고가 붙어 있었다. 그리고 그 나머지 공간에는 모래땅이 건물과 평행선을 그리며 길게 이어져 있었다.•

철제 테이블 여러 개가 군데군데 놓여 있었다.

나는 다시 생각하기 시작했다.

'만약 저놈을 경찰에 밀고해버리면 어떻게 될까?'

절름발이 녀석은 모자를 이마까지 푹 눌러쓰고 턱을 가슴에 댄 채 자고 있었다. 한 줄기 햇살이 그의 한쪽 다리에 내려앉으면서 바지에 묻은 기름 얼룩이 훤히 드러났다.

그 순간, 마음속에서 격렬한 경멸감이 치밀어 올랐다. 나는 그의 팔을 거칠게 낚아채면서 소리 질렀다.

"야, **절름발이!**"

"어…… 왜…… 무슨 일이야?"

"**절름발이,** 어서 가자."

"어딜 가자는 거야?"

"집으로. 우선 옷을 좀 챙겨야겠어. 오늘 밤에 금고를 털고 내일 당장 여기를 떠야 할 테니까."

"음, 듣고 보니 그러네. 그럼 어서 가자."

녀석과 헤어지고 나만 홀로 남게 되자 마음속에서 갖가지 두려움이 일어나기 시작했다. 나는 모든 사람 사이로 길게 이어져 있는 내 존재를 보았다. 오욕과 수치가 사람들 사이로 내 인생을 끌고 다닐 때 모든 이가 손가락으로 나를 건드릴 수 있었다. 나는 이제 나 자신에게 속하지 않았다.

나는 속으로 생각했다.

● 긴 모래땅은 불 경기장을 가리킨다.

'정말 그렇게 하면, 내가 아는 한 이 세상에서 가장 존경할 만한 인간의 삶을 완전히 파괴하는 꼴이 되고 말 거야.

정말 그렇게 하면, 난 앞으로 영원히 자책하면서 살아가겠지.

그러면 나는 이 세상에 홀로 남게 될 거고, 가롯 유다처럼 외롭게 살게 될 거야.

그리고 평생을 고뇌와 굴욕 속에서 살아가겠지.

매일 죄책감이라는 멍에를 메고 고통 속에서 살 거란 말이야!'

공허한 내면의 삶 속으로 낯부끄러운 고뇌처럼 길게 이어진 나 자신의 모습이 보였다.

그렇다면 이름 없는 군중 속에 파묻혀 숨으려고 해봐야 아무 소용도 없을 듯했다. 기억이 썩은 이빨처럼 나의 내면 깊숙이 박혀 있는 이상 향긋한 흙 내음도 내게는 코를 찌르는 악취에 지나지 않을 것이다. 하지만 그런 찜찜한 생각을 더 멀리 떨쳐버릴수록 삐뚤어진 마음속에서 오욕과 수치는 더 흥미롭게 여겨졌다.

'나라고 못 할 게 뭐 있어? 영원히 가슴속에 비밀을 묻고 살 텐데. 어둡고 음울한 내 근성의 원인을 파헤치도록 부추길 찜찜하고 역겨운 비밀을 말이야. 그래서 아무것도 할 일이 없거나 **절름발이**를 생각하다 슬퍼질 때면, 나 자신에게 물어볼 거야. 그때 난 왜 그렇게 비열한 짓을 한 거지? 그럼 아마 나도 할 말이 없을 거야. 하지만 대답할 말을 찾는 동안 내 마음속

에서 신기한 정신적 지평이 열리는 것을 느끼게 될지도 몰라.'

게다가 이번 일은 내게 엄청난 이득이 될 수도 있다.

솔직히 말해(이런 생각을 하지 않을 수 없었다) 나는 불량배의 기질을 지닌 미치광이다. 하지만 로캉볼도 나에 못지않았다. 살인까지 저지른 인간이었으니까……. 하지만 나는 사람을 죽이지는 않는다. 로캉볼은 겨우 몇 프랑을 받고 **아빠** 니콜로에게 불리한 거짓 증언을 해서 니콜로를 단두대의 이슬로 사라지게 했다. 자기를 친아들처럼 아끼고 사랑해주던 피파르 할머니의 목을 졸라 죽이는가 하면…… 윌리엄스 선장을 살해하기도 했다. 로캉볼은 그를 죽임으로써 후작의 작위와 수백만 프랑의 재산을 탈취했다. 그가 배신하지 않은 사람이 누가 있는가?

그때 그 작품에 나오는 한 장면이 놀라울 정도로 생생하게 떠올랐다.

> 로캉볼은 신체적 고통을 잠시 잊고 있었다. 옥에 갇힌 몸인데다 감독관의 회초리에 맞아 등짝에 시퍼런 멍이 든 탓인지 그는 넋이 나간 사람처럼 멍한 상태였다. 파리와 샹젤리제, 불바르 데 이탈리앵의 모습이, 얼마 전까지 자신이 자유롭게 돌아다니던 세계, 현란한 빛과 소리가 이우러진 그 세계의 모습이 어지러운 소용돌이처럼 눈앞을 지나가는 것 같았다.

나는 생각했다.

'그럼 나는? 나도 그렇게 될까? 혹시 로캉볼처럼 화려한 인생을 누리지 못하는 건 아닐까?' 예전에 **절름발이**에게 했던 말이 또다시 귓전을 울렸다. 하지만 이번에는 그 말이 내가 아니라 다른 이의 입에서 흘러나오는 것 같았다.

"그래, 절름발이. 인생은 아름다운 거야. 암, 아름답고말고. 넓게 펼쳐진 들판을 떠올려봐. 지구 반대편에 있는 도시들을 상상해보라고. 그리고 우리 뒤를 졸졸 따라다닐 여자애들도. 우린 돈 많은 주인 나리가 돼서 바다 건너 도시로 갈 거라고."

다른 이의 목소리가 다시 천천히 내 귀에 울려 퍼졌다.

"개자식…… 넌 개자식이야……."

나도 모르게 입언저리가 뒤틀렸다. 그러자 오래전 우리 옆집에 살던 아이의 모습이 떠올랐다. 녀석은 머리가 좀 모자란데다 늘 코맹맹이 소리로 말했다.

'내가 잘못한 게 아니야.'

'개자식…… 넌 개자식이야…….'

'내가 잘못한 게 아니야.'

'아! 개자식…… 개자식 같으니라고…….'

'난 괜찮아……. 아무튼 나는 가룟 유다처럼 멋지고 위대한 인간이 될 테니까. 평생 한 가지 괴로움을 짊어지고 살겠지……. 한 가지 괴로움을……. 하지만 그 고통을 겪으면서 거대한 정신적 지평이 내 눈앞에서 열리게 될 거야……. 하지만 꼭 그렇게까지 해야 하는가! 내게는 그럴 권리가 없을까? 어쩌면 내게는? 아무튼 나는 가룟 유다처럼 멋진 인간이 될 거야……. 그래서 평생 한 가지 괴로움을 짊어지고 살겠지……. 그렇지만…… 아! 인생은 아름다운 거야, **절름발이**……. 암, 아름답고말고……. 그래서 나는…… 나는 너를 무너뜨리고, 영원히 파괴하려는 거야……. 나는 멋지게 네 **뒤통수**를 쳐줄 거라고……. 그래, **영악**하고…… **교활**한 너를 완전히 무너뜨릴 거야……. 그래, **절름발이** 너를 말이야……. 그러면…… 그러고 나면 나는 가룟 유다처럼 멋지고 위대한 인간이 되고…… 한 가지 괴로움에 시달리면서 살겠지……. 한 가지 괴로움에 시달리면서…… 야비한 놈!'

거대한 금빛 얼룩이 지평선을 뒤덮고 있었다. 그런 가운데 은빛 깃털 모양의 폭풍우 구름이 소용돌이치는 오렌지 빛깔의 베일에 둘러싸인 채 지평선 위로 솟아오르고 있었다.

나는 고개를 들어 하늘을 쳐다보았다. 넓게 퍼진 구름 사이로 별이 희미하게 깜박이고 있었다. 파란색 도자기의 갈라진 틈에 맺힌 물방울이 파르르 떨리는 것 같았다.

어느새 나는 **절름발이**가 점찍어놓은 동네에 와 있었다.

보도에는 울창한 아카시아와 쥐똥나무 그늘이 짙게 드리워져 있었다. 거리는 한산했다. 페인트칠이 된 쇠창살 울타리가 정원 앞에 늘어서 있고, 작은 연못이 덤불과 군데군데 망가진 석고상 사이에서 곤히 잠들어 있어 낭만적이면서도 부르주아적인 분위기를 풍겼다. 고요가 깃든 황혼 녘에 어디선가 피아노 소리가 은은히 들려왔다. 나는 새싹 위에 맺힌 물방울처럼 그 선율에 대롱대롱 매달린 듯한 느낌이 들었다. 그 순간, 보이지 않는 장미 덤불에서 뿜어져 나온 향기에 취해 정신이 몽롱했는데, 벽에 붙은 동판 명패를 읽자 무릎이 부들부들 떨리기 시작했다.

아르세니오 비트리, 엔지니어

세 블록을 걸어오는 동안 그런 직업이 새겨진 명패는 그것밖에 없었다.

그 동네의 다른 집들과 마찬가지로 꽃이 만발한 정원은, 거실 앞에서 시작해 미닫이 유리문으로 통하는 모자이크 타일 소로(小路)에서 끊어졌다가 다시 이어지면서 옆쪽 담장을 따라 네모난 녹지 공간을 이루고 있었다. 그리고 비가 창문 안으로 들어오지 않도록 발코니 위에 유리 차양을 달아놓았다.

나는 그 집 앞에서 걸음을 멈추고 초인종을 눌렀다.

미닫이 유리문이 열리면서 물라토 여자가 문간에 모습을 드러냈다. 미간이 좁고 눈썹이 짙은 데다 눈빛이 고약한 여자는 무슨 일로 왔냐고 물었다. 사람을 대하는 태도가 무례하기 짝이 없었다.

주인이 안에 있는지 물어보자 여자는 가서 보고 오겠다고 하더니 내 이름과 찾아온 용건을 물었다. 나는 치밀어 오르는 화를 꾹 참고 대답했다.

"난 페르난 곤살레스고, 제도사예요."

다시 문간에 나타난 물라토 여자는 무슨 일인지 나긋나긋한 태도로 돌변해 나를 안으로 들여보내주었다. 나는 여자를 따라 창문의 덧문이 닫혀 있는 여러 방 앞을 지나갔다. 여자가 갑자기 서재의 문을 열었다. 초록색 갓이 달린 스탠드 왼쪽의 책상에 머리가 희끗희끗하게 센 남자가 고개를 숙인 채 앉아 있었다. 남자가 고개를 들어 나를 보자 나는 인사를 건넸다. 그는 내게 들어오라고 손짓했다.

그러고 나서 그가 말했다.

"손님, 곧 갈 테니까 잠깐만 기다려주세요."

그 틈을 이용해 나는 그를 찬찬히 살펴보았다. 흰머리가 많기는 하지만 아직 젊어 보였다.

얼굴에는 피곤하고 음울한 기색이 역력했다. 이맛살을 깊게 찌푸린 데다 푹 꺼진 눈 밑과 눈꺼풀이 삼각형을 이루고 있었다. 머리를 손바닥에 괸 채 앞으로 숙이고 서류를 보고 있는 모양새처럼 입꼬리도 약간 아래로 처져 있었다.

서재의 벽은 온통 호화스러운 건물의 청사진과 설계도로 뒤덮여 있었다. 책으로 가득 찬 책장이 내 눈길을 사로잡았다. 그중 한 권의 제목이 눈에 들어왔다. '수도법'. 바로 그 순간, 비트리 씨가 내게 말을 걸었다.

"무슨 일로 오셨나요?"

나는 목소리를 낮추어 대답했다.

"난데없이 불쑥 찾아와서 죄송합니다, 선생님. 그런데 여기 선생님과 저, 둘뿐인가요?"

"아마 그럴 겁니다."

"좀 무엇한 질문을 드리려고 하는데, 괜찮겠습니까? 선생님은 미혼이시죠. 그렇죠?"

"네, 그렇습니다만."

그는 진지하게 나를 바라보았다. 그의 여윈 얼굴이 서서히 (말하자면) 굳어지더니 급기야 심각한 표정으로 바뀌었다.

그는 의자 등받이에 몸을 기대고 머리를 뒤로 젖혔다. 그는 회색 눈동자를 번뜩대며 나를 노려보았다. 어느 순간 내 넥타이 매듭을 뚫어지게 바라보더니 곧 내 눈동자에 눈길이 멈추었다. 그는 내 눈동자에 시선을 고정한 채 내 심중에서 예사롭지 않은 무언가를 꿰뚫어 보려는 듯했다.

더 이상 딴청을 부리지 않고 단도직입적으로 말해야 할 것 같았다.

"선생님, 제가 이곳에 찾아온 이유는 오늘 밤에 누군가가 이 집을 털려고 한다는 것을 알려드릴까 해서입니다."

그가 내 말을 듣고 깜짝 놀랄 줄 알았지만, 그건 큰 오산이었다.

"아! 그래요……. 그런데 당신은 그걸 어떻게 알았죠?"

"이번 일에 저를 끌어들이려고 한 도둑한테 다 들었으니까요. 게다가 당신이 은행에서 거액을 찾아와 금고에 보관하고 있다는 것도 알고 있습니다."

"맞아요……."

"그 녀석은 그 금고뿐만 아니라 이 방의 열쇠도 다 가지고 있어요."

"그 열쇠를 직접 봤습니까?" 그는 주머니에서 열쇠 꾸러미를 꺼내 홈이 지나칠 정도로 두껍게 파인 열쇠 하나를 보여주었다.

"이게 당신이 본 열쇠인가요?"

"아뇨, 다른 열쇠예요." 나는 **절름발이**가 보여준 것과 똑같이 생긴 열쇠를 집었다.

"누가 내 금고를 털려고 하는 거죠?"

"이번 일을 주도한 것은 **절름발이**라고 불리는 마차 관리인입니다. 이 집의 하녀가 공범이고요. 그 여자가 밤에 당신 몰래 열쇠를 빼돌려 **절름발이**에게 넘긴 거죠. 그는 손재주가 좋아 단 몇 시간 만에 그 열쇠를 복제했답니다."

"그럼 당신은 무슨 역할을 맡기로 되어 있던 겁니까?"

"저는…… 저는 단순히 아는 사람으로 파티에 초대받은 셈이죠. **절름발이**가 집으로 찾아와서는 자기를 좀 도와달라고 사정하더군요."

"그가 당신을 마지막으로 본 게 언제죠?"

"오늘 낮 12시쯤일 겁니다."

"그럼 그전부터 그자가 무슨 일을 꾸미고 있는지 알고 있었나요?"

"그전에는 전혀 몰랐습니다. 전 **절름발이**와 잘 아는 사이예요. 시장 상인들과 노점상들에게 종이를 팔러 다니다가 그를 알게 되었죠."

"그렇다면 당신은 그의 친구군요……. 그런 일이라면 친구한테만 털어놓을 수 있으니까 말입니다."

그 순간, 나는 얼굴이 빨개졌다.

"친구라기엔 좀 그렇고요……. 하지만 녀석의 심리 상태에 대해서 늘 관심이 있었죠."

"더 할 얘기 없어요?"

"네, 그런데 그건 왜 묻는 거죠?"

"그냥 물어본 거예요……. 그건 그렇고, 당신들은 오늘 밤 몇 시에 오기로 한 겁니까?"

"일단 이 부근에 숨어서 당신이 클럽에 갈 때까지 감시하기로 했습니다. 당신이 나가면, 저 물라토 여자가 문을 열어주기로 되어 있었죠."

"아주 기막힌 계획이로군요. **절름발이**라는 자가 어디에 사는지 알고 있나요?"

"콘다르코 거리 1375번지예요."

"좋아요. 다 잘될 겁니다. 당신은 어디 살죠?"

"카라카스 거리 824번지요."

"그럼 오늘 밤 10시쯤에 오세요. 그 시간이면 빈틈없이 잘 지키고 있을 테니까요. 페르난 곤살레스라고 했죠?"

"아뇨, 혹시 저 물라토 여자가 눈치챌까봐 본명을 숨긴 겁니다. **절름발이**를 통해 내가 이번 일에 가담한다는 것을 들었을지도 모르니까요. 전 실비오 아스티에르라고 합니다."

엔지니어는 벨을 누르고 주변을 휙 둘러보았다. 잠시 후, 하녀가 나타났다.

아르세니오 비트리는 얼굴색 하나 변하지 않고 무덤덤하게 말했다.

"가브리엘라, 이 신사분은 이 설계도와 청사진을 가지러 내일 오전에 오실 거야." 그는 의자 위에 놓여 있는 종이 다발을 손으로 가리켰다. "혹시 그 시간에 내가 없으면, 대신 이분께 전해드려."

그러곤 자리에서 일어나 나와 냉랭하게 악수를 했다. 나는 곧장 하녀를 따라 밖으로 나갔다.

절름발이는 결국 그날 밤 9시 반에 경찰에 체포되었다. 그는 가난뱅이들이 소유한 어느 집의 나무 다락방에서 살고 있었다. 그를 기다리던 형사들은 **꼬마**를 통해 **절름발이**가 집에 들어왔다가 **짐을 챙겨서 다시 나갔다**는 것을 알게 되었다. 그들은 그가 평소 어디에 자주 드나드는지를 전혀 몰랐던 터라 미리 연락도 하지 않고 집주인 여자를 불쑥 찾아갔다. 그러곤 여자에게 경찰 신분증을 들이밀고는 곧장 가파른 계단을 통해 **절름발이**의 방으로 올라갔다. 얼핏 봐서는 방 안에 수색할 만한 것이 아무것도 없는 듯했다. 그런데 바로 그때 도무지 이해할 수 없는 어이없는 일이 벌어졌다. 그 방에 들어오면 훤히 보이는 곳에 열쇠 두 개, 즉 금고 열쇠와 서재 방문 열쇠가 걸려 있었던 것이다. 그리고 등유 저장용 나무 상자에는 낡은 옷가지와 함께 리볼버 한 정이 있었고, 눈에 잘 안 띄는 방 안쪽 구석에는 신문 스크랩이 모아져 있었다. 이 증거들은 경찰이 아직 해결하지 못한 강도 사건의 범인을 가리키고 있었다.

거기 있던 신문 스크랩은 모두 같은 범행에 관한 기사였기 때문에 형사들은 **절름발이**가 그 사건과 무관하지 않을 것으로 판단했다. 그들은 강도 사건과 관련된 혐의로 **꼬마**를 체포해 형사 한 명을 붙여 해당 구역 경찰서로 압송했다.

다락방에는 서랍이 달린 하얀색 소나무 탁자도 있었다. 그들은 서랍 안에서 소형 선반(旋盤)과 줄 세트를 찾아냈다. 그 중 일부에서는 최근에 사용한 흔적이 보이기도 했다.

방 안에서 모든 범죄 증거를 수집한 뒤 그들은 그 집의 여주인을 다시 불렀다.

집주인은 키가 작달막하고 아주 뻔뻔스럽고 인색한 노파였다. 노파는 턱 밑에 매듭을 지은 검은색 스카프로 머리를 두르고 있었다. 이마 위로 하얀 머리카락 몇 올이 흘러내려 있었고, 말할 때 턱뼈가 믿을 수 없을 정도로 가볍게 움직였다. 하지만 노파의 진술은 **절름발이**의 행적을 파악하는 데 별 도움이 되지 않았다. 노파가 그를 알게 된 건 석 달 전이었는데, 그는 밀린 적 없이 꼬박꼬박 월세를 냈고 아침 일찍 일하러 나갔다고 했다.

최근에 그를 찾아온 사람이 누군지 물어보자 노파는 두리뭉술한 대답만 내놓았다. 다만 **지난 일요일 오후 3시쯤 어떤 흑인 여자가 와서 6시에 안토니오와 함께 나간** 것은 분명히 기억난다고 했다.

그 노파가 이번 사건에 연루되었을 가능성은 없다고 판단한 그들은 노파에게 이번 일을 극비에 부치라는 엄명을 내렸다. 노파는 후환이 두려워 그러겠다고 굳게 약속했다. 그러자 두 형사는 엔지니어가 신신당부한 대로 **절름발이**를 기다리기 위해 다시 다락방으로 올라갔다. 엔지니어는 **절름발이**가 좀 더 가벼운 처벌을 받을 수 있도록, 되도록이면 자기 집으로 오기 전에 체포될 수 있도록 해달라는 뜻을 분명히 밝혔다. 어쩌면 엔지니어는 내가 **절름발이**의 결정과 절대 무관하지 않다고 생각했는지도 모른다.

형사들은 왠지 그가 집으로 돌아오지 않을 것 같은 예감이 들었다. 그들은 그가 변두리의 식당에서 저녁을 먹고, 용기를 내려고 술에 취해 있을지도 모른다고 생각했지만 그건 큰 오산이었다.

그 무렵 **절름발이**는 경마에서 레도블로나• 방식으로 판돈을 걸어 꽤 많은 돈을 벌었다. 그는 나와 헤어진 뒤 평소 자주 다니던 매음굴에 가기 위해 다락방으로 돌아왔다. 집으로 가던 중 (상점 문을 닫을 시간이 다 되어갈 무렵) 그는 가방 가게에 들어가 여행용 가방 하나를 샀다.

그러곤 자신에게 닥칠 운명을 전혀 알아차리지 못한 채 다락방으로 향했다. 탱고 곡을 흥얼거리며 계단을 올라갔는데, 가방이 간간이 층계에 부딪칠 때마다 전혀 다른 가락으로 바뀌곤 했다.

그는 방문을 열고 바닥에 가방을 내려놓았다.

그가 성냥갑을 꺼내기 위해 주머니에 손을 넣는 순간, 난데없이 주먹이 날아와 가슴을 내리쳤다. 그가 충격을 이기지 못하고 뒤로 밀려나자 다른 형사가 불쑥 나타나 팔을 잡아 비틀었다.

사생결단으로 형사의 손을 뿌리치고 달아난 걸 보면, **절름발이**는 무슨 일인지 알아차린 것이 틀림없었다.

형사들은 그를 뒤쫓다가 그만 가방에 발이 걸려 앞으로 고꾸라졌는데, 그중 한 명이 계단에서 굴러떨어지고 말았다. 그

• 경마에서 돈을 건 말이 승리하면 그 상금을 다음 경주에서 동일한 경주마에게 걸어 상금이 점점 불어나는 방식을 가리킨다.

때 그의 주머니에서 리볼버가 떨어지면서 발사되었다.

갑자기 총성이 울리자 그 집에 살던 사람들은 심한 공포에 휩싸였다. 그들은 엉뚱하게도 **절름발이**의 소행으로 여겼지만, 그는 아직 1층 현관문을 나서지도 못한 상태였다.

바로 그때, 끔찍한 일이 일어나고 말았다.

푸줏간을 운영하던 여주인의 아들이 대체 무슨 일인지 어머니한테서 듣고 나더니 당장 지팡이를 집어 들고 **절름발이**를 뒤쫓기 시작했다.

그는 단 서른 걸음 만에 **절름발이**를 따라잡았다. **절름발이**는 쓸모없는 다리를 질질 끌면서 필사적으로 도망쳤지만, 갑자기 팔을 향해 날아든 지팡이를 피하지 못했다. 그가 깜짝 놀라 고개를 돌리는 순간, 몽둥이가 둔탁한 소리와 함께 머리에 내리꽂혔다.

정신이 아득해지면서 당장 쓰러질 듯이 아찔했지만, 그는 남은 한 손으로 자신을 방어하려고 했다. 그러나 때마침 도착한 사복 경찰관이 다리를 걸고 몽둥이로 어깨를 내리쳐 쓰러뜨렸다. 쇠고랑을 채우자 **절름발이**는 숨을 헐떡이며 고통스러운 비명을 질렀다.

"아, 엄마!" 다시 몽둥이질을 당하자 몸부림치던 그도 잠잠해졌다. 형사들은 양옆에서 쇠고랑을 찬 그의 손목을 사납게 비틀면서 그를 끌고 거리 속으로 사라졌다.

내가 아르세니오 비트리의 집에 도착했을 때, 가브리엘라는 이미 끌려가고 없었다.

하녀는 내가 그 집에서 나온 직후 경찰에 체포되었다고 했다.

신고를 받고 현장으로 출동한 경찰관은 엔지니어 앞에서 피의자 신문을 실시했다. 물라토 여인은 처음에는 범행 사실을 완강히 부인했지만, 거짓말로 **절름발이**가 이미 체포되었다고 슬쩍 떠보자 기어코 울음을 터뜨렸다.

그 장면을 목격한 이들은 그녀의 모습을 결코 잊지 못할 것이다.

궁지에 몰린 검은 피부의 여인은 어디론가 뛰쳐나가려는 야수처럼 눈을 번뜩이며 사방을 두리번거렸다.

그리고 경기를 일으킨 것처럼 온몸을 부르르 떨었다. 하지만 그렇게 계속 범행 사실을 부인하면 이미 체포된 **절름발이**가 심한 고초를 당할 것이라는 말을 듣자 그만 왈칵 눈물을 쏟고 말았다. 그런데 그녀가 얼마나 신경질적으로 울부짖던지 주변에 있던 이들이 모두 눈살을 찌푸릴 정도였다……. 그러다 그녀는 갑자기 손을 번쩍 들어 올렸다. 그녀의 손가락이 머리 매듭 위에서 멈추더니 거기에 꽂혀 있던 장식용 빗을 뽑아내고 등 뒤로 머리를 풀어 헤쳤다. 그러곤 두 손을 모으고 그 자리에 있던 이들을 미친 듯이 쳐다보면서 말했다.

"네, 맞아요……. 사실이에요……. 가요……. 어서 안토니오가 있는 곳으로 가자고요."

경찰관들은 그녀를 마차에 태우고 경찰서로 향했다.

아르세니오 비트리는 서재에서 나를 맞았다. 그는 핏기 하나 없이 창백한 얼굴에 무표정한 눈빛으로 나를 바라보며 말했다.

"앉으시죠."

뜻밖에도 그는 억양 있는 목소리로 말했다.

"알려준 대가로 얼마를 드리면 되겠습니까?"

"무슨 말씀인지?"

"네, 얼마를 드리면 될까요? 아무래도 이번 일은 돈으로 해결할 수밖에 없군요."

나는 왜 그가 경멸이 가득 찬 눈길로 나를 바라보았는지 이해할 수 있었다.

나는 얼굴이 창백해진 채로 자리에서 일어났다.

"그래요. 나 같은 놈은 돈으로 해결할 수 있죠. 하지만 그 돈은 도로 넣어두세요. 내가 달라고 하지도 않았으니까. 그럼 이만."

"아니에요. 자, 앉으세요……. 그럼 대체 무슨 의도로 그런 일을 한 거죠?"

"무슨 말씀이죠?"

"그러니까 당신은 왜 친구를 배반한 거죠? 아무 이유도 없이 말입니다. 그 나이에 그런 점잖지 못한 행동을 하다니 부끄럽지도 않아요?"

그 말을 듣는 순간, 나는 귀밑까지 빨개지면서 대꾸했다.

"그래요……. 하지만 살다보면 쓰레기 같은 짓을 하고, 뼛속까지 타락해서 악랄한 행동을 해야 할 때도 있죠……. 또 누군가의 인생을 영원히 파멸로 몰고 가야 할 때도 있고요……. 우리는 그러고 난 뒤에야 당당하게 걸어 다닐 수 있어요."

나는 하던 말을 계속했다.

"당신은 내게 모욕을 주었지만, 난 아무렇지도 않아요."

"난 당신을 도와줄 수도 있었어요."

"당신은 물론 내게 돈을 줄 수 있었지만, 이젠 그럴 수도 없죠. 내가 비록 쓰레기 같은 짓을 했지만, 차분하게 생각해보니까 그래도 당신보다는 우월하다는 걸 알았거든요." 그 순간 울컥 짜증이 치밀어 올라 나는 그에게 소리를 지르고 말았다.

"당신은 누구죠? **절름발이**를 밀고한 것이 내겐 아직도 꿈속처럼 아득하게만 느껴진다고요."

그러자 그가 나긋한 목소리로 대답했다.

"대체 왜 이러는 거죠?"

피로가 한꺼번에 몰려와 나는 의자에 털썩 주저앉고 말았다.

"왜 이러냐고요? 그걸 누가 알겠어요. 앞으로 천년이 흘러도 난 절대 **절름발이**의 얼굴을 잊지 못할 거예요. 그 친구는 어떻게 될까요? 그건 오로지 하느님만 아시겠죠. 하지만 **절름발**

이에 대한 기억은 내 인생에, 내 머릿속에 영원히 남을 거예요. 잃어버린 아이를 영원히 못 잊듯이 말이죠. 언젠가 그가 와서 내 얼굴에 침을 뱉어도 나는 아무 말도 못 할 거예요."

그러자 엄청난 슬픔이 거센 파도처럼 내 인생을 휩쓸고 지나가는 것 같았다. 나는 이 순간을 앞으로도 영원히 잊지 못할 것이다.

"네, 그럴 거예요." 엔지니어는 갑자기 말을 더듬었다. 그는 내 넥타이 매듭에 시선을 고정한 채 자리에서 일어나더니 꿈속에서 말하듯 아득한 목소리로 중얼거렸다. "당신도 말했다시피 원래 그런 법이죠. 당신은 마음속에 있는 잔혹한 법을 따르게 될 겁니다. 그럴 겁니다. 원래 그런 법이니까요. 당신은 잔인무도한 법을 따르게 됩니다. 원래 그런 거예요. 하지만 그런 법이 존재한다고 누가 말해주던가요? 그런 걸 어디서 배운 거죠?"

나는 대답했다.

"그건 조만간 우리에게 몰아닥칠 세계 같은 거죠."

"그런데 당신은 언젠가 유다처럼 되리라는 걸 예상했습니까?"

"아뇨, 하지만 지금은 마음이 편안해졌어요. 나는 앞으로 죽은 사람처럼 인생을 살아갈 겁니다. 내 눈에는 인생이 그렇게 보여요. 거대한 노란 사막처럼 말이죠."

"정말 그렇게 될까봐 걱정되지 않아요?"

"뭐 하러 그런 걱정을 하겠어요? 인생은 참 크고 넓은 것 같아요. 조금 전까지만 해도 내가 한 행동이 만 년 전에 이미 결정된 거라는 생각을 했거든요. 그러고 나자 온 세상이 둘로 갈라지면서 모든 것이 가장 순수한 색깔로 변하는 것 같더라고요. 인간은 이제 불행한 존재가 아니에요."

비트리의 얼굴에 천진난만한 미소가 피어올랐다. 그가 말했다.

"그래요?"

"네, 언젠가 그렇게 될 거예요……. 암, 그렇고말고요. 그런 세상이 오면, 사람들은 환하게 웃는 얼굴로 거리에 나와 서로의 안부를 물을 겁니다. 내 말이 맞죠? 언젠가 그렇게 되겠죠?"

"혹시 옛날에 심하게 아팠던 적이 있나요?"

나는 그가 무슨 생각으로 그런 말을 했는지 알고 있었다. 그래서 미소를 지으며 하던 말을 계속했다.

"아뇨…… 당신이 무슨 생각을 하는지 알고 있어요……. 하지만 내 말 좀 들어보세요……. 난 절대 미치지 않았어요. 진실은 존재해요. 그렇죠……. 내게 인생은 언제나 상상 이상으로 아름다울 거예요. 그게 바로 진실이에요. 물론 다른 사람들도 나처럼 삶의 힘을, 생명의 힘을 느낄지 모르겠네요. 하지만 내 마음속에는 기쁨이, 기쁨으로 가득 찬 일종의 무의식이 있다고요."

그 순간, 별안간 의식이 맑아지면서 이전에 내가 했던 행동의 동기를 분명히 이해할 수 있었다. 나는 하던 말을 계속했다.

“난 마음이 삐뚤어지지도, 타락의 구렁텅이에 빠지지도 않았어요. 다만 마음속 깊은 곳에서 격렬하게 용솟음치는 거대한 이 힘의 정체를 알고 싶은 것뿐이라고요…….”

“계속해요…….”

“그래서 모든 것이 놀라울 따름이에요. 가끔은 내가 한 시간 전에 이 세상에 도착해서 모든 것이 새로워 보일 뿐만 아니라 눈부시게 빛나고 아름답다는 느낌이 들기도 해요. 그럴 때면 당장 거리로 나가 만나는 사람마다 포옹을 나누고, 도로 한복판에 멈춰 서서 이렇게 말하고 싶은 생각이 든다고요. ‘다들 왜 그렇게 슬픈 표정을 하고 다니는 거죠? 인생은 아름다운 거예요. 아름답고말고요…….’ 그렇지 않아요?”

“맞아요…….”

“인생이 아름답다는 것만 깨달아도 얼마나 행복한지 몰라요. 온 세상이 화려한 꽃으로 뒤덮인 것 같다니까요……. 그 모습을 본 사람들은 아마 그 자리에서 무릎을 꿇고 우리를 이 세상에 태어나게 해주신 하느님께 감사의 기도를 올릴 거예요.”

“당신은 하느님을 믿나요?”

“내 생각에 하느님은 삶의 기쁨인 것 같아요. 내가 깨달은 걸 당신도 알게 된다면 좋을 텐데! 가끔은 내 영혼이 플로레스의 대성당•만큼이나 크고 넓다는 생각이 들기도 해요…….

그럴 때면 활짝 웃으면서 거리로 나가 장난삼아 지나가는 사람들을 툭툭 치고 싶어진다고요."

"계속해요……."

"지루하지 않나요?"

"전혀요. 계속해요."

"그런데 문제는 사람들한테 이런 말을 할 수 없다는 겁니다. 그랬다가는 당장 미친놈 취급을 당할 테니까요. 그래서 난 스스로에게 물어보죠. '내 안에 존재하는 이 삶, 이 생명을 어떻게 하지?' 나는 그걸 사람들에게 나눠주고…… 선물하고 싶어요……. 사람들에게 천천히 다가가서 이렇게 말하는 거죠. '즐겁고 행복하게 살아야 해요! 알겠어요? 아이들처럼 해적 놀이도 하고…… 대리석 도시도 만들어보고…… 떠들썩하게 웃고 떠들면서…… 폭죽도 던지라고요.'"

아르세니오 비트리는 자리에서 일어나 미소를 지으며 말했다.

"이야기 잘 들었어요. 그런데 이제 일해야 할 시간이라서. 어떻게 도와드리면 될까요?"

나는 잠시 생각하다 말했다.

"나는 오래전부터 남부 지방으로 가고 싶었어요……. 네우

● 부에노스아이레스의 플로레스 구에 위치한 대성당으로, 정식 명칭은 산 호세 데 플로레스 대성당이다. 1883년에 완공되었다.

켄•으로요……. 사방을 둘러봐도 얼음과 구름…… 높은 산밖에 없는 곳이죠……. 나는 산이 보고 싶었어요…….”

“알겠습니다. 그럼 당신이 코모도로••에서 일자리를 얻을 수 있도록 힘써볼 테니까 조금 기다리세요. 이제 일해야 하니까 그만 가보시죠. 조만간 소식을 전하겠습니다……. 아, 참! 어떤 일이 있어도 즐거움을 잃지 말아요. 당신의 기쁨은 정말 아름다우니까요…….”

그리고 그는 나와 굳은 악수를 나누었다. 나는 돌아서다 그만 의자에 부딪쳐 넘어질 뻔했지만…… 밖으로 나갔다.

● 아르헨티나 중서부에 있는 산악 지대.

●● 아르헨티나 남단 파타고니아 지역의 추부트주에 있는 도시.

해설

광기의 궤적
—소유를 넘어 기쁨의 공동체로

아르헨티나의 소설가 로베르토 아를트의 세계는 가난과 비참한 삶에서 헤어 나오지 못한 채 절망 속에 갇혀 살아가야만 하는 인간 군상의 초상화다. 그 어떤 희망도, 미래도 보이지 않는 비극적 세계. 이는 가난한 프로이센 이민자의 아들로 태어난 작가의 자화상이기도 하다. 학교교육조차 제대로 받지 못한 터라 아를트의 작품에는 잘못된 철자는 물론 어법에 맞지 않는 표현이나 구문, 그리고 룬파르도(부에노스아이레스 주변에서 사용되는 은어와 저속어)와 싸구려 번역서 특유의 표현들이 득실거린다. 당시 《수르》라는 문예지로 대표되던 부에노스아이레스의 주류 문단에서 아를트가 자주 비난과 조롱의 대상이 된 것도 일면 당연한 듯 보인다. 예를 들어 호세 비앙코(1908~1986)라는 소설가는 아를트에 대해 이런 평가를 내린다. "아를트는 좁은 의미로 볼 때 작가라기보다 기자에 가까운 사람이었다. 그는 스스럼없이 외국인의 억양으로 룬파르도를 말했을 뿐 아니라 철자법을 무시하고 무슨 말을 하는지 모를 정도로 구문도 엉망이었다." 간단히 말하자면, 아를트의 문학에는 "문화뿐 아니라 어떤 시적 의미와 문학적 정취도 없다"라는 비판이었다. 비앙코는 이에 그치지 않고 "아직까지 아를트를 읽는 독자들이 있기는 하지만, 제대로 된 지식인들이라면 그에게 그 어떤 존경심도 품지 않을 것이다"라고 하면서 "로베르토 아를트라는 새로운 전염병이 젊은 작가들 사이에 퍼지고 있다"라고 혹평을 가했다.

당시 주류 문단의 이러한 비판은 아르헨티나 문학에 내재된 계급적 장벽과 차별, 배제의 논리를 잘 드러내준다. 이를 뒤집어 말하면, 아를트의 문학은 자본주의 사회에서 문화적 자산과 텍스트에 대한 '접근'과 '소유', 그리고 상품으로서의 문학이라는 예민한 문제를 가장 적나라하게 드러내는 계기가 되었던 것이다. 아를트는 자신을 향한 비판에 대해서 이렇게 응수한다. "사람들은 나더러 글을 못 쓴다고 한다. 그럴 수도 있다." 하지만 "멋진 문체를 만들어내려면, 안락한 공간과 안정된 수입, 여유로운 삶이 필요하다. 그런 혜택을 누리는 사람들은 굳이 번거롭게 문학의 길을 택하지 않으려 한다. 아니면 사회의 살롱에서 사람들의 눈에 띄려고 문학이라는 탁월한 수단을 이용할 뿐이다". 반면 안정된 삶의 기반이 전혀 없던 아를트에게 "글을 쓴다는 것은 사치"일 뿐 아니라 "글을 써서 먹고산다는 것은 고되고 어려운 일이다". 그러면서 그는 자본주의 사회에 있어서 문학의 비밀을 유머러스하게 드러내준다. "훌륭한 문체를 가진 사람들의 작품은 오로지 교양이 풍부한 그의 가족들만 읽을 뿐이다."•

아를트의 논리에 따르면, 작가의 가족들 외에는 아무도 읽지 않기 때문에 멋진 문체로 글을 잘 쓴다는 것은 문학이라는 공간에서 경제적 관계와 돈을 의도적으로 배제 혹은 은폐한다는 것을 의미한다. "모든 읽기를 지배하는 경제적 결정 요인들, 문학적 전유와 유통을 결정하는 계급적 코드를 완강하게 거부하는 귀족주의적인 도덕 가치관."•• 따라서 독자와 텍스트 사이에는 물질적 관계가 사라져버린 진공상태만이 남게 된다. 아를트는 이러한 가치관을 전복시켜 글쓰기와 읽기, 즉 모든 문학적 행위를 돈이라는 거울에, 즉 자본주의의 경제적 회로에 투영시킨다. 부르주아 작가들이 문학에 내재하는 자본주의의 생산 논리를 은폐하고 이를 정신적 부(富)라는 신화-이데올로기로 승화시키는 반면, 아를트는 시장과 상품의 논리를, 그리고 사회적 생산관계를 텍스트 안으로 끌

• Roberto Arlt, "Palabras del autor", *Los lanzallamas, Obras Completas de Roberto Arlt: Tomo I,* Editorial Planeta, 1991, p. 309.

•• Ricardo Piglia, "Roberto Arlt, una crítica de la economía literaria", *Ficciones argentinas: Antología de lecturas críticas,* Grupo Editorial Norma, 2004, p. 57.

어들여 돈, 그리고 그 기원과 축적의 수수께끼를 추적함과 동시에 유일한 법이자 진리 기준인 돈의 무한한 힘에 주목한다. 평생을 돈에 쫓겨 살아야 했던 아를트는 돈을 벌려고 하는 대신 돈이 지닌 힘을, 즉 "모든 것을 가질 수 있고, 모든 것을 할 수 있는 돈의 힘"을 손아귀에 넣으려는 "형이상학적 기획"에 집요하게 매달린다. 이처럼 상상력의 힘을 통해 "돈의 힘은 문학-픽션의 힘과 동일한" 것으로, 더 나아가 "문학의 전능성"으로 바뀐다. 따라서 아를트에게 있어 글쓰기는 "돈이 우리에게 줄 수 있는 모든 것을 언어에서도 가질 수 있도록 해주는 마법의 힘"•에 다름 아니다. 아를트의 문학은 자신을 배제시키고 주변부에 영원히 가두어놓은 사회와 돈의 "턱에 날리는 크로스 펀치",•• 일종의 '복수'다.

1

아를트의 첫 소설《미친 장난감》(1926)에서 주인공 실비오 아스티에르가 벌이는 모험은 모두 책(읽기)에서 비롯된다. 그

• Ricardo Piglia, "Roberto Arlt: La ficción del dinero", *Hispamérica, Año 3, No. 7*, Jul., 1974, p. 28.

•• Roberto Arlt, "Palabras del autor", *Los lanzallamas,* p. 310.

의 삶은 텍스트, 혹은 텍스트에 대한 기억을 바탕으로 이루어져 있다고 해도 과언이 아니다. 어린 시절부터 "도적문학의 짜릿한 즐거움과 스릴에 빠져" 살았던 실비오는 이를 기초로 삶의 경험을 쌓아가기 시작한다.• "퐁송 뒤 테라유 자작이 피파르의 양아들인 근사한 로캉볼에 관해서 쓴 40여 권의 소설을 모두 읽고 나서 이 세상 최고의 도적이 되고 싶은 마음이 들" 정도로 실비오의 삶과 경험은 문학 텍스트가 되풀이되어 나타나는 과정의 연속이다. 책에서 읽은 어떤 장면들(즉 타인의 경험과 기억)이 그의 삶의 흐름 속으로 섞여 들어 마치 스스로 체험한 것처럼 기억의 일부를 구성한다(문학이 삶을 반영하는 것이 아니라 오히려 삶이 문학을 모방하는 보바리슴, 즉《미친 장난감》은 라틴 아메리카식의 '뒤틀린' 교양소설이다). 이 작품에서는 고비마다 문학과 경험이 서로 침투하면서 사건이 전개된다. 가령 도서관에서 처음 책을 훔치던 날에는 엔리케 이르수베타가 "오늘은 몽파르나스와 테나르디에가 좋아할 만한 밤이야. 테나르디에가 이렇게 말했지. '장 자크 루소는 이보

• 《미친 장난감》은 도적문학과 표면적인 유사성을 가지고 있을 뿐만 아니라 그 형식을 이용하고 있지만, 이와 동시에 그 논리를 전복시킨다. 도적문학이나 연재소설에서는 돈에 은폐되어 있는 생산관계를 개인 간에 벌어지는 영웅적 투쟁의 장(**"그게 인생이니까"**)으로 변모시켜 선악의 이중구조로 만들어버린다. 경찰이 된 루시오가 실비오에게 수시로 **"생존을 위한 투쟁"**을 강조하는 것도 그런 맥락이다. 반면 아를트는 계급투쟁을 도덕적 가치의 투쟁으로 희석시키는 대중문화와 반대로 돈의 본질(돈의 기원과 축적의 신비, 가치와 가격)을 파고든다.

다 더한 짓도 했어'"라고 하는가 하면, 실비오가 항공 군사학교의 장교들 앞에서 자신의 발명품에 관해 설명할 때도 "무슨 말을 꺼내려던 바로 그 순간, 나는 여태껏 가장 재미있게 읽은 소설의 주인공들을 떠올렸다. 그러자 로캉볼의 모습, 고무 챙 모자를 쓴 채 입술을 비틀며 불량배처럼 미소 짓는 로캉볼의 얼굴이 눈앞을 스치고 지나갔다. 마치 그가 용기를 내 영웅적으로 행동하라고 나를 다그치는 것 같았다"라고 한다. 마지막으로 절름발이를 경찰에 밀고하기 전 망설이던 순간에도 실비오는 어김없이 로캉볼을 떠올린다. "나는 불량배의 기질을 지닌 미치광이다. 하지만 로캉볼도 나에 못지않았다. 살인까지 저지른 인간이었으니까……. 하지만 나는 사람을 죽이지는 않는다."

2

이처럼 경험과 텍스트가 실타래처럼 엉키는 가운데 작품 전면에 떠오르는 것은 실비오와 문학의 관계, 다시 말해 문학에 대한 '접근'과 '소유'의 문제다. 자신을 그림자처럼 따라다니는 가난 때문에 실비오는 좋아하던 연재소설도 빌려서 읽어야 했다. "아저씨는 내가 그 책을 들고 가는 걸 보더니 경고하듯이 소리를 질렀다. '조심해서 봐라, 꼬마야. 책이 찢어지면 돈을 물어내야 할 테니까.'" 책을 읽는 행위도 결코 돈과 무관하지 않다는 사실을 명료하게 드러내는 장면이다. 또한 돈을 낸다고 해도 "텍스트들을 완전히 소유하지 못하고"• 정해진 기간 동안만 읽을 수('임시적'으로 소유할 수) 있다. 결국 실비오 아스티에르는 문학이라는 상상적 탈출구를 통해 책을 '소유'하고자 하는데, 이때 등장하는 것이 그의 문학적 분신이자 "법을 넘어선 마법적 소유의 모델"••인 로캉볼의 존재다. "그날 우리는 긴 대화 끝에 강도질이 가치 있고 아름다운 행위라는 확신에 이르게 되었다. 그런데 아무리 생각해도 우리가 어떤 교묘한 논리와 궤변으로 그런 결론에 도달했는지 전혀 기억나지 않는다." 강도질이 곧 아름다운 행위라는 논리는 경험과 문학, 문학과 돈을 하나로 연결하는 위반, 즉 '문학이라는 범죄'로 이어진다. 결과적으로 아를트에게 범죄와 위반은 문학의 토대이자 글쓰기-읽기의 메타포로 기능한다. 따라서 실비오, 엔리케, 루시오가 모여 '한밤의 신사들 클럽'을 만든 것도 결코 우연이 아니다. 그들은 첫 번째 과제로 도서관에 침입해 책을 훔친다.

이들이 도서관에서 책을 훔치는 과정은 문학과 돈, 그리고 문학과 소유의 관계를 보다 뚜렷하게 드러내준다. 이들이 책

• Ricardo Piglia, "Roberto Arlt, una crítica de la economía literaria", p. 61.

•• 같은 쪽.

을 고르는 기준은 책의 본질적인 가치가 아니라 그 가격이다. 이 장면을 통해 우리는 가격이 가치를 일방적으로 규정한다는 것을, 돈에서 독립된 가치 체계는 존재하지 않는다는 것을 분명하게 확인할 수 있다.

> 손에 닿는 대로 책을 꺼내 쭉 훑어보았다. 가격에 대해 일가견이 있는 엔리케는 책을 한 권씩 살펴보면서 "이건 한 푼의 값어치도 없어"라거나 "이건 값이 조금 나가겠는데"라고 판단을 내렸다.
>
> "《마의 산》."
>
> "이건 절판된 책이라 어디를 가져가도 10페소는 받을 거야."
>
> "르봉의 《물질의 진화》. 안에 사진도 실려 있어."
>
> "그 책은 내가 가져갈게." 엔리케가 말했다.
>
> "로우케테, 《유기화학과 무기화학》."
>
> "다른 책들하고 여기에 놓아둬."
>
> "《미적분학》."
>
> "그건 고등수학인데. 아주 비싼 책일 거야."
>
> "그럼 이건?"
>
> "제목이 뭐지?"
>
> "샤를 보들레르, 그의 생애."
>
> "한번 보게 이리 좀 줘봐."
>
> "전기 같은데. 별로 쓸모없어."

이처럼 실비오는 문학(로캉볼)을 통해 범죄('강도질')에 이르게 되고, 그 과정에서 가격-돈('값어치')으로 아름다움의 가치를 판단함으로써 텍스트를 '소유'하게 된다. 불법적인 접근을 통한 절대적 소유. 이로써 문학과 돈과 범죄가 등가로 연쇄되면서 무한한 순환의 고리가 완성된다. 그렇게 강도질과 도둑질로 번 돈이 "심지어 활기 넘치고 생생한 언어로 우리에게 말을 거는 것 같았"던 것도 바로 그런 이유 때문인지 모른다. 이처럼 돈이 표현 능력을 가지고 작품의 기호가 되려면, 돈은 그 자체로 "범죄와 위반에 기초한 획득의 이야기"•를 내포하고 있어야 한다.

> 은행권은 알록달록한 그림 때문인지 더 의미심장하게 보였지만, 니켈 동전은 손에 넣고 가지고 놀 때마다 즐거운 듯이 짤랑거리는 소리를 냈다. 그렇다. 속임수를 통해 얻은 돈은 우리 앞에서 더 가치 있고, 더 신비스러운 척했고, 최대의 가치를 드러내 보이며 우리에게 강렬한 인상을 심어주었다. 그리고 돈은 이죽이죽 웃음을 흘리며 우리의 귀에 대고 찬사와 재치 있는 농담을 속삭이는 것만 같았다. 그건 사람들이 혐오하는 비열하고 불쾌한 돈이 결코 아니었다. 뼈 빠지게 일해서 버는 돈이 아니라 눈치 빠르고 영리한 돈, 그러니까 꼬

• Ricardo Piglia, "Roberto Arlt: La ficción del dinero", p. 25.

> 마 도깨비의 두 다리와 난쟁이의 수염이 달린 은구슬 같은 돈, 익살스러운 표정으로 흥겨운 춤을 추면서 독한 와인 같은 향기로 우리를 신들의 주연으로 이끄는 돈이었다.

그런데 여기서 또 한 가지 주목해야 할 점은 바로 도서관이라는 장소다. 누구나 평등하고 자유롭게 이용할 수 있는 도서관은 얼핏 자본주의의 경제 회로에서 벗어나 공적 소유에 기초하는 중립적인 공간으로 보인다. 하지만 도서관, 그리고 책에 접근할 수 있는 권한은 돈(돈으로 표현되는 생산관계)에 의해 철저하게 규제된다. 문학작품을 정신적으로 '소유'할 수 있는 능력과 수단을 가진 사람, 즉 어느 수준 이상의 '문학적 정취'를 가진 사람만이 도서관을 이용할 수 있는 것이다. 실비오처럼 돈이 없는 사람에게 도서관은 쉽게 문을 열어주지 않는 닫힌 공간이자 금기의 영역이다. 실비오와 친구들이 쇠막대로 도서관의 문을 열려고 할 때, "끼익하며 기분 나쁜 소리"가 나는 것도 바로 그런 이유 때문이리라. 따라서 실비오에게 있어서 (도서관으로 상징되는) 문학에 대한 탐닉은 또 다른 범죄에 지나지 않는다. 문학작품을 즐길 자격이 없는 사람에게는 "책을 읽는 행위 자체가 이미 죄를 범하는 것이다".• 실비오의 엄마는 틈날 때마다 아들에게 일을 하라고 잔소리

• Ricardo Piglia, "Roberto Arlt, una crítica de la economía literaria", p. 61.

를 하는 것도 문학과 읽기가 그들에게는 범죄나 다름없기 때문이다. "'실비오, 너도 일해야 하지 않겠니.' 탁자에 앉아 책을 읽던 나는 눈을 들어 원망스러운 듯이 엄마를 쳐다보았다. 나는 생각했다. '일해라. 언제나 일하라는 말뿐이야.' 하지만 아무 대답도 하지 않았다." 하지만 책을 통해 꿈의 세계를 거닐던 실비오는 엄마의 잔소리에 다시 현실 세계로 돌아오면서 적대적인 반응을 보인다.

> "일이라니, 대체 무슨 일을 하라는 거예요? 제발…… 엄마는 내가 뭘 하기를 바라는 거죠? 나더러 없는 일자리를 만들어 내라는 거예요? 내가 일자리를 찾고 있다는 거 엄마도 잘 알잖아요?"
> 나는 화가 나서 몸을 부들부들 떨며 말했다. 틈만 나면 심한 말을 하는 엄마가 원망스러웠고, 하루하루를 가난에 시달리면서 살아도 무관심하고 냉담한 세상이 너무 증오스러웠다. 이와 동시에 이름 모를 고통과 슬픔으로 나를 몰아넣은 것은 내가 아무짝에도 쓸모없는 인간이라는 확신이었다.

돈을 벌지 못하고 책만 보면 "아무짝에도 쓸모없는 인간"이 되어버리는 "무관심하고 냉담한 세상". 냉엄한 현실과 책 읽기의 사이에서, 그리고 어색한 침묵 속에서 망설이던 실비오는 결국 "돈이 결정하는 운명", 아니 "돈의 숙명"• 앞에 무릎을 끊고 '노동'의 세계를 향해 떠난다.

3

실비오는 어느 중고 책방의 심부름꾼으로 일하게 된다. "그 가게는 트로포니오스의 동굴보다 더 길고 어두웠다. 일단 안에 들어가면 어디를 둘러보아도 책만 보일 뿐이었다. 받침대 위에 판자를 얹어 만든 간이 탁자 위에도, 계산대 위에도, 구석은 물론이고 탁자 아래, 지하실에도 온통 책밖에 없었다." 어떤 면에서는 실비오가 꿈꾸던 공간일 수도 있었지만, 그곳은 돈이 모든 것을 지배하는 시장 그 자체다. 그곳에서 중고 책들은 무차별적인 교환의 소용돌이 속으로 휩쓸려 들어가고, 가치는 완전히 사라져버린다. 실비오가 일하는 중고 책방은 자본주의의 논리가 가장 명백하게 드러나는 무질서하고 그로테스크한 공간이다. 심지어 실비오는 손님을 끌기 위해 책방 앞에 서서 '소 방울'을 딸랑딸랑 치기도 한다. 중고 책-상품의 야만적인 교환 속에서 문학은 그 존재 근거를 상실하면서 실비오 또한 삶의 절대적인 위기 앞에 놓이게 된다. 실비오가 책과 맺어온 특수한 관계(돈 내고 빌리기 → 도서관 책

● Ricardo Piglia, "Roberto Arlt: La ficción del dinero", p. 27.

훔치기 → 중고 책 판매하기), 즉 소유와의 관계는 이곳에 이르러 그 극한에 이른다. 소유의 절대적 불가능성. 실비오는 결국 이와 같은 소유의 회로를 파괴시키기로 결심한다. 주인이 밖으로 나간 사이 실비오는 화로에서 타고 있는 "석탄 하나를 집어 책으로 가득 찬 책장 옆에 수북이 쌓인 종이 더미에 던져버"린다. 책방에 불을 지르는 것은 자신의 "**삶**을 사랑"하고 '자유인'이 되기 위한 일이라기보다 소유의 불가능성 앞에서 내지르는 절규에 다름 아니다. 수많은 책이 그의 손을 거치지만, 정작 그의 것은 될 수 없다. 이러한 현실 앞에서 그는 소유할 수 없는 것을 모두 파괴하고 싶은 욕망에 사로잡힌 것이다. 자신을 배제하고 밀어내는 사회에 가하는 두 번째 복수, 소유 체제의 '턱에 날리는 크로스 펀치'다.

따라서 실비오의 두 가지 복수는 동전의 양면으로, 그 논리를 극한으로 밀어붙이는 시도라고 할 수 있다.● 도서관에서 책을 훔치는 일은 도서 대여라는 개념을 극한으로 밀고 감으로써 중립적인 공간에 경제적 논리를 끌어들이는 것인 반면, 돈이 모든 것을 결정하고 지배하는 책방에 불을 지르는 일은 무질서하고 무차별적인 교환과 소비의 순환을 끊어버리려는

● 여기서 반드시 짚고 넘어가야 할 점은《미친 장난감》이 기존의 서사 논리와 반대로 전개된다는 사실이다. 돈이 있는 서점을 털고, 문화가 축적된 도서관에 불을 지르는 것이 일반적인 문학의 논리다. 하지만 아를트는 이러한 도식을 전복시킨다.

시도다. 다시 말해 책을 훔치는 것은 궁극적으로 소유의 절대성을 인정하는 행위인 반면, 불을 지르는 것은 소유를 향한 필사적인 몸부림이다. 이와 더불어 책을 훔치는 것은 도서관의 폐쇄성(돈 없는 이들에게는 금지된 공간)을 역설적으로 드러내주는 반면, 불을 지르는 것은 문학의 질서를 무너뜨리는 가격이라는 유령(가격 속에 은폐된 가치의 미스터리)을 파괴하려는 시도다. 문학-텍스트에의 접근과 소유를 둘러싼 두 가지 모색-시도는 결국 한 지점에서 조우하며(오로지 위반과 범죄를 통해서만 접근과 소유 가능성의 불꽃이 희미하게 나타난다) 아를트의 문학이 윤곽을 드러내기 시작한다.

4

하지만 그 두 가지 시도는 모두 실패한다. 이로써 "법을 넘어선 마법적 소유"를 향한 모험의 서사시는 막을 내린다. 하지만 작품은 여기서 끝나지 않는다(이는 아를트 문학의 탁월성을 드러내주는 핵심이다). 이제는 위반과 범죄의 세계에서 벗어나 배신을 통해 법과 도덕의 세계로 넘어간다. 실비오는 시장에서 마차 관리인 노릇을 하는 절름발이로부터 범행 계획을 전해 듣고, 그를 밀고하기로 마음먹는다. 《미친 장난감》의 클라이맥스를 이루는 이 장면에서도 그는 여전히 텍스트-로캉볼을 떠올리면서 자신의 행동을 정당화한다. "솔직히 말해(이런 생각을 하지 않을 수 없었다) 나는 불량배의 기질을 지닌 미치광이다. 하지만 로캉볼도 나에 못지않았다. 살인까지 저지른 인간이었으니까……. 하지만 나는 사람을 죽이지는 않는다. 로캉볼은 겨우 몇 프랑을 받고 **아빠** 니콜로에게 불리한 거짓 증언을 해서 니콜로를 단두대의 이슬로 사라지게 했다. 자기를 친아들처럼 아끼고 사랑해주던 피파르 할머니의 목을 졸라 죽이는가 하면…… 윌리엄스 선장을 살해하기도 했다. 로캉볼은 그를 죽임으로써 후작의 작위와 수백만 프랑의 재산을 탈취했다. 그가 배신하지 않은 사람이 누가 있는가?" 텍스트의 범죄-로캉볼의 배신이 실비오의 또 다른 범죄-배신을 정당화시킨다. 하지만 역설적으로 이번의 범죄는 강도를 사전에 저지하고 범죄자를 체포하는 데 도움을 줌으로써, 즉 선을 위해 악을 행함으로써 법과 소유권을 옹호한다. 결국 실비오는 문학 텍스트를 통해 범죄의 세계로 빠지는 동시에 그 범죄에서 빠져나온다.

하지만 절름발이를 배반하고 밀고한 것은 단지 범죄에 물든 자신의 과거를 반성하고 억압적인 법의 체계에 투항한 것이 아니다. 물론 배신은 어떤 범죄에 끼어든 또 다른 범죄라는 의미에서 부정적인 행위가 분명하다. 하지만 이 작품에서 배신은 법으로 표현되는 사회의 지배적인 가치와 질서에 침투해 그것을 해체시키면서 또 다른 세계를 건설하고자 하는 긍정적이고 혁명적인 모색이다.● 실비오가 절름발이를 밀고함으로써 "가룟 유다처럼 멋지고 위대한 인간"이 되고자 하는 것도 바로 그런 의미다. 따라서 실비오는 "마음속에 있는 잔혹한 법"에 따라 배반을 한 것이다. 물론 그는 그 대가로 평생 죄책감을 지고 살겠지만, 타락을 타락으로 극복함으로써 새롭게 태어날 수 있다고 믿는다. "살다보면 쓰레기 같은 짓을 하고, 뼛속까지 타락해서 악랄한 행동을 해야 할 때도 있죠……. 또 누군가의 인생을 영원히 파멸로 몰고 가야 할 때도 있고요……. 우리는 그러고 난 뒤에야 당당하게 걸어 다닐 수 있어요." 실비오는 엔지니어 아르세니오 비트리에게 찾아가 절름발이를 배신한 이유를 설명하면서 자기 행동의 동기를 분명하게 이해하게 된다. 그 순간, 그는 인간 존재에 대해서, 그리고 삶과 행복에 대해서 긍정적인 전망에 도달한다. 인간은 더 이상 자신이 짓지도 않은 죄와 고통의 형벌 속에서 살아가지 않아도 된다. 이제 우리는 긍정적인 힘과 약동을 느끼며 아름다운 인생을 만끽하며 살아갈 수 있다.

"난 절대 미치지 않았어요. 진실은 존재해요. 그렇죠……. 내

● 아르헨티나 문학에서 아를트와 대척점에 서 있는 보르헤스도 자신의 작품에서 '배신'이라는 아를트 문학의 모티프를 교묘하게 패러디한다. 보르헤스는 〈비열한 사람〉(《칼잡이들의 이야기》, 황병하 옮김, 민음사, 1997)에서 '알트'라는 경관을 등장시키는데, 주인공이 그에게 친구를 밀고한다.

게 인생은 언제나 상상 이상으로 아름다울 거예요. 그게 바로 진실이에요. 물론 다른 사람들도 나처럼 삶의 힘을, 생명의 힘을 느낄지 모르겠네요. 하지만 내 마음속에는 기쁨이, 기쁨으로 가득 찬 일종의 무의식이 있다고요."

"그래서 모든 것이 놀라울 따름이에요. 가끔은 내가 한 시간 전에 이 세상에 도착해서 모든 것이 새로워 보일 뿐만 아니라 눈부시게 빛나고 아름답다는 느낌이 들기도 해요. 그럴 때면 당장 거리로 나가 만나는 사람마다 포옹을 나누고, 도로 한복판에 멈춰 서서 이렇게 말하고 싶은 생각이 든다고요. '다들 왜 그렇게 슬픈 표정을 하고 다니는 거죠? 인생은 아름다운 거예요. 아름답고말고요…….' 그렇지 않아요?"

실비오는 배신을 통해 '삶의 힘', 그리고 '생명의 힘'을 느끼며 '우월'한 존재로 거듭난다. 그런 점에서 실비오의 배신은 생명력의 약동, 삶에 대한 긍정적인 시선, 우월한 존재로의 비상 등을 전제하고 있다는 점에서 니체의 '초인' 사상을 연상시킨다. "내 안에 존재하는 이 삶, 이 생명"을 어떻게 실현할 것인가? 바로 이 지점에서 실비오의 삶은 '광기'의 탈주선으로 이어진다. 그의 광기는(임상학적 의미의 광기가 아니라) "마음속 깊은 곳에서 격렬하게 용솟음치는 거대한 이 힘"을 통해 우리 삶의 질서를 가로질러 그 무의미하고 허구적인 성격을 들추어내며 새로운 삶의 형식을 만들어내고 부수기를 무한하게 반복한다. 그의 배신, 광기, 생명의 힘이 꿈틀거리는 곳은, 그리고 기쁨의 공동체가 아른거리는 곳은 바로 문학의 영역이다. 이처럼 텍스트를 소유하기 위한 위반-범죄(절도와 방화)를 또 다른 삶과 세계, 즉 미래의 텍스트를 창조 혹은 소유하기 위한 위반-범죄(배신과 광기)로 변화시키는 메커니즘이 바로 문학이다.•

> 로캉볼은 신체적 고통을 잠시 잊고 있었다. 옥에 갇힌 몸인데다 감독관의 회초리에 맞아 등짝에 시퍼런 멍이 든 탓인지 그는 넋이 나간 사람처럼 멍한 상태였다. 파리와 샹젤리제, 불바르 데 이탈리앵의 모습이, 얼마 전까지 자신이 자유롭게 돌아다니던 세계, 현란한 빛과 소리가 어우러진 그 세계의 모습이 어지러운 소용돌이처럼 눈앞을 지나가는 것 같았다.

다시 말해서 '미친' 장난감은 문학과 그것이 열어주는 가능한 세계(들)(즉 도래할 세계, "조만간 우리에게 몰아닥칠 세계")에 다름 아니다. 그의 '회상록'••은 단지 과거에 있었던 삶의

• 아를트에게 문학은 "돈을 만들어낼" 뿐만 아니라 돈의 전능성을 통해 무엇이든 만들어낼 수 있는 '기계'다. 따라서 작가의 말처럼 《미친 장난감》은 "로베르토 아를트라는 다면체 기계"에 다름 아니다. Roberto Arlt, *Aguafuertes porteñas,* Editorial Losada, 1958, p. 16.

경험을 연대기적 순서로 기록하는 것이 아니라 "어딘가에 있을 시를, 갑자기 살 속에 절망이 우글거리는 어느 육체, 천 개의 커다란 입과 이천 개의 절규하는 입술이 달린 어느 육체의 시를 찾고" 있는 것처럼 다가올 세계를 더듬어 구성하려는 치열한 모색이다. '미래의 기억'.●●● 이와 같이 문학의 영역에서 도래할 세계를 하나씩 둘씩 만들어가다보면 아를트의 예견처럼 언젠가 "미래는 우리의 것이 될 것이다".●●●● 아를트의 문학은 소유를 가로질러 생명과 기쁨의 공동체로 향해 가면서 돈과 사회에 대한 달콤한 복수를 꿈꾼다.

엄지영

●● 작품 초반에 "회상록을 쓰는 지금"이라는 언급이 잠깐 나올 뿐 이에 대한 자세한 설명은 전혀 나오지 않는다. 하지만 실비오의 '회상록'은 곧 《미친 장난감》을 가리킨다.

●●● 멕시코의 작가 엘레나 가로(1916~1998)의 소설 제목.

●●●● Roberto Arlt, "Palabras del autor", *Los lanzallamas*, p. 310.

휴머니스트 세계문학 013

미친 장난감

1판 1쇄 발행일 2022년 10월 31일

지은이 로베르토 아를트
옮긴이 엄지영

발행인 김학원
발행처 (주)휴머니스트출판그룹
출판등록 제313-2007-000007호(2007년 1월 5일)
주소 (03991) 서울시 마포구 동교로23길 76(연남동)
전화 02-335-4422 **팩스** 02-334-3427
저자·독자 서비스 humanist@humanistbooks.com
홈페이지 www.humanistbooks.com
유튜브 youtube.com/user/humanistma **포스트** post.naver.com/hmcv
페이스북 facebook.com/hmcv2001 **인스타그램** @booook.h

편집주간 황서현 **편집** 이성근 이은서 김대일 김선경 **디자인** 김태형
조판 이희수com. **용지** 화인페이퍼 **인쇄** 청아디앤피 **제본** 민성사

ISBN 979-11-6080-921-3 04870
979-11-6080-785-1 (세트)

휴머니스트 세계문학

시즌 1. **여성과 공포**

001 프랑켄슈타인 메리 셸리 | 박아람 옮김

002 회색 여인 엘리자베스 개스켈 | 이리나 옮김

003 석류의 씨 이디스 워튼 | 송은주 옮김

004 사악한 목소리 버넌 리 | 김선형 옮김

005 초대받지 못한 자 도러시 매카들 | 이나경 옮김

시즌 2. **이국의 사랑**

006 베네치아에서의 죽음·토니오 크뢰거 토마스 만 | 김인순 옮김

007 그녀와 그 조르주 상드 | 조재룡 옮김

008 녹색의 장원 윌리엄 허드슨 | 김선형 옮김

009 폴과 비르지니 베르나르댕 드 생피에르 | 김현준 옮김

010 도즈워스 싱클레어 루이스 | 이나경 옮김